STEFAN GRABIŃSKI

ステファン・グラビンスキ

芝田文乃 訳

怪奇短篇集

NIESAMOWITA
OPOWIEŚCITA

国書刊行会

kokushokankokai Inc.

不気味な物語　目次

不気味な物語　007
シャモタ氏の恋人　009
弔いの鐘　037
サラの家で　055
遠い道のりを前に　095
追跡　115
視線　143

情熱 165

情熱 167
偶然 239
和解 275
悪夢 295
投影 303
屋根裏 327

訳者あとがき 345

装画
レオナルド・ダ・ヴィンチ
《受胎告知の天使のための左手と腕の研究》一五〇五年頃
装幀
コバヤシタケシ

不気味な物語

不気味な物語

Niesamowita opowieść

シャモタ氏の恋人（発見された日記の頁）

KOCHANKA SZAMOTY (KARTKI ZE ZNALEZIONEGO PAMIĘTNIKA)

そして神はアダムより取りたる肋骨を以て〈白い頭《をみな》〉を作り、これをアダムの所に連れきたりたまへり。そしてアダム云ひけるは、これこそわが骨の骨、わが肉の肉。これを〈男のもの《をんな》〉と名づくべし、これは男より取りたる者なれば、と。このゆゑに人はその父母を離れて妻に結びつき、二人一體となるべし。〔「創世記」第二章二二―二四節〕

ここ六日間、私は幸福に酔いしれているが、まだそれが信じられない。ここ六日間、人生の新たな時期に足を踏み入れ、それはこれまでとはあまりに確固たる線で切り離されているため、何か途轍もない大変動を経験しているように思える。

手紙を受け取ったのだ、あの女《ひと》から……。

一年前、どこか見知らぬ外国へあの人が出かけて以来——これが最初の奇蹟的な知らせだ……。信じられない、本当に信じられない！　幸せで失神しそうだ！

あの人から私への手紙！　あの人のまったく知らない、遠くからのしがない崇拝者であるこの私への、これまでおつきあいどころか、つかの間のお近づきの関係さえ一度もなかったこの私への！　ところが確かにそうなのだ。私は手紙を絶えず持ち歩き、片時も手放さない。宛名は明瞭にして疑問の余地がない。イェジィ・シャモタ。これは私じゃないか。自分の目が信じられず、数人の知り合いに封筒を読んでもらった。だれもがいささか驚いて私を見つめ、微笑み、請け合うのだ。宛名にははっきり私の名字が書いてあると……。

ということは帰国するのだ、あと数日で、そして彼女の家の敷居で最初にあの人を迎えるのが私だ――公共の場所や公園の並木道、劇場やコンサートでたまたま出会ったとき、崇拝に酔いしれた目を彼女の方へ上げるのがやっとだったこの私なのだ……。

せめて以前に彼女の一瞥でも、誇り高き唇のつかの間の笑みでも自慢することができていたなら――だがそうじゃない！　あの人は私にまったく気づいていないようだった。そもそも私の存在なんて全然知らないのだと、いまこの瞬間まで思い込んでいた。おそらく私が遠い臆病な影のように、長年彼女の後を追っていたことなど気づかなかったのではないか？　私はあまりに地味で、あまりにも控えめだった！　私の憧れはとても遠い、とても繊細な光で彼女を取り巻いていた。だからたぶんあの人は私を感じ取ったのだ――私の限りない愛と従順な崇拝を、敏感な女の本能で感じ取ったのだ。私たちの間に長年張りめぐらされた目に見えぬ共感の神経は、どうやら離れている間にますます強くなり、いまやあの人を私の方へ引き寄せている。

おお、ようこそ、我が麗しの君！　ほら、日は傾き夕べの時、きらめきの中、明るく晴れて、私は額を上げ自分の歌を口ずさむ、君の豊かな寵愛へと――すばらしき我が人よ！……。

今日はもう木曜日。あさっての同じ日没時、あの人に会えるはずだ。それより早くはない。それがあの人の明白な意志。彼女の手紙を、あの貴重な、ヘリオトロープのほのかな香りが立ちのぼるライラック色の便箋を手に取り、もう何度目かわからないが、声に出して読む。

「愛するあなた！　二十六日の土曜日夕方六時頃、緑《ジエロナ》通り八番地の家においでください。庭の門扉が開けてあります。お待ちしています。長年の思いがかないますように。

あなたのヤドヴィガ・カレルギス」

緑通り八番地の家！　彼女の家《ヴィラ》だ！　〈シナノキの下〉のヴィラ！　美しい庭園

に囲まれた見事な中世様式の館で、通りからは目の詰まった金網と生け垣に隔てられている。私のほぼ毎日の散歩の目的地だった！　夕暮れ時、この閑静な界隈に何度忍び込んだことだろう。心臓を高鳴らせ、いまにも彼女の影が窓ガラスに映るのではないかとじっと見つめながら！……。

土曜日が待ち遠しくて、すでに何度かそこへ行き、中へ入ろうとしてみたが、庭園側の門扉はいつも閉まっていた。確かに取っ手は押せば下がるのだが、錠ははずれなかった。どうやらまだ戻っていないようだ。辛抱して、あと一日半ほど待たなくてはならない。私は最後の限界まで緊張し、食事もとらず、眠らず、ひたすら時間を、分を数えている……。まだこんなに残っている！　四十八時間も！……。明日は一日中あの庭園脇の川で過ごそう。ボートを借りて、休みなくヴィラの周りをめぐるのだ。土曜日の午前中いっぱいと午後にかけては駅で過ごす。せめて遠くからでもあの人を出迎えなくては。まだ戻っていないことは近所の人たちに確認済みだ。ここ一年、彼女の姿を見ていないという。おそらくあの人は到着を延期したのだろう、九月二十六日に、つまり、私の訪問を定めた日に。実は自分が訪れる時刻はあまりふさわしくないのではないかと恐れている。こんな旅の後じゃ、あの人はずいぶん疲れているだろう……。

＊＊＊

土曜日の午前中、つまり昨日は、駅であの人に会えなかった。ものすごい混雑で、何千人もの乗客の中から見つけることができなかったのだ。午後四時まで次の列車を待ったが、結果は同じだった。あの人は到着しなかったのだろうか？　ひょっとしたら早朝の列車で着いて、もう家にいるのだろうか？　いずれにせよ、あそこへ行って確かめる必要があった。

私と彼女を隔てるこの二時間は耐えがたい一続きの苦痛となり、私はそれが終わるのを待ちきれなかった。カフェに立ち寄って大量のブラックコーヒーを飲みほし、何本も煙草を吸ったが、その場にじっとしていられず、ふたたび通りに駆け出した。園芸店のショーウィンドウを通り過ぎたとき、今日のために花束を注文していたことを思い出した。

「うっかりしていた！　完全に忘れるところだった！」

私は店に入って真紅の薔薇と躑躅《つつじ》の花束を受け取った。新鮮な切り花は羊歯《しだ》の襟から芳《かぐわ》しい蕾《つぼみ》を突き出し、夕べの風に軽く揺れていた。町の時計はまもなく五時四十五分になるところだった。

私は花束を薄紙に包むと、足早に川の方へそれた。数分後にはもう橋の向こう側に着き、神経質な足取りでヴィラへ近付いていた。心臓は激しく高鳴り、両足に力が入らなかった。ついに門扉にたどり着き、取っ手を押した。開いた。幸せにうっとりとして私はしばし庭園の金網にもたれ、興奮を抑えることができなかった。ということは戻ってきたのだ！

長い数分が過ぎた。私のぼんやりした視線は歩道の両側に並ぶシナノキの列に沿って移動し、その二列の並木は建物の入口まで続いていた。どこか脇の、桑と山茱萸《さんしゅゆ》の茂みの向こうから、葡萄がからまる秋の四阿《あずまや》の骨格がのぞいていた。赤い葉が、すでにしおれた木蔦《きづた》と共に無秩序にからみつきながら格子を流れ落ちていた……。

花壇には秋の花々。羽のようなアスターと見事な菊。芝と雑草が生い茂った小道には黄色くなったマロニエの葉が静かに落ち、煉瓦色の楓《かえで》の葉がわびしげに降っていた。涸《か》れた大理石の水盤の下ではダリアが真っ赤な血を流し、大きなガラス玉が虹色にきらきら光っていた……。あのイボタノキに囲まれ、針葉の絨毯に覆われた石造りのベンチの上では、二羽のマヒワが留まり、旅立ちの歌を唄っていた。並木道のはるか先では夕焼けの下、銀の蜘蛛の糸が紡ぎ出されていた……。

軽く閉まっていただけの入口の両開き扉を両手で押し開け、螺旋階段で二階に上がった。人の気配がしないのが妙だった。館は人けが途絶えたように見えた。だれも迎えに出てこなかったし、召使や使用人の影も形もなかった。巨大なカップ型の電灯が明るい、まばゆいほど明るい光で、空っぽの広間と回廊を照らしていた……。

玄関ホールは客を迎え入れるように開いていたが、残念ながらコート掛けには何も掛かっていないのだった。滑らかな金属の球が、磨かれた銅の冷たい反射で光っていた。私は外套を脱いだ。開いた大きなゴシック様式の窓からその瞬間、町の時計の音が流れ込んできた。六時だった……。

向かいの部屋の扉をノックした。中から答えはない。私は困惑した。どうすべきか？　許可なく入る？　ひょっとして旅に疲れて眠っているのでは？

突然扉が開き、戸口に彼女が現れた。栗色の髪の王冠の下から、深く、誇り高く、甘い目が私を見つめていた。ポリュクレイトスの鑿《のみ》にふさわしい古典的な頭部を飾っていたのはエメラルドを鏤《ちりば》めた額飾りである。柔らかな、雪のように白い長衣《ペプロス》が彼女の完璧で成熟した姿を包み、調和した波となって古代の靴を履いた足元に流れ落ちていた。長衣《ストラータ》をまとったユーノーだ！

私は彼女の壮麗さを前にして頭を垂れた。すると彼女は、奥へ退き、私を手振りで部屋の中へ招き入れた。それは洗練されたアンティーク様式のすばらしい寝室だった。

彼女は黙って、彫刻された古黄大理石《ジャツロ・アンテイーコ》の寝台の深い壁龕《へきがん》に腰を下ろした。私はその足元の絨毯にひざまずき、頭を彼女の膝にのせた。あの人は温かい母のような仕草で私の頭を抱き、指を私の髪にうずめ、優しく梳《くしけず》りはじめた。私たちはひっきりなしに目と目を見交わし、互いの姿をどれだけ見ても満ち足りることはなかった。私たちは黙っていた。これまで二人の間には一言も交わされなかった。あたかも迂闊《うかつ》に音を立てて、私たちの魂を束縛した魔法の天使を驚かせはしないかと恐れるかのように……。

突然あの人は私の上に身をかがめ、唇に接吻した。血が私の頭を幾千ものハンマーで打ちつけ、世界は酔った渦を巻いて沸きたった——私は自制を失った。いきなり彼女を両手でつかんだが、抵抗は感じず、愛の熱情の中、寝台に投げ込んだ。すばやく捕らえがたい動きで、彼女は肩から琥珀《こはく》の留め具《フイブラ》をはずし、私の前で貴重なすばらしい己の躰《からだ》を露《あらわ》にした。こうして私は彼女を自分のものにした——果てしない痛みと憧れの中で、五感の陶酔と心の歓喜の中で、魂の狂乱と燃えあがる血の中で……。

電光石火のごとく過ぎ去った数時間は、幸福という重荷を負い、そのひらめきのように短かった――大草原《ステップ》の風さながらにすばやい瞬間、希少な真珠さながらの貴重な瞬間がかなえられた。悦楽に疲れた私たちはすばらしい眠りに落ちた。天国の木立のような、おとぎ話の魔法めいた眠りに――そこからもっと美しく見目麗しい現《うつつ》に目覚めるために……。

朝六時頃、ようやく重たいまぶたを開け、我に返って周りを見回したとき、ヤドヴィガはもう私のそばにいなかった。

すばやく服を着、むなしく一時間待ったあと、家に戻った。目まいを感じ、血管が燃えていた。熱があったに違いない。唇はひび割れ、口の中に妙な苦味があったから。歩きながら物につまずき、放心したようによろめいた。私には世界が霧――魅惑的な陶酔のヴェール――を通して見るように見えた……。

＊＊＊

翌日、編集部から戻ると、机の上にヤドヴィガからの手紙があった。次の逢引きは彼女の家で一週間後に、と指定していた。つまり、またもや土曜日の夕方である。その日はあまりにも遠すぎるように思われた。私はもう火曜日の午後には〈シナノキの下〉のヴィラに出かけていった。だが門扉は閉まっていた。いらだった私は、庭園の並木道のどこかにあの人の姿が見えないかと、館の周りを何度も回ってみた。だが小道に人影はなかった――ただ秋風がひと握りの枯れ葉を舞い上げては、長い寂しげな列に並ばせ、容赦なく駆り立てているだけだった。すでにすっかり暗くなっていたにもかかわらず、窓に明かりは点《とも》っていなかった――家には音も光もなかった。まるでだれも暮らしていないかのように。どうやらあの人は、夜は北向きの一室、つまり、通行人の目にはほとんど触れない部屋で過ごしているらしい。私はがっかりして立ち去った……。

翌日から数日繰り返した試みも同じ結果に終わった。あきらめて、あの人の希望に従い、土曜日を待つほかなかった。ただ大変驚いたのは、この一週間、町のどこかで、劇場や路面電車で、一度もあの人を見かけなかったことだ。どうやらかつての彼女の生活様式は根本的に変わってしまったようだ。ヤドヴィガ・カレルギス、かつては日常的に大都市のダンディやドン・フアンたちの称賛の的であり、舞踏会やコンサート、社交的な娯楽の女王であった彼女は、いまや修道女のように暮らしていた。

実際、私はそのことに満足し、誇らしく思っていた。みずからの幸福を見せびらかして他人をいらだたせるのが好きな人たちの、あのむなしい野心を私は持ち合わせていない。人前で彼女をひけらかしたいとは思わなかった。それどころか――この秘密性、この人目を忍ぶ私たちの関係にこそ、いわく言いがたい魅力があるのだ。Odi profanum vulgus〔私は無教養な人々を憎む〕……。

＊＊＊

ついに待ちこがれた日がやって来た。午前中いっぱい私は上の空だった。編集部の同僚たちは、きっと恋に落ちたに違いないと言って、私を笑った。

「あのシャモタは本当に狂ってる」演劇部長が小声で言った。「あるときからすっかりおかしくなっちまった。奴と話すのは無理だ」

「人妻だな！　その女を探せ《シエルシエ・ラ・ファム》！」古株の記者が説明した。「それ以外にない。神かけて」

夕方六時きっかりに私はわずかに開いた扉から彼女の寝室に入った。ヤドヴィガはまだいなかった。テーブルの上は見事な食器で飾られ、カップに入ったホットチョコレートが湯気を立てており、皿の横には焼き菓子のピラミッドが積み上がり、緑色のリキュールがきらきら光っていた。

私は隣室の方を向いて腰を下ろし、葉巻を取ろうと苦土橄欖石《くどかんらんせき》の箱に手を伸ばした。不意に私の視線はトラブコ〔葉巻の形状の一つ〕の間に挟まった紙切れに留まった。あの人の筆跡だとわかった。私に宛てたものだった。

「愛するあなた！　遅くなるけれど許してくださいね。三十分後に町から戻ります。ではのちほど！」

　その置き手紙に接吻して懐にしまうと、私は芳しいリキュールを飲み干した。一杯飲んだ後、眠気のようなものを感じた。新しい葉巻に火をつけ、無意識に、向かいの壁で光っているギリシャの盾を見つめた。真ん中にメドゥーサの肖像がついていた。盾の輝く胸には妙に心を惹きつけるものがあり、目を釘付けにし、意志を束縛した。

　やがて私はある輝く点に全身で注意を集中した。光の雷を放つ、頭に蛇が生えたゴルゴンの目に。催眠術をかけたように私を動けなくする、その中心から目をそらすことができなかった。私は次第に何か特別な状態に陥った。周囲があたかも後景に、果てしなく遠くの景色に退き、その場所にすばらしく豊かな色彩が、エキゾチックなおとぎの世界が、亜熱帯地方の蜃気楼《ファータモルガーナ》が現れた……。

　突然、首に温かく柔らかな両腕を、唇に甘く長い接吻を感じた。忘我から身震いして我に返ると、私のそばにヤドヴィガが立って、誘惑するように微笑んでいた。

私は彼女を半ば抱きかかえ、胸に抱き寄せた。

「すみません」私は弁解した。「あなたが入ってきたのに気がつかなかった。あの盾が妙に気になって」

彼女は黙って寛大な微笑で答えた。

今日は一層美しかった。その彫像のごとき美貌は、ギリシャ衣装の額縁に囲まれ、不可解な魅力を放っていた。すばらしい眉の下から黒く誇り高い目が、その奥に欲望の炎を燃やしながら見つめていた。ああ、何という至福だろう、あの大理石の胸を情熱の波で激しく揺さぶり、あの誇り高きユーノーの顔を冷ややかな落ち着きから引きずり出すのは！

彼女を腕に抱えながら傾け、私は飢えたまなざしを彼女に突き刺し、長い長い間、待ちこがれた目を限りない彼女の美で満たした。

「おお、何という美しさ、僕の恋人よ、おお何てあなたは美しいんだ！　でもお下げ髪はどこにあるんです？　菫のように芳しいあなたのお下げは？」私は情熱的に尋ねながら、彼女の額から、今日は頭をぴったりと覆っている、柔らかで染みひとつない白いスカーフをはずそうとした。

「お下げを撫でたいんだ、初めてのときのように――憶えてるかい？　髪をほどいて神々しいマントのように肩に掛けて、果てしなくキスしつづけるんだ。だって最初の晩は嫌がらなかったじゃないか？　そのスカーフを取って」

彼女は私の手を穏やかに、だがきっぱりと押しとどめた。唇に謎めいた微笑を浮かべ、首を横に振った。

「今日は駄目なのか？　どうして？」

またしても沈黙と、同じく禁止を意味する頭の動き。

「どうして黙ってるんだ？　これまで僕とひと言も口を利いてくれないじゃないか。せめて二言三言でいいから僕に話しかけてくれ！　あなたの声が聴きたい——甘くて金属的な響きに違いない。貴金属が立てる音のように」

ヤドヴィガは黙っていた。何か果てしない悲しみが突然その顔全体に満ちあふれ、恍惚の瞬間を凍りつかせた。口が利けなくなってしまったのだろうか？

それで私は懇願するのをやめ、もう黙って彼女の神々しい躰の至福を飲みこんだ。今日の彼女は前回の逢引きよりもさらに情熱的だった。みだらな痙攣《けいれん》に襲われるたびに、目は失神の霧に覆われ、死んだように青ざめた。きめ細かな絹のような肌に小刻みな震えが走り、真珠の光沢を持つ歯が痛みの痙攣にかたく嚙みしめられた。

そのとき恐怖に駆られた私は彼女を抱く手を放し、息を吹き返させようとした。だがそれはほんの一瞬に過ぎなかった。発作はすぐに治まり、若く抑えがたく何ものにも縛られない情欲の新たな波が私たちを狂気の淵に沈めた……。

私たちが別れたのは夜も更けた午前一時頃だった。別れ際、彼女は私の胸に小さな菫の花束を留めてくれた。私は彼女の片手を取って自分の唇に近づけた。

「また一週間後なのか？」

彼女は黙ってうなずいた。

「それでもいいさ。ごきげんよう、愛する人《カリッシマ》！」

私は部屋を出た。

玄関ホールで外套を着ているとき、不意に煙草ケースを小卓に置きっぱなしだったことを思い出した。それでコートを脱がずに、忘れ物を取りに部屋へ戻った。「ごめんよ」私はいましがたヤドヴィガがいた方へ向かって話しかけた。だが言いかけた言葉は私の口で凍りついた。ヤドヴィガは寝室にはもういなかった。もう隣室に行ってしまったのか？　それにしても室内でドアを開ける音は聞こえなかったのに……。

ふむ……めずらしいこともあるものだ――私は煙草ケースをしまいながら、つぶやいた――めずらしい……。

そしてゆっくりと、物思いに耽《ふけ》りながら階段を降り、通りに出た。

＊＊＊

私とヤドヴィガ・カレルギスとの関係はすでに数ヵ月続いていたが、世間には完全に秘密だった。だれも私が首都でいちばん美しい女の恋人だとは思いもしない。これまで公共の場所で私たちが一緒にいるところを見た者はひとりもいなかった。人々は彼女が帰国したことさえまったく知らないのではないか。少なくとも、たまたま知人たちと交わした会話からはそういった印象を受ける。これはいささか奇妙だ。まるでヤドヴィガ自身が帰国したことを知られたくなくて、こっそり戻ってきたかのように見える。これには何か隠された目的がありそうだが、私には明かしたくないようだ。私も無理に話せとは言わないし、秘密は守れる。

そもそも私の恋人は変わった女性で、自分自身を謎に包むのが好きなのだ。何とか彼女の気まぐれに馴れて、奇矯な習慣に順応しなければ。彼女の行動については、ほとんど一歩ごとに何か説明できないことに出くわす。ここ半年ほどつきあっているけれども、これまで彼女の声を聞いたことがない。つきあい初めの頃、かなりしつこく理由を尋ねたこともある。その答えとしては逢引きの翌日に、それは訊かないでください、無駄にわたしを苦しめないで等と懇願する手紙が来るのだった。結局彼女に負けて、訊くのはやめた。ひょっとして何か事故に遭って、本当に話す能力を失ったのだろうか？　いまはそれを恥ずかしく思っていて、障害を打ち明けるよりは、理由についてわからないままにしておく方を選んだのだろうか？

相変わらず彼女と会うのは週に一度きり、それも決まって土曜日だった——ほかの曜日には会ってもらえない。ここでひとつ、ある特徴的な点に触れておかねばならない。こうした毎回の訪問の、言わば前奏曲と関連したことである。

部屋に入ったとき、必ずしも彼女がいるとは限らないのだ。迎えに出てくるまで、ときにはかなり長い間待たねばならない。それも毎回、あまりにこっそりと、あまりに音もなく現れるものだから、いつどこから近づいてきたのか決してわからない。たいていは突然私の背後に立っていて、不意に私の首筋に接吻する。それは快く甘い——が、しかし同時に恐ろしくもある。そのとき私は決して完全に正常な状態というわけではない、という気がする。それが何なのか、うまく言えない——軽い瞑想か忘我のようなものだろうか？

いずれにせよ、ヤドヴィガに長く待たされるたびに、入口の向かいにあるギリシャ風の盾をじっと見つめていたいという打ち勝ちがたい欲望を感じるのだ。どこからこんな考えが思い浮かぶのかわからないが、時折その盾はそこにわざと置かれたものという気がする。部屋に入ってくる人の注意を引きつけ、そのきらめく円の方へ目を釘付けにするために。私がときに陥る奇妙な状態の原因は、ほかでもないこの盾ではないか、だれが知ろう?……。

そして、その前奏曲の後は、すべてが正常な流れで進む——私たちは互いを激しく求めあい、愛撫しあい、子供っぽいいたずらや戯れを仕掛けたりする——だが始まりはいつも、すでに記したとおり——いささか奇妙なのだ……。

もうひとつ私が必ずしも満足していないことがある。実際些細なことではあるが、しかし好ましくはない。ヤドヴィガが度を越して好きなのが、自分の頭をギリシャのヴェールの一種で覆うことだ。それは眩《まばゆ》いほど白い、目の詰んだ生地でできている。私はこの覆いが耐えられない! せめて髪と後頭部をくるんでいるだけならまだしも——ところがそれはしばしば雪花石膏《アラバスター》のような彼女の額を覆い、顔の一部を嫉妬深く私の目から隠し、口や目まで見えなくしてしまう……。

その乳白色のヴェールを取りはずそうとすると、明らかに腹を立てて部屋の奥へ逃げる。なんと強情な! だが美しい女とは気まぐれなものだという。こうした気まぐれを尊重できなければならない。とはいうものの私がつねにそうできるとは限らない。先日、いささか東方の習慣を思わせるこの仮面舞踏会にいらだった私は、逃げようとする彼女の肩を強くつかんでしまった。私の動きはがさつで不器用だった。彼女の高価な、雪のように白いペプロスを引き裂いてしまい、大きな布の切れ端が手に残った。私はそれを記念に取っておき、絶えず持ち歩いている……。

＊＊＊

おとといの土曜日、おかしなことに気づいた。いつものように夕刻、ヴィラに入っていくと、ヤドヴィガはまだ部屋にいなかった。盾のメドゥーサの視線を避けながら、私は奥の間の方へ行った。そこは、真鍮のカーテンポールから床まで垂れ下がる長く白い幕で、寝室の残りの部分と隔てられている。不意に、幕の端に引き裂かれた跡があるのが目に留まった。おおよそ幕の中程の高さで、半円形の裂け目が媚びるように笑っていた。無意識に生地を手に取り、指の間で滑らせてみた。布地の絹のような柔らかさが、あるものを連想させた。反射的にポケットに手を伸ばし、記念に取っておいたペプロスの断片を取り出した。突然私はその形を幕の裂け目の輪郭と比べた。何か奇妙な考えが浮かんだ。ふたつは同じようだった。私は手にした断片を引き裂かれた幕の縁に当てた。めずらしいこともあるものだ！　ギリシャ風の衣装の断片は裂け目をぴったり正確に埋めたのだ!! あたかもそれが彼女のドレスからではなく幕から引き裂かれたかのように、あるいは、ペプロスと幕がひとつの同じものであるかのように……。

それから半時間後、ヤドヴィガと挨拶を交わしながら、私は彼女のドレスを注意深く見つめた。だが破れた跡は消えていた。長衣は清らかな襞《ひだ》となって足元に流れ落ち、ほんのわずかな傷さえなかった。

どうやらヤドヴィガは私が見ていることに気づいたようだ。半ばいたずらっぽく、半ば謎めかして微笑んでいたから。そのとき私は引き裂かれたペプロスの切れ端を掲げつつ、彼女を奥の間に連れていき、そこで自分が気づいたものを見せようとした。だが奇妙なこともあるものだ! 幕はもうなかった! 思いがけず可笑しな考えが浮かんだ。

——彼女は幕を〈借用〉してペプロスにしたのだろうか?……。

幕のあった場所では静かな奥の間が私たちに歓迎の腕を開き、その真ん中で柔らかな寝台が私たちを招いていた。私はヤドヴィガを見た。彼女は魅惑的な励ましの微笑で応えた……。

＊＊＊

最近、興味深い〈発見〉をした。ヤドヴィガの躰にある生まれつきのしるしが、私が持っているのとそっくりなのだ。私たちの痣《あざ》は実際まったく同じである。なんという面白い偶然の一致だ！　さらに面白いことに、痣の位置まで同じなのだ。ひとつは暗い赤色で葡萄の房の形をしており、大きさは胡桃ほど、右の肩甲骨のところにある。もうひとつはいわゆる〈二十日鼠〉の形で、左鼠蹊部《そけいぶ》の上の方にある。このような身体細部の偶然の類似には考えさせられる。痣の形が典型的なよく見かける類いのものではなく――それどころか、例外的な特徴があり、きわめて個性的なのだから尚更だ。可笑しな話じゃないか？……。

だが、もうひとつ気づいたことがある。彼女の肌は、特に胸と背中は、陽に焼けたような浅黒い色をしている――まったく私と同じなのだ。私の皮膚のこうした特徴は長年の日光浴の結果だった。彼女の場合も同じように説明できるかというと、大変疑わしい。私が知る限り、彼女は日光を避け、すぐにブラインドを下ろす。私はその逆で、日光が大好きだし、自分の部屋には窓越しに燦々《さんさん》と降りそそぐようにしている……。

＊＊＊

ヤドヴィガの奇矯な振る舞いはどう見ても度を越している。ここ二、三週間は、照明を惜しんだ、ときにほとんど真っ暗な部屋でしか会ってくれず、しかも何時間も待たせる。ようやく寝室の暗い隅のどこからか姿を現すと、全身あの胸糞悪いヴェールでくるまれているから、一瞬、幻ではないかと思う。先週はその覆いの下から、細い裂け目ごしに伺うように私を見ていた。

その代わり彼女の情熱はこのところ明らかにつのっていた。この女は荒れ狂う！　全身で性の悪循環に閉じこもり、放蕩の中で転げまわり、情欲に痙攣して這いずる。ときに私はこの悪魔のような彼女の勢いにまったくついていけず、置きざりにされ、麻痺し、消耗しきって、息切れすることもある。なんてことだ！　私はまだ本当のヤドヴィガ・カレルギスを知らなかったのだ！

しかしその一方で、あるときから彼女の姿に何やら風変わりな現象が見られるようになった。その特徴はおおよそ〈とらえどころのなさ〉と言えるだろう。いまやあまりにぴっちりと躰に巻きつけているあの白いヴェールのおかげか、あるいは乏しい照明のせいか――彼女の姿は時折、私の視線の制御下から逃れ出る。そのためときに興味深い幻覚や光学的錯覚が生ずるのだ。彼女が二重に見えることもあれば、何だか滑稽に縮んで見えることもあり、また遠く離れたところにいるようにも見える。まるで〈七つのヴェールの踊り〉〔オペラ『サロメ』第四場のサロメの踊りのこと〕さながら、あるいは立体派《キュビスト》の絵のようだ。たびたび何か謎めいた制作段階にある未完成の彫像のように見える。あたかも半分しか仕上がっていないデザインのように。

だがその〈とらえどころのなさ〉は触覚の領域にも移ってきている。とりわけ上半身に関して。すでに幾度か不快な驚きとともに確認した――ついこの間まであれほど引き締まってしなやかだった彼女の肩と胸が、いまやたるんでいるのを。ドレスを手で押すとどこか奥の方までへこんでしまい、かつての張りのある躰の手ごたえはもはや感じられなかった。

あるときそのことで極限までいらだった私は、抑えがたい欲望に駆られて、彼女を刺すことにした。ゆっくりとネクタイからオパールのピンを引き抜くと、彼女の剝き出しの足に突き刺した。血がほとばしり、叫び声が聞こえた――だがそれは私の胸から出た声だった。その瞬間、私は足に激しい痛みを感じた。ヤドヴィガは奇妙な微笑みを浮かべながら、血が自分の傷からしみ出て大粒のルビーの雫になるのを見つめていた。彼女の口から嘆きの言葉は一切出てこなかった……。

その夜遅く自宅に戻ってから、下着を替えなくてはならなかった。血で汚れていたのだ。足にはいまもピンで突き刺した痕が残っている……。

＊＊＊

もうあそこには二度と行くものか！〈シナノキの下〉のヴィラでひと月前、八月最後の土曜日に起きた出来事の後、人生は私にとってその魅力を失った。私は一夜のうちに白髪になってしまった。知人が通りで見ても私だとはわかるまい。どうやら私は人事不省で一週間床に伏せ、熱に浮かされてうわごとを言っていたらしい。今日ようやく初めて家から出た。私は老人のようによろめき、杖に頼っている。なんと恐ろしい結末だ！……。

さて、以下に記すのが、忘れもしない八月二十八日、私がヴィラで体験したことである。破滅的な関係を結んだ瞬間から一年足らずであった。

その晩私は遅刻した。何かの批評だか文学の記事だかをなるたけ早く世に出す必要があり、二時間余計に取られたのだ。到着したときはもう八時だった。

寝室は真っ暗だった。二、三度家具につまずいて、少々いらだった私は大声で呼んだ。

「こんばんは、ヤドヴィガ！　なぜ明かりを点けないんだ？　こんな暗闇じゃ頭をぶつけかねないぞ！」

　答えはなかった。室内に彼女が存在することを示すような、ごくわずかな動きもなかった。私は神経質にマッチを探しはじめた。どうやら私の目論見が気に入らなかったらしく、彼女は邪魔することにしたようだ。というのも突然、頰に冷たい、手のような感触を感じ、かろうじて聞き取れる程度の小さな囁きが聞こえたからだ。

「明かりは点けないで。わたしのところに来て、イェジィ！　奥の間にいるわ」

　奇妙な感覚に襲われ、私は身震いした。知り合って初めて彼女の声を――いや実際には彼女の囁きを聞いたのだ。私は手探りで寝台に近づいた。囁きは止まり、それ以上もう繰り返さなかった。彼女の顔は見えなかった。完全な暗闇だったから。ただ何かぼんやりしたものが白く浮かんでいただけだった。きっともう下着姿だったのだ。手を前に伸ばして抱こうとすると、剝き出しの腰にぶつかった。私の躰に震えが走り、血がかっと熱く煮えたぎった。ほどなくして私はもう彼女の下腹部の甘さを飲んでいた。彼女は狂っていた。その躰の目くるめく香りが意識を麻痺させ、憧れを所有欲の炎で燃えたたせた。彼女の神々しい腰の情熱的なリズムが血の炎を煽り、狂乱を焚きつけた……。だがいくら彼女の唇を探してもむなしく、彼女をこの腕に閉じ込めようとしても無駄だった。震える両手で私は枕の周りを探りはじめ、彼女の躰に沿って手を滑らせた。ぶつかったのはスカーフやヴェールだけだった……。まるで彼女の全身がみずからの性の篝火《かがりび》に閉じこもり、それ以外の一切を私の前から取り除いたかのように……。ついに私は我慢できなくなった。誇りを傷つけられ、人としての尊厳を貶《おとし》められたような感覚が、私の中で激しい不服となって沸きあがった。彼女の唇がどうしても、絶対に欲しくなった。どうして彼女は私に唇を禁じたのか？　私にはその権利もなかったのか？

そのとき咄嗟《とっさ》に思い浮かんだ。そばの壁に電気のスイッチがあるじゃないか。寝台の上にひざまずき、手探りでスイッチレバーを見つけて、ひねった。光があふれ、部屋を明るく照らしだした。私は一目見た途端、果てしない恐怖に押されて、寝台から跳び出した……。

目の前のレースと繻子《しゅす》のざわめきの中に横たわっていたのは、みだらに投げ出され、腹まで剝き出しにされた女の胴体——胸もなく、腕もなく、頭もない胴体だった……。

恐怖の叫びをあげて私は寝室を飛び出すと、狂人のように階段を飛び降りて、外に出た。夜の静けさの中を疾走して橋を渡った……。

明け方近く、私はどこかの庭園のベンチで意識を失っていたところを発見された……。

＊＊＊

二ヵ月後、たまたま〈シナノキの下〉のヴィラのそばを通りかかると、庭園で労働者たちが忙しく働いているのに気づいた。冬に備えて薔薇が藁《わら》の菰《こも》で巻かれていた。洗練された身なりの男がひとり、並木道の奥から近づいてきて何か話していた。打ち勝ちがたい欲求に突き動かされ、私はその男に近寄ると、帽子をちょっと持ち上げた。

「すみません。こちらはヤドヴィガ・カレルギスさんのお宅でしょうか？」

「かつてはその方の所有でした」との答え。「一週間前にご家族が遺産として相続されたのです」

妙にのどが締めつけられる気がした。

「相続というと？」私は努めて無関心な口調で尋ねた。

「ええ、ヤドヴィガ・カレルギスさんが亡くなってもう二年になりますから。外国に出られてまもなく、アルプスを旅行中に事故がありまして。お顔の色が悪いようですが？　どうなさいました？……」

「いえ……何でもないんです……。失礼しました。教えてくださってありがとうございます」

そして、よろめきながら、川べりを町の方へ向かった……。

弔いの鐘

PODZWONNE

彼らは夕方の瞑想に没頭した。

町の喧噪はここまで来るとかすかなざわめきに過ぎず、教区司祭の閑静な果樹園とは草むした厚い壁で隔てられていた。ただ反対側の端で鉄格子の狭い門が壁を断ち切っており、そこでは目の前を通りの生活の断片が通り過ぎていった。ときには歌声と共に革製の上衣姿の酔った兵士の集団が、ぞんざいに下げた剣をがちゃがちゃいわせながら通り過ぎ、折れ曲がった帽子の幅広い豊かな形の中にふわふわした羽がちらっと見え、騎士の外套がはためくこともあった……。

ときには天鵞絨《ビロード》のドレスの裳裾を恥ずかしがりの町人女がさらさらいわせつつ急ぎ足で家に向かい、重々しい歩みで町の議員団が通り過ぎ、年輩の婦人の気品ある姿が黒々と見えることもあった……。

どこかの街角では曲芸綱渡り師が蛇のような動きでしなやかな躰《からだ》を曲げ、見物人の中で派手な衣装のスパンコールがきらめいた。そしてその先では――その先では夕べの煙がうねり、日光が屋根に照り映えていた……。

果樹園から刈りたての草の青臭さが吹き寄せ、地面から湿気が生じていた。一時間前に雨が降り、木々や草地や花々を濡らしたので、それらはつやつやとして、日没のみずみずしい赤と柔らかく調和していた。

絹のような影が湿った芝生の芽に波状に落ち、気まぐれな風の動きに身をゆだねていた――込み入った木々の輪郭が黄昏の不思議の網を編んでいた。その真ん中に珊瑚の円盾のごとく、隣の教区教会のステンドグラスから跳ね返った燃えるような日光の反射が落ち、ゆっくりと消えていった。外は暗くなっていった……。

パヴェウ司祭の顔に落ち着いた晴れやかさが輝いた。神秘主義者の灰色の目は人生のあわだつ渦を寛大に眺め、あふれる愛と思いやりで煽り立てられた感覚の世界を取り囲み、すべてを弁護し、無限に許していた。

今日、違ったふうに町に見入っていたのは、パヴェウ司祭の親友であり心の友、鐘つき番のセバスチャンである。黒っぽい髭で囲まれた彫刻家の繊細な顔は意志の力にあふれていたが、それはこれまで魂を活気づけてきたものとは極端に異なる、新たな憧れの圧力下にいまにも屈しそうだった。

なぜならそれは急転と反逆の夜、今日まで巨大な力で接合されていた二つの魂の岐路だったからだ。これ以降、それぞれが自分の道を進むこととなった。

ほぼ同い年の二人は一緒に育ち、共通した意見と思想の中で成長した。パヴェウは元々神秘主義者で聖職に専念し、ここ数年は教区教会のそばで暮らしており、やがて叙階の後、説教者と贖罪司祭として有名になった。セバスチャンは親友と別れたくなくて、鐘つき番の任務を引き受け、暇な時には彫刻と造形美術に携わっていた。彼は子供の魂を持ち、信仰と神を熱愛し、鐘たちを歌わせ、熾天使《セラフィム》たちのメロディーに耳を傾けた。パヴェウ司祭は昔からそんな彼を知っていたし、そんな彼を好きになって、夢に見ていた。セバスチャンは司祭の理想であり、探し求めていた欠陥のない唯一の魂であったから、司祭は全力を振りしぼってそれを雪の高地にとどめておこうとした。

二人の間にはめずらしい、いわば形而上学的関係が生まれた。彼らの思考のごく軽い震えは見えない波となって互いに伝わり、つねにきれいな汚れなき反響の中で調和して浸透していった。パヴェウの口から出た大天使の息は、鐘つき番の兄弟の胸のハープを打ち、喜びによって強められた美しさは百弦の声となってそこから上へと舞い上がった。彫刻家は親友の創造的思考を己の技の白い翼に乗せて、あの世のどこかへ、あの天使と神のおわしますところへ持っていった。

パヴェウはこの関係を緊密にすることに決め、他の勢力が先んじる前に、彼を分かちがたく自分の元につなぎとめようとした。そして彼らを結び合わせたのが大天使ミカエル、偉大なる聖戦士、二人の思考と魂の産物、セバスチャンの手になる作品であった。

二人はそれを教区教会の主祭壇の上に巨大な翼で飛んでいるように吊るした。鐘つき番は友との会話から霊感を得、祈りに専念しながら、二年間かけてその像を彫ったのである。

何度も焼きを入れて鍛えた枷《かせ》が、見えない形で天軍の勇士の躰を支えていた。必要に応じて枷は取りはずすことができ、すると像は天蓋の後ろにある部分に沿って軽々と滑り落ちた。

この設備を名人は、傷んだ部品の塗り替えや修理に必要だと考えていた。しかし機構の秘密をパヴェウ以外のだれにも打ち明けなかったのは、はずし方が下手だと、あるいは速過ぎると、機構全体が上から倒壊するのではないかと心配していたからである。年に一度、熟練した手で像を下へ降ろし、蜘蛛の巣を掃除し、埃でくすんだ衣装に輝きを取り戻した。そして再び教会のアーチの下に設置された――瞳に神の熱意を燃やし、髪をなびかせた青い勇士は。

記念すべき日、空っぽの教会に、誇りと幸せに輝いた制作者は、心を込めた作品を初めて吊るした。

二人は静かに、勇敢な顔の聖なる火と、サタンを狙う右手の大きな動きを見つめて立っていた――自分たちのすばらしい魂の美しさに喜び、驚嘆して……。大天使ミカエル！

そして彼らは大いなる誓いを、魂の誓約を結び、宣誓によってそれを生涯にわたって強め、長い人生全体は、以来、神と人々への愛の中で、だが地上の悦楽は奪われて、汚れなき聖なるものとなるはずであった。神はその証人となり、宣誓を受け入れた……。

魂の生活では、ある特定の範囲を区別することができ、それに対して完全に無関心、というかむしろ冷淡な不信を抱く者もいれば、己の全自我でその深奥に没入する者もいる。そしてここで残忍にも完全に、存在の凶暴性が己のしるしを広げているのだ！　そうした〈自由〉で無関心な者たちは、いかなる点でも遠慮せず大手を振って歩き、悪魔めいた忍び笑いをしながら、最も残酷な罪を犯す――しばしば、偶然そこに巻き込まれただけの他者を自分の代わりに、劫罰《ごうばつ》を吐き出す深淵へと引き込むために。

呪いと罰こそは彼らが信用するもの！

汝の信仰が汝を破滅させた！

震えるがいい、信者の罪人よ！

魂を包み込むあらゆる枷を引きちぎるがいい、ごく弱い繊維も残さずに。なぜならそれも絶滅の深淵へと引きずってゆくものだから。そして燃え尽きぬ信仰の灰の下深くに燃えている、最もかすかな火の粉が、復讐の日に破滅の火事を焚きつける。

パヴェウ司祭とセバスチャンは信者であった。二人が結んだ誓約は両者にとって、とりわけ、それをより深く理解した者にとって、脅威となる可能性があった。

その晩、二人が聖堂を離れたとき、麗しい五月が果樹園の花々を咲かせ、草地や畑を青々とさせ、蕾《つぼみ》をふくらませていた。林檎の花びらがおびただしい豪雨となって降りしきり、ニワトコやジャスミンは目のくらむような香りを送り届け、マグノリアは揺れる風に酔いしれていた。通りでは喜びに震える恋人たちが春の切望に身を寄せ、手をからめあって通り過ぎた。

セバスチャンは急に切なくなった。だがもう背後では司祭の真面目な声が彼を崇高な道へと呼んでいた。

「今日からわれわれ各自がもうひとりに対して責任を負う。われわれは互いに宣誓を受け入れ、信者が罰せられずに訪れることができない聖域に入った。もしもわれわれのうちいずれかが誓いを破った場合、もうひとりが浄化の犠牲となってその責任を負うのだ」

「しかし仮に僕らが信じることをやめたら、責任は消えるように思うけれど？」

「それは本当だ――たとえ片方だけであっても。

しかしそれは本心からでなければならない。わかるか？　完全な不信心だ！」

「ああ……だが僕らはそこまではできない……」

「だからこそ用心しなくては！　われわれは魂の永遠の調和に仕えている。もしもどちらかがあえて調和を乱すならば、双方が不幸になるだろう！」

二人は深く考え込んで別れた……。

それから数年が過ぎた。誓約は確かにさらに強く二人を結びつけたようだった。

だがじきに変化が訪れることになった。

他の人々に対してはいつも物わかりがよく優しいパヴェゥが、秘密の関係を結んで以来、親友に対しては厳しく、たびたび容赦しないことがわかった。セバスチャンはほとんど子供の頃からパヴェゥの圧倒的権力の影響下で育ち、外からの誘惑を取り除かれていたので、最初はそうした束縛する庇護に気づいていないようだった。彼の中ではまだある種の心の反応が目覚めていなかった。ときに彼を襲うつかのまの憂鬱を、親友はしかるべき方向へ向けることができた――彼の中に天上の恍惚と愛を焚きつけながら。

しかし、ある時期まで眠っていた力がついに、静かな、ほとんど気づかないが、持続的に効果のある動きを始めた。

ある日、彫刻家は途方もなく孤独だと感じた。こんな考えが浮かんだ。これまで人生を存分に使ってこなかったけれども、誓いを立てる前ならいつでも自分の取り分を求め、幸福の花に手を伸ばすことだってできたはずだ、と。彼は美しく、若かったのだ。ミカエルの足元で起きた出来事の後、道はすでに閉ざされていた。高い壁が、水晶の新鮮さや滝の虹にきらめいてはいるものの、氷のごとく冷たい聖堂に彼を閉じ込めていた。大理石の痛いほどの冷たさが身にしみ、雪花石膏《アラバスター》の白さに目がくらんで見えなくなった。心の絶望の叫びに対する答えとして受け取るのは、相も変わらず巨大な空き部屋のひっそりとしたこだまだけだった。だがあの壁龕《へきがん》のステンドグラスの向こうでは命の結婚式が祝われ、午後の太陽の黄金が通り過ぎていた。あの窓のドレープカーテンの向こうでは薔薇が惜しみなく香りのよい懐を分け与え、おびただしい梨の木が競って大胆な手をむなしく伸ばしていた。

それで彼は閉じ込められた鳥のように窓ガラスをたたき、格子をガタガタ揺すり、しばらく格闘した末、鳥籠の底にどすんと落ちた。信仰は翼の力を解き放ってはくれなかった。

このジレンマのさなかに彼はマルタと知り合い、自分が男であることを理解した。マルタは陽気な旅回りのサーカス一座の踊り子だった。クレオール女の浅黒い躰がサラバンダの蔓《つる》植物の回転にうねりはじめると、コチニールの赤を染ませたショールが緋色のリボンとなって頭を取り巻き、口が利けなくなった群衆は息を殺して、踊る関節を吸い込んだ。彼女は赤く色づいた秋の葡萄がからみついた、すらりとしたニオイヒバのようだった……。

彼女は夕暮れ時、日没の光と共に彼のところへ流れくだり、孤独な家の敷居に秘密の、唯一の瞬間のように現れた。

「あなたの偉大な大天使がわたしを遣わしたのよ……」

パヴェウは町にいなかった。長期間出かけていたのだ。戻ったとき、すでに事は起きていた。彼は抵抗することができただろうか？

幸福は悲しく、病んでいた——近づく雷雲を悼む層に青ざめた太陽の喜び。

セバスチャンは宣誓の神聖さを信じることをやめなかった。

パヴェウの言葉は黒い不安な線で、光輝く愛の模範を断ち切った……。

恋人たちは今夜、町を離れ、南の糸杉の木立とオレンジの庭へ行くことに決めた。

ところが、最後の晩を彫刻家はパヴェウに捧げた。

司祭は何か推測しただろうか、感づいただろうか？

わからない。彼は顔を掌にのせてこう言った。

「昨夜、奇妙な夢を見た。夢に出てきた双子は不幸な偶然で胸部が癒着していた。しばらくしてわかったのだが、そのうちひとりはおぞましい膿疱《のうほう》で麻痺しており、膿疱は急激にその子を破壊しはじめていた。もうひとりを救うには、二人を分離する必要があった。医師たちはそれが不可能なことだと認めた。検査によると、二人の心臓は共通で、全体が健康な方の胸にあったとしても、心臓と病人をつなぐ繊維が分離の際に破壊され、もうひとりも破滅するに違いなかった。それで二人とも壊滅を宣告されたのだ。考えてもみろ……ひとつの小さな繊維のせいで！　ひどい話だ！」

　セバスチャンは親友の顔を注意深く調べた。

「それからどうなった？」

「それから？　何だ、聞きたいのか？　結果は明らかだ。片方の恐ろしい消滅を、私はぞっとして目にした。そしてそれは次に健康な方に移った。病が心臓に達したちょうどそのとき目が覚めた……」

「本当に」鐘つき番は囁いた。「本当に……」一層小さな声でこう付け足した。

「奇妙な類似だ……」

　すっかり暗くなった。

　パヴェウは立ち上がると別れの挨拶に手を差し出した。

　二人は堅い握手を交わした。片方はあたかも物言わず咎《とが》めるように、もう片方は長い別れ、もしかすると永遠になるかもしれない別れの握手を。

　しばしの後、彫刻家はすでにひとりで家の前に座っていた……。

　月はもうしばらく前から、夢のような踊りや銀の瞑想や憧れに関する昔からの夢を紡ぎ、樅《もみ》とマロニエの並木道に力なき青白い慈悲を注いでいた。薔薇の茂みの中では螢が乏しい幸福の光で輝きながら舞い上がっていた。どこからか霧が起き上がり、木の幹をなびくショールで抱きしめながら、木のこぶの乳房をきれぎれに裂いた。どこかで小夜啼鳥《さよなきどり》がしきりに嘆きはじめた……。

くぐり戸の格子の向こうにしなやかな姿がぼんやり見えた。

ついに来た！

二人は郊外の大通りに向かって足早に歩いた。町はすでに眠っていた。ただ沿道のワイン酒場から歩道にランプや松明の光が落ち、だみ声の震えとなって歌のメロディーが流れるばかりだった。

二人は最後の、町から最もはずれた旅籠屋《はたごや》に入った。そこからいつも郵便馬車が旅を始めていた。出発は夜半過ぎのはずだから、時間はたっぷりあった。

旅籠屋には騒がしいが情熱的なジプシーの楽団がいた。ひどく混み合い、何もかも煙に覆われていたから、二人はやっとのことでテーブルに席を見つけた。ヴァイオリンとフルートの優しい音色が、金属や鳴子のがちゃがちゃいう音と混ざり合い、マルタの魂の中で共鳴音となって響いた。彼女は踊りはじめた。

人々は場所を空けた。

短い前奏。いくつかの切れ切れの獰猛なすばやい動き、そして……回る……。誇り高き女王のトルソー……。深紅のショール。すばらしい大きな仕草。クレオール女！

女は速度をゆるめた。弦は欲望にまどろんでいる——輪は狭まり、中心へ……女は動かなくなった！……。

ヘイ、君、我が血よ、狂った血よ——縁をあふれさせよ、白き耕地を赤面させよ！　わたしは炎の娘。ヘイ、君、我が血よ、血よ！……。荒れ狂え、曲を弾け、カワガラス！　火を吐き出す松明のごとく！……。

渦、回転、喧噪！……。女は踊りながら舞い上がった。弓なりの、お辞儀の狂宴、錯綜する腕、リボン、髪の金色の旋風！　そしてあの赤いショール、あの赤いショール！……。

瞬く間の瞳の出会い……。

「おんなよ、我と汝となにの関係あらんや？」

痛み、深淵、崇拝！　大天使ミカエル！

聖なる汚れなき我が御方！　波立つ血の忠誠、謙虚な改悛……。

否！……。真実はわたしの中にある！

頭の絶妙な跳ね返り、弧を描く唇……。だれが打ち負かす？

わたしが、朽葉色の豹が！
窓の外で閃《ひらめ》いた？……。何でもない……わたしは行く！
知っているわ、魔法の庭園を、愛の楽園を、
知っているわ、甘い泉を、うっとりする隠れ家を、
神の夢が紡がれた織物を、
　行け！
窓の外で雷が鳴った？……。何でもない！　何でもない！……。
蒸し暑い炎、満腹後の渇き、欲望の狂気。
知っているわ、肉欲に震える若い躰を、
褥《しとね》での愛撫で静まる憧れを……。
　行け！
強風が木々を打ち砕く？……わたしは強い！
あなたに歌を弾いてあげる、この胸であやしてあげる、
あなたが仕事に疲れて戻ってくるとき、
髪をほどいて、寝台の頭板に敷きつめるわ、
百合で、薔薇で覆うわ……。はっ！……何なの?!

彼女は恋人に走り寄った。

突然開いた背後の壁の扉から雨の流れが降りかかり、敷居に黒々と見えたのは司祭服である。それはずぶ濡れになって青ざめたパヴェゥ司祭だった。

真夜中頃、司祭は突然起こされて、死にそうな人のところへ呼ばれた。寝台から起き上がると、必要なものだけ持ち、外套なしで、年端の行かぬ少年を連れて出かけた。道のりはかなり遠かったが、夜は昼間のように明るかった。帰り道、不意に雷雨に襲われた。

暗闇の中、どこに向かっているのかわからず、行き当たりばったりに最初の家のドアに駆け寄った。いまや自分のいる場所がわかって、もう引き返したくなったそのとき、突然、彼の目に入ったのが、セバスチャンと彼に抱かれて寄り添う踊り子であった。

司祭の顔に一瞬、無力な絶望が深い溝を掘った。だが次の瞬間にはもう自制し、それ以上は後戻りせず、二人の方へ歩を進めた。

「セバスチャン、信じるのをやめたのか?」

彫刻家は黙っていた。この瞬間は厳然たるものだが、聖なる瞬間でもあることを彼は知っていた。その貫きとおす明るい視線を前にして、嘘をつく勇気はなかった。

せめて……彼を救うためとはいえ。だから長い沈黙の後、静かにこう答えた。

「いいえ……」

怒りの痙攣が彼の顎をとらえた。

「許してくれ！……。ほかにどうしようもなかったんだ」

「ありがとう、兄弟よ。落ち着け。私が〈彼〉を救おう。揺らいだ同盟を回復させる。君は彼女と共に幸せになってくれ、ただもし……できるならば……」

彼は微笑んだ。

鐘つき番が答える気力を見出す前に、パヴェウ司祭はもう部屋にいなかった……。

その間に外は再び晴れ、月は途切れた旅を終わらせた。音楽はどこかへ去り、人々は散っていった。ただ隅で旅人たちがまどろみながら駅逓《えきてい》を待っているだけだった。

セバスチャンは黙って天井を見つめ、マルタには注意を払わなかった。彼女は鈍重な物思いからセバスチャンを引き出そうとしていたのだがうまくいかなかった。

そうして数時間が過ぎた。

出し抜けに出発の喇叭《らっぱ》が鳴った。

彫刻家は夢から覚めたかのように立ち上がると、席を取りに行くと見せかけて旅籠を出た。門を出ると町へ向かった。教区教会の方へ急いだ。

半時間後、目的地に着いた。教会には明かりが点っていた。大きく開いた扉越しに蠟燭のかすかな輝きが見えた。あたかも何かを自分の目で確認しようとするかのように中をのぞきこんだ……。彼は残念そうに笑いだした。

「わかっていたさ」

鉛の歩みで鐘楼の方へ向かった……。

＊＊＊

明け方三時頃だろうか、雌鶏たちはもう三回、金切り声をあげた。町の上空に夜明け前の静けさが物憂げに腕を伸ばし、鎖から放たれた犬たちが時折吠え、川面の霧が晴れてきた。屋根からは夜雨の涙が眠たげに流れ落ち、桶では雨水がくぐもった音を立てていた。東では星々が空に溶け込んでいった……。

突然、鐘の声がうめいた。孤独でしゃがれている……。だれかが警報を鳴らしていた。すでに二つ鳴った、三つ……全部鳴った。

往来をブロンズの音の盾が進んでゆき、鈍い音を立ててぶつかりあうと、壁に当たって砕けた……。

震える空気の新たな渦、目が見えぬ群れの激怒した勢い、そして再び金属がぶつかる音。鐘が狂ってしまった……。

人々は松明を手に急いで教区教会の中庭に集まった。

教会は広々と開け放たれていた。真ん中の主祭壇の下、血溜まりに横たわるパヴェウ司祭は頭蓋骨を打ち砕かれ、大天使ミカエルを抱きしめており、その金色の翼が司祭を覆っていた。

めったにない偶然で、天井から落ちた像は無傷だった。安全に司祭の躰の上で休らっていた——己の重みで司祭の頭を押しつぶしながら……。

あの鐘楼の上では音の悪霊が泡を吹き、狂乱の綱が引かれ、荒れ狂う舌たちが鐘を打ち鳴らしていた……。

教会の鐘つき番が発狂したのである。

サラの家で

W domu Sary

この間クラブにいたときのストスワフスキの態度と様子からして全然気に食わなかった。いつもは陽気で率直なこの男が見違えるほど変わり果てていた。議論にはほとんど参加せず、目下の話題と関係ない発言をして居合わせた人たちを驚かせた。私は意地悪な幾人かが我が不幸な友人の方へ皮肉な視線を向けたのにも気づいた。友人をかばおうとして私は、彼が投げた言葉を会話の流れと無理やり結びつけた――すると彼は救いを感謝するかのようにうっすらと微笑み、あとはもう終いまでかたくなに黙っていた。

そもそものときすでに彼ははなはだ不快な印象を与えていた。なぜなら妙な寡黙さがかつての性分とあまりに食い違っていたばかりか、謎めいた外見も人を不安にさせたからである。通常は身ぎれいで大袈裟なくらいエレガントな恰好をしているのに、その晩ストスワフスキはいい加減な、ほとんどほったらかしの服装でやって来た。かつては健康で、若さと豊かな生気がほとばしっていた顔は病的に青ざめ、物思いの霧が目を覆い、その無気力と無内容が高貴な顔立ちの輪郭と痛々しいコントラストを形作っていた。

悪い予感がして私は会合のあと彼を招き、綿密な健康診断をした。すでに遅い時間だったにもかかわらず、彼は抵抗せずに辛抱強く検査させてくれた。かなりの神経衰弱と全般的な疲労以外、疑わしいものは何も見つからなかった。ただ原因がわからなかった。

「おい、カジョ!」私は彼に指を突きつけて冗談を言った。「お遊びが過ぎるぞ! 女どもだろ? 多すぎだよ、君、多すぎ! もっと自分自身に気をつけなきゃ。このままではいけない。じきに衰弱してしまう。そうなったらどうする?」

私は正しい弦に触れたのだ。

「女ども」物思いにふけりながら彼は言った。「女ども……どうして複数で言うんだ、ひとりではなく？」

「私が知る限り、君」私は微笑んで答えた。「これまでこの堕落した寵児を誘惑できた女はひとりもいなかった。実際に君がこれほど急激に変わったことがあるだろうか？　恋をしているとは考えにくい」

「ただ君は不適切な表現を使った。恋愛とつかのまの情欲以外の別の可能性は推測しないのか？」

「何のことだ？」

「性の憑依。わかるか？」

「いや、あまり」

「まあ、はなはだ単純なことだ。ある日、君は並はずれた女と出会う、性の化身だ、それからというもの、彼女との最初の関係以来、別れることができない。彼女を憎み、喜んで束縛を投げ出そうとするが、努力しても無駄だ。君は彼女の性に完全に取り憑かれている。思考の視野全体が彼女の躰《からだ》、彼女の形、まなざし、接触などの排他的な輪に閉ざされ、彼女との肉体関係が存在の形になる。女は悪と憎しみの偶像に変わるが、にもかかわらず誘惑的で、君は無条件に屈服せざるを得ない……」

「それは単に自分のタイプを見つけた雄の性的衝動が高まっただけだろう」

「君は間違っている。これは現《うつつ》で続く催眠的暗示の一種なんだ。僕はほかのことを一切考えられない、もっぱら彼女のことだけ、そして――最も汚らわしいことに――彼女の性とそれに関わる細部のことばかり考えている。これは自分の意志に反し、衝動にすら反して押しつけられていると感じる。彼女より美しく、より魅力的な女たちとつきあっていたこともあるが、躊躇なく手を切り、気軽に別れていたというのに。ここではそうする力もない」

「たぶん、以前の女たちは、君の理想の女性像が満たすべきすべての条件を満たしていたわけじゃなかったのさ」

「それも誤りだ。違うと思う――むしろ間違いなくわかっているのは――仮に僕が彼女と親密な関係に至らなかったならば、現在の状態になってはいなかっただろうということだ。君は信じるかい、ここで彼女の方からある種の誘惑があったと？」

「は、は！　これはもう多すぎだ！　カジョ・ストスワフスキは純粋なヨセフ！言うなればセックスの精製糖だ！」

「そうじゃない、ヴワデク！　君は僕を理解しようとしていない。僕は彼女にあまり近づきたくなかった、得体の知れない何らかの不安の影響下で。奇妙な予感があったんだ」

「だが結局は負けたんだろう？」

「あいにく。拒否できなかった。ともかく美しい女で、そのときは〈魅力的な女〉《ユヌ・ファム・シャルマント》という言葉の意味そのもののように思えたんだ」

「つまり君が彼女に近づいたとき、ほかの女のときより情熱を燃やしていたわけではないと？」

「もちろん。ただ彼女の熱烈な望みをかなえてやっただけさ、ある程度の異議と不安を抱きながらね」

「それで……最初の行為のあと彼女に魅了されたわけか？　きっとそれまで知らなかったセンセーションを味わったんだな？」

「そうじゃない。すべてそらで知っているよ。初心者じゃあるまいし、洗練は僕にとって普通のことだ。彼女の振る舞いはほかの女よりむしろ大人しかったくらいだ」

「それじゃあその女は何で君を惑わしたんだ？」

「わからない、想像もつかない。だが不運な関係の直後に理解したのは、女が僕を無条件に支配したこと、自分が恐ろしい雌の手の内で遊ばれるおもちゃになったことだ。女は知っていたんだ、最初の関係のあと、僕はもう彼女の犠牲者になり、彼女からそれをもぎ取る者はいないと。僕たちの間に特別な関係ができあがり、とらえがたいが強い枷《かせ》は次第に狭まり、次第にがっちりと僕を取り囲んでゆく」

「彼女は君を肉体的に濫用するのか？　ずいぶん疲れているようだが……」

「それについてもあまり不平は言えない。彼女は僕を衰弱させている、それは完璧に感じる、ゆっくりと体系的に容赦なく吸いあげる——だが頻繁な関係のせいではない……」

「わからないな……」

「僕もどんな方法でなのか理解できない。だが、彼女こそご覧のような奇妙な状態に僕を追い込んだ元凶なのだ。間違いない。あの女は吸血鬼の熱烈さで僕からあらゆる生命力を奪う——わかるかヴワデク？——彼女は悪意に満ちた頑固さで吸い込むのだ、僕の命を、僕の若い命を……」

「それをやめたまえ。男らしい意志を見せられないのか？」

「できない、できない。僕は無力だ。いいかい？　僕は彼女の元に引っ越したんだ。ここ二年というもの、郊外のポランカにある彼女の家で一緒に暮らしている」

「ああ、いまようやくわかった、どうしてこのところ通りやカフェや劇場で君を見かけないのか。彼女が君の外出を禁じているのかい？」

「そんなことはない――自分自身そうする気がないんだ。最初は人付き合いを避けていたわけではなかったが、時が経つにつれて専ら彼女との交際の範囲に限定するようになった。いまではもう自分と無関係の人々と意見交換をする必要を感じない。今日はたまたまクラブにいただけだ。いまは何も僕の関心を惹かない、何もかもまったくどうでもよくなった……。僕の世の中との関係は次第に希薄になっている。僕はどこか遠心方向に向かっていて、あたかも天と地の間に浮かんでいるかのようだ。今日はまだそれを自覚しているが、これから先どうなるかだれが知ろう……」

私は深く同情しながら探るように彼を見た。

「具合が悪いようだな、カジョ」しばらくして私は長引く沈黙を破った。「治療を受ける必要がある。神経の調子が狂っている。もしかしたら君が彼女の有害な影響を疑っているのは完全に間違いかもしれない。ひょっとすると病気の萌芽は彼女と知り合う前から君の中にあったかもしれないじゃないか?」

彼は首を横に振った。

「いや、この点では確信がある。自分の症状に気づいたのは共同生活を始めて一年後だ。ともかく、これは神経の不調なんかじゃない。ここにあるのは何かまったく別の、我らが精神科医が夢にも見たことがないような何かだ」

「そうかもしれない。だが、女の姿をしたその悪魔、その吸血鬼とはだれなんだ？　彼女の名字を教えてくれないか？」

「名前はサラ・ブラガ……」

「サラ・ブラガ……奇妙な名字だ！　ユダヤ人か？　名は旧約聖書を思い起こさせる」

「いや。プロテスタントという話だ。家族は皆亡くなった。乏しい情報に基づいて僕が達した結論はこうだ。彼女の血管にはかつてのカスティーリャのコルテスの血が流れ、のちにゲルマンの要素と混じり合い、独特な種族の交配タイプを示している。何にせよこれ以上知るのは難しかった。というのも彼女は自分や自分の過去について話したがらなかったからだ。何年も前に未亡人になったはずだ。夫がだれだったのかは知らない。旧姓を名乗っている」

「彼女の年齢はわかるか？」

「本人は三十歳だと言っている。一見もっと若く見えるが。この場合、推測は難しく間違いやすい。外見をよくする人工的な手段は一切使っていない。それどころか、あらゆる化粧品やルージュに抑えがたい嫌悪を抱いている。一緒に暮らしているから、それはよくわかるんだ……。彼女と彼女の年齢について妙な噂があるのを信じるかい？　耳に入った使用人の当てこすりやほのめかしのあれこれから僕はこう結論づけた。サラはそう見えるよりもかなり年上なのだと。あらゆる面で謎めいた女だ。彼女の家には秘密が腰を据えている。その住人と同じく、暗くて邪悪な秘密が」

彼はくたびれた仕草で片手で額を拭った。

「疲れたよヴワデク、注意を集中させられて。ひどく頭が痛い。おいとまするよ」

「すまない、だが友情からしたことだ。君の外見にぞっとしたんだよ。痛みは簡単に取り除けるから、あともう少しだけ待ってくれ。君を五分間眠らせて、暗示で苦痛を取り除こう。同意してくれるか？」

「いいだろう。ただもう長くは引き止めないでくれ」

私は即座に処置を行った。催眠法に熟練しているので、二分後には彼を深い催眠状態に導いた……。頭痛を鎮める暗示をかけていたとき、突然ある考えを思いついた。普通の状態で彼にもう一度私のところかクラブに来るよう説得するのは難しいとわかっていたから、眠っている彼にひと月後の同じ時間に私を訪ねるよう命じた。それより早く彼と会うことはできなかった。なぜならその間仕事が立て込んでいて忙しく、頻繁に出かけていたからだ。二つの命令を与えた後、すばやくいくつか逆のパス《パス・コントレ》を行うと、ストスワフスキは目を覚ました。

「さて、気分はどうだい？」私は尋ねた。

「痛みはすっかり治まった。ありがとう。じゃあもう失礼するよ。さようなら！」

「むしろこう言いたまえ、また今度！と。次はいつ立ち寄ってくれる？」

「わからない。もう二度と来ないかもしれない。約束は一切できない」

彼は私の手を強く握ると立ち去った。

客の足音が廊下で聞こえなくなったとき、私は客間に戻った。そこではまだ私たちが吸った煙草の煙が立ちのぼっていた。私は暖炉のそばに腰を下ろし、我が忠実なアストルの輝く毛を機械的に撫でながら物思いに沈んだ。

「サラ・ブラガ！　サラ・ブラガ！……。この名前とはすでに一度出会ったことがある、本人と面識はないが。サラ・ブラガ……そうだ！……。霧を通して見るかのように、いま思い出した。かつての我が師、神経学のFr.ジュムダ教授の患者名簿で十数年前にその名を目にしたことがある。当時私はまだ若き医学生だった。名簿の複写は幸い保管してある。記録が必要だったのだ。名前と並んで診断と病気の治療法が含まれていたから」

「あれを見つけ出して調べなくては。もっと正確な詳細がわかるかもしれない」

私は書棚を開け、厚いフォリオ判に目を通しはじめた。あまり記憶が信用できないので、何年も前に遡った。突然、一八七五年七月の日付の下、次のような記述を見つけ、私は声に出して読んだ。

「サラ・ブラガ、ポランカの〈トファナ〉荘在住。一八三〇年生まれ、四十五歳――身体は加齢変化に対し並はずれて抵抗力あり――性的背景を持つ精神病傾向――精神的サディズム症状」

治療法と望ましい処置に関する略語が続いていた。

「ということは、いまはおよそ八十歳のはず！　驚異的だ！　信じられない！……。ストスワフスキ曰く、若くて美しいだって！　別人じゃないか？　だが妙だな、住所は合っている。ポランカの〈トファナ〉荘、つまり首都の郊外地区にある避暑地の別荘の一種――これは奇妙だ！　だがこのすべてがカジョの病気とどんな関係があるのだろう？　彼が話したことは何らかの結論を引き出すには、あまりに曖昧で主観的だ。この件は時が解決するにまかせよう」

職務のため私は翌日直ちに出張しなければならなかった。大量の業務と張り詰めた仕事に忙殺され、ストスワフスキのことはほとんど忘れていた。一ヵ月の留守の後、町へ戻ってからようやく、翌日が催眠法による指令が遂行される期限に当たることを思い出した。そして実際、午後四時頃、客間に機械的な歩みでストスワフスキが入ってきた。

私は彼に座るように言い、再び眠らせ、課題をきちんと果たしたことをほめると彼を起こした。

我に返ると彼は驚いて部屋を見回した。どうやって私の元に来たのか理解できなかったのだ。状況を説明してやると少し落ち着いたが、見るからに不本意で不満げな顔つきだった。

前回私が気づいた変化は、ここひと月の間にぞっとするほどの進歩を遂げていた。明らかに致命的な速度で謎めいた方向へ進んでいた。

私はわざと彼の異常な状態からはほど遠い些細な事柄から会話を切り出し、サラとの関係については一言も触れなかった。彼は無関心に、骨折って答え、しばしば意味もなければ表面的なつながりもない挿入語句で話の筋をずたずたにした。

まもなく私は気づいた。彼は現実に自分の居場所がわからず、時間と空間の感覚をほぼ完全に失っているのだと。瞬間と物事のパースペクティヴや立体感は存在をやめていた。すべては一枚の観念的平面上に横たわっていた。過去の出来事は現在の劇的な形を取り、謎めいた明日は明明白白な道を通って、まったく同等のものとして直接の現在性に押し入った。物事の可塑性は非可逆的に消え失せ、何か逆説的な単一平面性に席を譲った。

亜麻布のように青白く血の気のない顔は、自分の問題に無関心な仮面のように見えた。問題の複雑さは不思議な単純化の圧力下で消え失せたかのようだった。上に持ちあげられた雪花石膏《アラバスター》の白さをしたほぼ透明な手が永遠に続く仕草をした。大昔から変わらぬ存在内容の象徴のように……。

彼は無気力になり、眠っているようにゆっくりと物憂げに動いた。無関心で私に診察されるがままになっていた。私は彼をレントゲン線の作用にさらした。異常に減少した抵抗にぶつかりつつ、光はすばやく通過した。結果は既知の経験値を大幅に超えていた。躰は驚くほど減少していた。骨格に萎縮症状が見られ、多数の組織が消失し、全身の細胞巣が駄目になっていた。彼は子供のように軽かった。体重計の鉄の針は滑稽なほど小さな目盛りを指していた。この男は見る見るうちに衰弱していたのだ！

私は彼をうちに引き止めて、そもそもあとどれだけ可能かわからないが、完全な破壊は防ぎたかった。彼の受動性が私の任務を容易にするだろうし、彼は抵抗しないと思われた。だが私は間違っていた。会話を始めて二時間後、突然オートマトンは立ち上がり、出口へと向かった。彼は家へと、〈トファナ〉荘へと駆り立てられていた。あらゆる人生の用件が消えた後、残ったのはこの抑えがたく何物にも止められない彼女への、サラへの衝動だけのようだった。彼は己の失われつつある全人格を彼女に向けていた。それに反論するのは難しかった。もし行かせてやらなければ、何か悪いことが起きる予感がした。彼の目の中ですでに燃え尽きていたのは、危険で神経質な力の火だったのだ。

だから私は彼を辻馬車で住まいまで送り届けることにした。

〈ポランカ〉は町の中心部からかなりの距離にあり、馬車に揺られて半時間後、我々はようやく目的地に到着した。

私は彼が馬車から降りるのを助け、住宅に続く大理石の階段を送っていった。ガラス張りのヴェランダの入口ドアの前で、一緒に中へ入るか、それとも戻るかを決めかねて立ち止まった。突然その女と知り合いになりたいという強烈な欲望に襲われた。だがあえてその先へ行く勇気はなかった。もちろんストスワフスキに気兼ねしたわけではまったくない——そもそも彼は私がいることに気づいてさえいない様子だった——だが迎えに走り出てきた従僕の振る舞いが歯止めとなった。入念に髭を剃った模範的な燕尾服姿の召使は、我が友人をなるほど深いお辞儀で迎えたのだが、しかしその顔には軽蔑的な皮肉の笑みが戯れていた。召使は直ちに追い払うべき闖入者《ちんにゅうしゃ》を見るような目つきで私を見た。

私を待つ辻馬車の馭者《ぎょしゃ》のところへもう戻ろうとしていたそのとき突然、ヴェランダと家の中を隔てる天鵞絨《ビロード》の幕が左右に開き、そのオレンジ色の背景に奥から女の姿が現れた。

彼女を美と呼ぶことは、根本的に虚偽の観点からその外見をとらえることを意味した。女はむしろデーモンのように、サタンのように蠱惑的だった。不規則な肉厚で幅広い唇の輪郭と、大きく張った鼻は美しいという印象を与えなかった――なのにまばゆいほど白く光沢のない皮膚を持った顔は、炎を吐き出す黒い目の燃えるようなまなざしとより強いコントラストをなし、名状しがたい力で人を釘付けにした。女には素朴な自然力でできた何かがあり、それは己の力に自信満々で、アクセサリーを軽蔑しているのだった。

すばらしいアーチを描くきれいな額の上では、穏やかな波となって金属的に輝く漆黒の髪が左右に広がり、女王の頭の天辺で銀の額革で留められていた。暗緑色で軽くスリットの入ったダマスク織のドレスは、尊大な姿に沿って滑らかに流れ落ち、処女のように締まったしなやかな腰と胴の立派なラインを際立たせていた。

私は視線でもって彼女の魅惑的なすさまじい目に侵入し、まなざしに全意志力を集中した。彼女は攻撃を防ぎつつ答えた。そうやって私たちはしばし格闘した。不意に私は女の顔に躊躇、ためらい、不安のようなものを見て取った。女は落ち着きなく身を震わせた。そのとき私は深くお辞儀をし、ストスワフスキの手を握ってこう言った。

「逃亡者を連行して参りました。あなたの思いやりある庇護に彼をゆだねます」

そして自分の名字を名乗った。

サラはうなずいて会釈を返し、幕を開けながら中へ招いた。その際ストスワフスキにはごくわずかな注意すら払っていないようだった。彼は催眠術にかかったようにサラから目を離さなかった。彼を見ているのはつらかった。何か無条件の犬のごとき従順さが、忠実に言うことを聞く服従が、絶え間なくサラを見つめる彼の目にのぞいていた。彼女の声が聞こえると全身で彼女の方へ突進していった。あたかも支えや保護を求めるかのように。女は半ば蔑むように、半ば寛大に微笑み、ぞんざいな手つきで彼を押しとどめながら、この場面の無関心な目撃者である召使にこう命じた。

「この人を寝室へお連れして。疲れているから休まなくては」

召使は黙って彼の腕を取ると、ほとんど引きずるようにして脇の扉に消えた。私はサラと共に客間に入った。

そこは凝った設《しつら》えだった。誇らしげに高く広がる丸天井全体がテラコッタ色の柔らかな絹地で覆われていた。窓はなかった。客間を照らしていたのは天井の真ん中から垂れ下がる巨大なシャンデリアだった。

ほぼ空っぽの手前部分には、背もたれと手すりに真珠母貝の象嵌《ぞうがん》を施した椅子が二列、壁際に並んでいた。その間の壁龕《へきがん》からは、大きな銀の骨壺に挿したエキゾチックな灌木《かんぼく》たちが身を乗り出していた。

その奥には数段の舞台が立ち上がり、鮮やかな朱色のラシャが敷かれていた。演壇の中央の花瓶が乗ったテーブルは、緑柱石のペンダントが縫い込まれた重たいカバーで覆われていた。数脚の腰掛け、オリエント風のソファー、細身のローズウッドのアップライトピアノが残りの空間を埋めていた。

背後の壁を形作っていたのは入口の幕に似たカーテンで、波打つ壁となって行き止まりの室内を閉ざしていた。

床に敷かれた絨毯のふわふわした毛に沈みこみながら、私は音もなく歩いた。女主人は私を演壇の上に導くと、椅子のひとつを指し示し、自分は無頓着にソファーの上へ身を投げだした。

私は黙って腰を下ろした。ほどなくしてサラは小さなテーブルの方へ片手を伸ばし、煙草入れを取ろうとした。それが少々遠すぎる位置にあることに気づいた私はソファーの方へ寄せてやり、それから火のついたマッチを差し出した。

「ありがとう」

女は煙を吸い込んだ。

「お吸いになりません？」

「いただきます」

私は隣の仕切りから葉巻を取り出し、紫煙を立ちのぼらせながら、感心してこう言った。

「すばらしい！」

「退屈なひとね。いつもそんな方法で女たちを楽しませているのかしら？」

「それは女のタイプによります。たとえばあなたとは会話しづらい。たやすく偽りの口調に陥ってしまう。慣れなくては」

サラは私の目を見て、まなざしに絹の柔らかな表情を与えようとした。その瞬間私は彼女の顔だちが驚くほどストスワフスキに似ていることに気づいた。女は私の驚愕を認めた。

「いったいどうなさったの？　あなたは天才的な発明をした瞬間の発見者のように見えてよ」

「本当に特別なことを発見したのです」

女は嘲るように起き上がった。

「失礼、いったい何かしら？……訊いてもよろしい？」

「あなたは妙にカジョに似ている」

サラの顔が震えた。

「幻覚よ」

「いえ、違います。私はかなり良い人相学者なんですよ。とはいえこれは次のように説明することができる。あなたがたは長い間一緒に暮らしている……このように親密な共同生活をしていると互いに似てくるものなのです」

「ふうん……それはあなたの理論？」

「いいえ――この理論を、とはいえ新しいものではありませんが、数年前、詳細に検討したのはFr.ジュムダ博士です」

いわゆるジュムダ理論のせいにして、私が嘘をついたのは、単にこの名前を会話に引き入れたかったからに過ぎない。

「Fr.ジュムダ？」サラは興味を示した。「ひょっとしてあなたは彼の教え子？」

「全然違います」私は激しく否定した。「面識すらありません。ただ医学の月刊誌で彼の論文を読んだだけです」

「あら、そうなの……」

「お知り合いですか？」

「ええ。一年前、軽い神経衰弱にかかり、しばらく彼の患者だったことがあります。とても感じのいい人」

——ということは同一人物だ——私は思った——ただ彼女が治療を行ったのはずっと以前、三十五年も前、つまり一八七五年だ。かくてこの若さの魅力にあふれた女は今日八十歳のはず！　なんと奇異な！　前代未聞だ！　ところがそうに違いないのだ。ジュムダの覚え書きと私の記憶が疑念を退けている。

私はサラを見つめ、得体の知れぬ恐怖を覚えた。

「どうして急にそんな真面目な顔つきになったの？　あなたが何かを恐れているだなんて、だれが思うかしら？」

「今度はあなたが見えるような気がしたのです、本当に。私が何を恐れるべきかって？　私がとらわれているのは、ひとえにあなたの並はずれた美しさだけです。こんな女性には滅多にお目にかかれない」

　サラは満足げに微笑んだ。

「いやらしいおべっか使いだこと！」

　彼女は私の肩を軽くたたいた。自制できるとはいえ、私はそのひと触れに思わず身を震わせ、頭を少し上に傾けた。そのとき私の視線は、部屋の左側の壁に掛けられた一連の肖像画に落ちた。私は葉巻を置いて、絵に近寄った。

　十枚の絵が平行する二列に並んでいた。上の列にはサラの肖像画が五枚──その下に私の知らない男の肖像が五枚あった。いきなり目に飛び込んできたのが二つの独特な詳細である。すべての肖像画でサラは同じ年齢に見えた。まるでそれらの絵が互いに間を置かずに描かれたかのように。にもかかわらず各々の絵で顔の表情は異なり、それが──驚くほど下の列の男たちのひとりの顔つきと似ていた。つまり、サラの五枚の肖像それぞれが、外見の類似という点で、男たちの肖像の中に己の対応物を持っていた。

　絵を調べるのに夢中でサラの不満に気づかなかった。サラの辛辣でいらだった声で、ようやく私は観察をやめた。

「もう検分はいい加減になさい！　そこには面白いものなんか何もないわ——下手な絵ばかり」

「それどころか——完璧です。なんと示唆に富む容貌でしょう！　あなたはスフィンクスの顔をお持ちだ。絶え間なく変化するかのようでいてつねに同じ。だが男性の頭もすばらしい——毛並みの良いタイプ揃いだ！　この人たちはいとこですか？　たぶん違いますよね？　互いに全然似ていない——それぞれ違う顔だ」

「知り合いよ」サラは冷淡に答えた。「どうか戻ってきてちょうだい。ここに——わたしのそばへ」彼女はやさしくそう付け加え、ソファーの自分の隣の場所を指差した。

私は男たちの顔の秘密に気を取られたまま腰を下ろした。それぞれ皆、サラにそっくりなのだ。互いに接点はなかったはずなのに。

私が考え込んでいると見るや、サラは熱心に会話でもって物思いをまぎらわそうとした。やがて女たちのお気に入りの話題に行きつき、私たちは恋愛について話しはじめた。サラはすぐに情熱的な口調になって、堕落すれすれの極端なケースを持ち出した。性に関するあらゆる微妙なことに並々ならぬ知識を示し、そこでは倒錯が情欲と一緒だとよりうまくいくのだった。そうしたすべてを彼女は洗練され絶妙に様式化された魅惑的な形で伝えることができた。どうやら肉体的な美しさだけでなく、己に内在するエロティックな可能性の豊かさでも私を魅了したかったようだ。明確な意図を理解したうえで、私は警戒していた。何か不可解な恐怖が私をこの女から遠ざけ、気をつけろと呼びかけていた。にもかかわらず、冷たくして彼女が気を悪くしないように、私は刺激されているふりをした。彼女の地獄のようなまなざしに、燃える視線で答えながら。

夜十時頃、近々また訪問すると約束して別れを告げた。

だが次の機会は思っていたほど早くは訪れなかった。

私はここから二日の距離のFに電報で呼ばれ、翌日長めの出張に出かけたので、再び〈トファナ〉荘に現れたのは三週間もあとだった。サラは私を目にするや、生き生きした喜びの徴《しるし》のさなかから駆け出してきた。ストスワフスキのことを訊くと顔を曇らせ、蔑むように肩をすくめて、こう答えた。

「面白くないわ」

彼女の際限のないエゴイズムに覚えた憤りを隠しつつ、私は彼に会いたいと言った。熱心な懇願にサラはようやくしぶしぶ同意した。

「あなたの頼みは断れないわね。でも寝室に入る必要があります。そこからもう動きませんから」

そして客間を抜け、洗練された柔らかさで設えられた静かな部屋へと私を通した。ストトスワフスキの様子は私に恐ろしい印象を与えた。彼は窓際に立って何も考えずに窓ガラスを見つめ、右手でカーテンの房飾りをもてあそんでいた。私がだれだかわからず、ひょっとすると気づいてさえいなかったかもしれない。

顔にははっきりしない笑みが浮かび、締まりのない、紙のごとく白い唇がかすかに動いて、何らかの単語を組み立てる。何か囁いていた。私は耳を澄まして近寄った。囁き声は小さく、かろうじて聞きとれる程度だった。だが私は耳がいいので言葉をとらえた。それは数語しかなく、自動機械のようにひっきりなしに繰り返されていた。恥知らずでシニカルな愛情表現ばかりだった……。

そこには何かあまりに下劣かつ醜怪なものがあったので、私は身を震わせ、最初の部屋に退いた。

ここにはもう救いはなかった。この男は絶望的だった。

恐ろしい光景にいらだった私は、サラの頼みを無視してすぐに帰宅した。

強い決意が訪れた。ストトスワフスキを救う可能性を私は完全に疑っていた。彼が陥った状態は、快復の道を夢見るにはあまりに限度を超えた形を取っていた。残るは復讐のみ――落ち着いて、よく考え抜いて、計画した――なぜなら戦う相手は並大抵の敵ではないからだ。

　あの女の邪悪な美貌に対して無慈悲な冷淡さと抵抗力で武装する必要があった。女の破壊的な権力はおそらく性行為を成し遂げた瞬間に始まったのだろう。私の耳には絶えず不幸な男が最初に口にした蔑みの言葉が聞こえていた。

「思うに、仮に僕が彼女と親密な関係に至らなかったならば、現在の状態になってはいなかっただろう」

　この件においてサラの影響が果たした役割が何であれ、用心する必要があった。いずれにせよ彼女が私に明白な好意を感じていることに私は気づいていたし、すでに私を後継者と目していないかどうかだれが知ろう。それを利用することにし、今後起こりうる提案を受け入れるふりをした。だが待つ必要があった。まだ時期尚早だった。

　その間、暇な時間を見つけては頻繁に彼女の元へ通った。だが寝室での最後の出来事以来、一度たりとも病人に会わせてはくれなかった。そうすれば疑念を持たれ、私が嫌気を起こすのではないかと恐れているようだった。私は譲歩し、客間での遊びや一緒に本を読むことに甘んじた。そうして日々は過ぎ、数週間が過ぎ去り、その間サラの情熱が次第に強く私に傾いていくのを観察した。だが一度も社交上の形式で定められた境界を超えることは許さなかったから、彼女の放縦な情欲は尚更に強まった。私の節度は彼女をいらだたせ、火を煽った。徐々に私は状況の支配者となった……。

ある晩、私は幾分遅く、すでに九時頃だったのだが、夕食を共に取ろうとやって来た。

時は晴れやかな六月。食堂の開いた窓を通して穏やかな夕べの風が吹き込み、カーテンのレースを軽くふくらませていた。庭園から室内に花々の香りが染み込み、咲き終わりのジャスミンのにおいが流れてきた。楓《かえで》の並木道から小夜啼鳥《さよなきどり》たちの嘆きが聞こえ、時折寝入りばなのコオロギたちの静かな鳴き声が迷い込んだ。

私は肘掛け椅子に躰を伸ばして座り、コーヒーを飲んでいた。サラはアップライトピアノでダルヴィーシュ〔スーフィーの修道僧〕たちの目が回るダンスを弾いていた。見ると彼女の手の動きは激しく、狂信的で、熱い音色を狂気で引き出しているようだった。あえぐ音を血で、酔った音を。その瞬間、サラは美しかった。青白い顔に暗い赤みがさし、目は稲妻を発し、丸く張り出した胸は、速まった呼吸で白いネグリジェの襞《ひだ》を泡の波のように揺さぶった。

演奏に聞き入り、エキゾチックな音楽の炎暑に酔いしれていた忘我の境地のさなか突然、霹靂《へきれき》のようにストスワフスキについての思いが浮かんだ。

彼はいまどこで何をしているのか？　隣室の隅に押し込められて、あのときのように微笑んでいるだろうか？　ひょっとしたらサラの演奏が、あの廃人にも少しの間、活力を与えただろうか？　そしたら？　何らかの絶望の淵があの人の残骸の中で嘆きの声をあげるに違いない！

私ははじかれたように立ち上がると鍵盤に片手を置き、叫んだ。

「もうたくさんだ！　ストスワフスキに会いたい！　直ちにだ！」

驚いたサラは突然誇らしげに背筋を伸ばすと、落ち着いて両目で私を見据えた。

「お会いにはなれません」

「会わなければ！　わかるだろう――会わなければならないんだ！　今日、います
ぐに！　さもないと……」

だが私は脅迫を言い終わらなかった。なぜならその瞬間サラの服に緋色の反映があふれ、私の前で彼女は炎の中に佇むように立っていたからだ。

「何？」私たちは同時に叫び、すべてを忘れた。

無意識に窓に向けられた私たちの目は、庭園の木々の梢の向こうに血色の火事の

照り返しを見た。

少し前には音楽で聞こえなかった入り乱れた声や叫びの喧騒が、遠くからすでに届いていた。

食堂に青ざめた召使が飛び込んできた。

「ご主人様、ポランカが燃えています！　館のそばの森番の家が火に包まれています！」

サラは尋ねるように私の方を向いた。

「門の前で待っている私の馬車に乗ってください」私はすぐに決意した。

「あなたは？」

「すぐに行きます――馬車の中で待っていてください――一緒に行きましょう――客間のあなたの肖像画を救わなければ、あの最後の、最高のを……」

サラを送っていき、馬車に乗るのを手伝うよう召使に命じると、私は別荘に戻った。救いたかったのは肖像画ではなく、ストスワフスキだった。彼を炎の餌食にするわけにはいかなかった。

寝室のドアを無理やりこじ開けると、中に飛び込んで叫んだ。

「カジョ！　カジク！　私だよ！　火事だ！　ここから出るんだ！　逃げよう！」

沈黙が答えた。寝室内は暗く、何も見えなかった。寝入っているのだろうか？片手が電気のスイッチに触れたので、ひねった。閃光《せんこう》が流れ落ちた。私の胸から出た恐怖の叫びと共に。

部屋の真ん中に引き出された椅子に人の形をしたゼリー状のものがあり、顔の輪郭はストスワフスキに似ていた。完全に透明だった。彼を通してはっきりと部屋の家具が見えた……。

自分の目が信じられず、彼に触れてみた。手は濃い液体のような柔らかなものにぶつかった。すぐに手を引っ込めた。指からは何かべとつく粘着性のゼラチンのような物質が滑り落ち、ゆるゆると床に流れ落ちた。

突然それはぶるんと揺れ動き、粘液状の形が奇妙に波打つと、ばらばらに崩れた。透明な塊からぼんやりした輪のような筋が一つ一つ紡ぎ出されはじめ、上へのぼっていき、しばらく浮かんでいたが、どのようにしてかわからないが宙に消えてしまった。数分後には何も残っていなかった——椅子は空っぽだった。ストスワフスキは跡形もなく掻き消えた……。

私は髪を逆立てて別荘から飛び出し、馬車に駆け寄ると、至急出発するよう命じた。私たちは車内で黙って荒れ狂う火事の空焼けに照らされていた。サラは何も訊かなかったし、私も打ち明ける気はなかった。

町に着くとサラをとあるホテルに泊まらせ、私は自分の家で夜を明かした。

翌日、新聞で知ったのだが、幸い火事は消し止められ、別荘は無事だったという。急いでサラに知らせると、彼女は直ちに帰ると決めた。私はサラを館まで送っていった。それ以降、彼女と一緒に暮らすために。それが彼女の熱烈な願いだった。私は躊躇なく受け入れた。ストスワフスキのことは話さなかった。まるでこれまで一度も存在しなかったかのように。この奇妙な女と私の関係の第二段階が始まった……。

これまでの戦術から私は一歩も退かなかった。私たちは毎日交際しつつ一緒に暮らしていたとはいえ、その関係は夫婦の形を取らなかった。サラとの性行為が引き起こすと思しき致命的な影響の直接的な証拠を私は持っていなかったが、あまり親密にならないようにと本能が私に警告していた。それゆえ私は親友、理想的な庇護者、助言者の役割を演じ、入念に肉体関係を避けた。

サラは明らかに私の頑固さにいらだち、それを打破したいという願望を強めた。誘惑的な女が手に入れられる限りのあらゆる手練手管を使って、私の抵抗に打ち勝とうとした。

そして認めねばならないが、一度ならず抑えがたい誘惑の瞬間を経験した――だがストスワフスキの姿を、彼の最後の、あのすばらしい寝室で、この世の存在の残骸となった恐ろしい光景をほんの少しでも思い出すだけで血の気も凍るのだった。

私の妙に控えめな態度は当初サラを怒らせた。不自然な同居をして最初の数ヵ月間は激しい口論続きだった。理由を聞かれた私はすべてをプラトニックな感情の規律のせいにした。そうした気持ちを彼女が私の中に目覚めさせたのだということにした。

「あまりにも君を高く評価しているんだよ、サラ」彼女の情熱の爆発に私はいつもこう答えていた。「だから君の躰をあえて物理的に使用するなんてことはできない。君をあまりに高い台座の上に置いてしまったから、君に手が届かない。自分の理想を汚したくないんだ」

するとサラは私を堕落した理想主義者だとか、もっと褒められたものではない様々なあだ名で呼ばわり笑いものにした。私はそうした悪態に冷静に耐え、この件がその後展開する様子を見守っていた。

こうして一年が過ぎた。最初サラは勝利を期待していたが、確信は少しずつ彼女から離れていった。次第に強めた攻撃も効果がないとわかると明らかに彼女は度を失った――私を驚きの目で見つめるようになり――不思議なことに――ある種の恐怖も感じていたようだ。この恐怖のおかげで私は彼女の行動の動機に気づいた。時が経つにつれて確信した。私と結婚生活をしたいという願望は衝動のみから生じたのではなく、はるかに深い源があったのだと――それは彼女にとってたぶん生存の問題だったのだ。彼女にとって致命的だったのは、私個人への肉体的嗜好の瞬間に負けたことだ――これまで抵抗した男はひとりもいなかった、勝利に慣れた女にとっては致命的だ。異性の個体に対して網を張った瞬間、彼女にとって特別な関係が作り出され、それがどちらの側にとっても危険となる胚を抱いた。ひとえにそれは男の行動にかかっていた。もしも男が負けて性行為を受け入れたなら、サラは男を永遠に手に入れた。だが男が距離をおくと、事態はこの並はずれた女にとって危険な展開となり得た。この場合、穏やかに別の男の腕に移ることができず、別の男向けの罠を再び自由に広げることができなかった――自分の足元の反抗的な男を見捨てない限りは。これまで彼女の人生は凱旋行進、女調教師の絶対的勝利だった。だが報復の瞬間が近づき、私こそその道具であった。サラ・ブラガはどれだけ骨折っても私と手を切ることができず、私を遠ざけることができなかった。

私の力は抵抗によって日ごとに増し、私はたゆまぬ意志によって強くなっていった。一年後、脅迫と嘲笑はほぼ完全に消え、従順と懇願に移行した。サラ・ブラガ、誇り高き女王サラは、私の足元で哀願し、媚びへつらうようになった。なぜなら問題は彼女の美しさ、見目麗しさだったからだ。なぜなら問題は彼女の悪魔的な若さだったからだ。ひょっとするとさらに重要なもの、命の問題だったのかもしれない。

私たちが共同生活を始めて一年後、サラは明らかに老けはじめた。ある日私は彼女の漆黒の髪に図らずも現れた銀色の筋と、口角の網目状の皺に気づいた。誇らしげな姿は次第にかつての弾力性を失い、胸はしなやかな波となって張り詰めるのをやめた。サラは秋の霜で枯れた花のようにしおれていった。

彼女は生じた変化を知っていた――どの鏡もそれを忠実に教えてくれた――この別荘内の鏡の多さといったら！

そしてそのとき名状しがたいほど喜んだことに、私は絶望に気づいた――大きな黒い燃える目の恐ろしい絶望に。

復讐の果実が熟し、静かに密かに追いついた。私の力は倍増し、強大な衝突となって私の中に集積していたかのようだった。自分の周囲に神秘的な助けを感じ、私は何らかの磁気の中心となり、この家でまどろんでいる隠されたエネルギーを周辺から引き寄せ、吸い込んだ。別荘内で私はひとりではなかった。謎めいた徴候が拡がりはじめ、これまで束縛されていた何らかの流れが次第に大胆に現れるようになり、何らかの力が生まれていた。だが私は感じていた。それらは私に友好的で、私の味方なのだと。サラもそれらに気づいた——恐怖と共に、捕らわれた獣の果てしない恐怖と共に。そして私に隠れ家を、保護を求めた。なんと幼稚な！　あたかも私こそがそれらを解放した張本人であることを知らなかったかのように。

それ以来サラはひとりで寝たがらず、不安げに夜の時間を待ち構えた。家では一晩中、明かりが灯され、別荘内は昼間のように明るかった。一瞬たりとも私から離れず、孤独を怖がり、何かおぞましいものを迷信的に恐れていた。徹夜に疲れて数時間眠ると、恐ろしい夢を見るのだった。一度ならず眠っている女のかすかな押し殺したうめき声を耳にしたものだ。

あるとき寝台から飛び起きるなり、下着姿で髪を振り乱して私に駆け寄ると、狂ったように怯え、両手で隠した顔を私の胸に埋めた。

「どうした？　夢を見たのかい？」私自身、戦慄に襲われて尋ねた。

「怖い」木の葉のように震えながら囁いた。「怖いの。どうかわたしから離れないで！　この家にいたら恐怖で死んでしまうわ」

私が頑固に言い張らなかったら、サラは館を離れて、どこか別の所へ引っ越していただろう。だが私は己の意志を貫いた。彼女は残るしかなかった。

ついに恐怖と絶望、無力な怒りの熱狂が折り返し点に達した。ある夜、悪夢に窒息させられて血迷ったサラは目を眼窩《がんか》から飛び出させ、寝巻き姿でベッドから跳び起きると、苦しそうにあえぎながら私の横に立った。彼女の口から息切れし、ぜいぜいいう囁きが洩れた。

「わたしを連れていけ、この死刑執行人めが！　連れていけ、さもなくば……死ね！」

持ち上げた手に、ヴェネツィアン短剣《ダガー》の切っ先が冷たく閃《ひらめ》いた。

私は視線で彼女を殴った。腕は麻痺してだらんと下がり、短剣は硬くなった指から滑り落ちた。

「ハ！　ハ！　ハ！」私は笑いだした。消えゆくストスワフスキの姿を最後に目にしたあの肘掛け椅子に座りながら。

「ハ、ハ、ハ！　そんなことは、ご覧のとおり、予期していたのさ。君は何度も知りたがったね、なぜ私が君の躰を無視するのか、どうして君と一切関係を持ちたがらないのかを。その答えとして君に古い聖なる書から読んであげよう。さて、君はいまやもう向かい側に座ることができる――ただ同じことは繰り返すなよ！　どうせ余計だろうからね。聴きたいかい？」

とどめを刺された犠牲者の諦めとともにサラは絨毯に崩れ落ちた。

私はサイドテーブルから旧約聖書を取り出した。この書を私はこのところ熱心に研究し、その奇妙な秘密に没頭し、言葉の詩と内容の奥深さに酔いしれていた。私は列王記第三を開くと、落ち着いた声で、瞬間の重要性を気にかけつつ、第一章から次の一節を読んだ。

「爰《ここ》にダビデ王年邁《としすす》みて老い寝衣《よぎ》を衣《き》するも温《あたたま》らざりければ
其臣僕等《そのしもべら》彼に云ひけるは王わが主のために一人の若き處女《をとめ》を求めしめて之《これ》をして王のまへにたちて王の左右《とも》となり汝の懐に臥《ふし》て王わが主を暖めしめんと
彼等乃《すなは》ちイスラエルの四方《よも》の境に美《うつくし》き童女《をとめ》を求めてシュナミ人《びと》アビシヤグを得て之《これ》を王に携《つれ》きたれり
此童女《このをとめ》甚《はなは》だ美くして王の左右《とも》となり王に事《つかへ》たり……」

一旦ここでやめ、目をサラへ向けた。

彼女は視線を避けた。

「どうだい？　わかるか？」

彼女は神経質に肩をすくめた。

「一体わたしに何の関係があるっていうの？　その断片とわたしたちにどんな関係が？」

「嘘をつくなサラ！　君はすべてわかっている。この年老いたエゴイストは――君の祖先であり師だ」

「気違いの戯言《たわごと》ね」激怒に唇をきつく結びながら、彼女は答えた。

「君は嘘をついているサラ！　だが別の抜粋を聴きたまえ、トビト記、第三章と第六章からだ。これらは状況を完全に説明する」

「トビト記から？」彼女は眠っているかのようにどもりながら言った。

「そう、トビトとサラの話からだ。奇妙な偶然の定めで君はこの悪魔の女と同じ名前だ……

……その同じ日にメデヤのラゲスに於て、ラグエルの娘サラその父の婢《はしため》たちより辱められたり。そはかの女七人の男に嫁ぎたれど、その夫等彼と寝る前に悪靈アスモデオス彼等を殺したればなり……」

頁を繰り、さらに第六章から読んだ。

「御使若者に云ひぬ。

『ここにラグエルと云ふ者あり……彼には一人娘あり……サラと云ふ……。その財産は汝の嗣ぐべきものなり。妻として汝に與《あた》へられんがため……。

その時、トビア御使に云ひぬ。『われ、この娘七人の男に嫁ぎしことと、其等《それら》の人々皆死にたることとを聞けり。悪魔、其等の人々を殺《あや》めしとも聞けり……。われ、前の人々と同じく死なんことを恐る……。

御使彼に云ふ。『われに聴け、悪魔その力を及ぼし得る人々を示さん。何となれば其等の人々、神を……捨つるが如く婚姻し、馬や騾馬《らば》の如く己の悦樂を爲《な》し、分別を持たぬ……之等《これら》の人々に悪魔、力を及ぼすものなればなり……。然《しかれ》ど汝女を知りたれば、婚禮の室《へや》に入りて三日の間、之と交はらぬべし。汝女と共に樂しむはひとへに祈禱のみであるかの如く……』

私は聖書を閉じ、サラに目を向けた。

あの悲劇的な瞬間の彼女を決して忘れないだろう。絶望と恥辱、怒り、恐怖、そして巨大な理解しがたい痛みが、あのデーモニッシュな魂の淵から這い出してきた。これを最後と、乱れた不協和音《ディゾナンス》たちの和音《アコード》を顔で打ち鳴らすために！

豹のように獰猛に指を曲げてサラは私に飛びかかってきた。

「この卑劣な悪党め！　わたしに近付き、わたしを壊し、踏みつけにしたうえ、なおもわたしをいじめようというのか！」

私は、殴ろうと強く握った拳をつかまえ、彼女の武装を解除した。

「落ち着け魔女め！　今日がわれわれ最後の夜だ――明日私はこの家から永遠に去る。だが君は夜明けまでのあと数時間を私と共に過ごすことはない。君と一緒にいるのは不愉快きわまりなかった。なぜなら君は横暴だったからね。君ひとりあの客間に置いていくよ。ここらで私も休みたいのさ」

抵抗する女をほとんど無理やり執拗なもみ合いの中、光の深みできらめく客間へと引きずっていった。その後、彼女の背後でドアを閉めると、寝室へ戻り、戦いで神経の調子が狂ったまま大儀そうに窓枠にもたれ、夜の黒紗を見つめた……。

突然静寂を引き裂いたのは、くぐもった恐ろしい女の叫び声である。それはあまりに身の縮む、あまりに突き刺さるものだったが、それでもやはり私は取って返し、客間に押し入った。

ここは暗かった。ついさっきまで光の奔流があふれていた部屋は、いまや夜の厚い闇に沈んでいた。不意に電気のランプが消え、幻想的なシャンデリアがたそがれた。叫び声は不意に止み、ひっそりとした息苦しい静けさが訪れた。

得体の知れない恐怖に襲われ、私は寝室から火の点ったランプを持ってきた。光が奥の演壇に落ちた……。最後の段にサラが仰向けに両腕を拡げて横たわっていた。

恐怖の感情でひどく歪んだ顔から、死の不動のなかガラスと化した目が私を見つめていた。何らかの非人間的な恐怖の影響下で即死したのだ。

遠い道のりを前に（W・ラソタの日記からの断片）

PRZED DROGĄ DALEKĄ (URYWKI Z PAMIĘTNIKA W. LASOTY)

一九〇五年五月

私にとって幸せで晴れやかな日々が始まる。何か善き霊が戸口に現れ、恵みが家の静けさに流れ込んだ。昼はいまや日光に熱せられて暖かく、晩は穏やかで癒される。日中の仕事は私に豊かな収穫をもたらし、私は人々の尊敬と、大好きな妻の愛情を感じる。私は若く、健康で、力強い。私の腕は男らしい行為のエネルギーで張りつめ、私の柔軟で器用な脳は自分が立てた課題をたやすく解決する。弾んだ足どりで通りを闊歩し、軽やかで若々しく自由な私は、様々な物の色の変化で目を満足させる。美しく面白い世界！……。

人生の三十年目を私は幸福に始めた。幸先よく、将来はうまくいく見込みだ。長い間待ち焦がれた夢の実現に至り、私は確かな足どりでこの世界に立ち、目の前に広がる遠い展望を静かに眺める。私は我が運命と能力によって定められた頂点に向かう途上にあり、仕事が増すにつれ、自我が己のしかるべき目標を理解し、それを勝ち取ろうと確固たるリズムでそれに向かっていくのを感じる。

友人たちの尊敬すべき頭は揃って好意的な身ぶりで、感心して私の方へ傾き、見知らぬ人々の心のこもった握手は私の確信を強める。私は人生を浪費していないし、私はここで必要とされており、重要なのだと。

人生よ、私は君を祝福する……。

＊＊＊

つい先頃から、ひょっとするとごく最近、人生とその徴候に対して大きな変化が起きているように思われる。私はそれらをより世俗的に――つまり、より親しく熱心に理解しはじめる。私はどうにかして世界に、人々に近付いたので、いまや彼らの熱い鼓動がよりはっきりと聞こえる。人生は私にとって、これまで予想もしなかったまったく新たな魅力を持ちはじめている。あたかもそのすばらしい美が私にとって倍加したかのように。

そしてとりわけ！　その官能性と抑えがたい情熱がいまや抗いがたく私を催眠させる。これまでの年月の、より精神的な生活様式に対する報復だろうか？……。

私は日に日に、人生過程の抑えがたい豊かさの、発達の肉体的側面の、形態や形式の熱烈な賛美者となってゆく。かつては非物質的な抽象の支持者であり、ふっと息を吹きかければ消えてしまうフィクションの創作者であったこの私が、今日では造形美術に、具象に熱中し、病的な悦楽とともに日々の些細なことに没頭している。これにには何か海のように深い隠れた叙情性がある――愛らしいと同時に敵対的、魅力的であると同時に危険で、真面目であると同時にときに子供のごとくナイーヴな何かに感傷的に惚れ込むことがある。今日、私は妙に寛容で優柔不断だ。私は見つめ、寛大に微笑む。老人がいたずら好きな孫を大目に見るように。そして不意にわけもなく目に涙を感じる……。

＊＊＊

一九〇五年、冬

次第につのる何か理解しがたい遊びへの欲望、飽くことを知らぬ娯楽への切望に襲われている。一瞬たりとも家でじっとしていられない。ほぼすべての仕事を投げだし、羽目をはずして遊びまわっている。

私はこの荒々しい渦にマルタも引き込んだ。彼女は最初やんわりと抵抗したが、時が経つにつれて、譲歩した。たいていいつも私に対してそうしていたように。時折、彼女が狂人を見る目で怯えながら私を見つめているような気がするが、彼女のそうした無意識の不安をしょっちゅう笑い飛ばしてやると、彼女は安心して悦楽の流れに身をまかすのだった。

仲間うちで私はすでに〈熱中して生きる人〉というあだ名を獲得したという話で、そういう者として、あらゆるパーティー、チャリティバザー、仮面舞踏会やスポーツ競技会への参加や、荒れる集会での発言を怠らない。自分の生活様式でもって新聞・雑誌の注目を集めさえした。かつて私が創造的かつ真面目に働いていたときには、〈致命的な〉沈黙でもって私を無視しようとした新聞・雑誌が、いまや四方八方から黙示録の獣に飛びかかるかのようにしつこく突進してきた。才能の無駄遣いだの、人生のいがみ合いだの、オルギア狂などに関する教訓が、私を念頭に撒き散らされた。私は何も気にせず、朝から夜遅くまで、時には次の朝まで、若造のように極端な対外方針に沿って騒ぐ。

そしてエロティックな生活においては、いまや次第にはっきりとかつての節度を超えている。さらに悪いことに、自分はまったく異常だと感じる。思うに、ある程度それに寄与しているのが、いまの神経質な生活の仕方だ。私の中で何か原始的な本能と性衝動の病的な興奮が目を覚ましている。

ただマルタが気の毒だ。なるほど蠟のように影響を受けやすい彼女の性格はすぐに適応し、変化した環境に互いの悦楽を感じなくもなかったが、にもかかわらずいまや私には彼女だけでは足りないのだ。私にとってこれは恐ろしい瞬間だが、自制することはできない。私は酔っている。幸い彼女は何も知らない。感づいてさえいない。彼女がこれをもたらしたわけではない。もちろん、いまや彼女は私にとって二重に親切で寛大だ。だがそれでも……それでも私は自分が幸せだとは感じない。

実際、何ひとつ不足はないが、何しろ……何だか変なのだ。時折、底なしの精神的衰弱や不安を感じることがあり、あまりに息苦しいから夜中に起きてこっそり家を抜け出し、暗い恐怖をみだらな娯楽に沈めている。何かが私を締めつけ、窒息させる。ときどき自分の影が怖くなり、数分間ひとりでいることもできない。

絶えず人々の中にいて、人の顔を見、人の声を聞き、生きている者たちの存在を感じていなければならない。ともかく次第に頻繁に、自分はひどく孤独で、絶望的に孤立していると感じるようになった。一度ならず最も華やかなパーティーの最中、感動で薔薇色に染まったマルタの顔が、私がいつも感嘆するあの名状しがたい輝きを放つとき、突然、あの燕尾服姿の立派な男たちも、優雅な、卒倒するくらい魅力的な女たちも――このすべてがどこか奥の方へ、果てしなく遠くのパースペクティヴへと後退していき、私は光のざわめきで疲れる明るいホールの中でひとりに、完全にひとりぼっちになる……。

＊＊＊

一九〇六年二月

彼らは皆、私個人について無意識の合意のうちにある。私に対して取るべき態度に関して、〈友好協定《アンタント・コルディアル》〉のようなものが作り出された。

どのようにしてかはわからないが、ほぼ秘密裏に、だが疑いなくそうなっていた。彼ら自身、実際何が起きたのかわかっておらず、仮に私がそれについて尋ねたなら、きっと各人が驚きで答えるだろう。何しろ彼らはいまや私に対して、前とはまったく異なった態度を取る。幻なんかじゃない――断固として違う！　ここには何かがある。ここで問題となっているのは軽蔑や無視ではない。逆だ。人々は以前と同じく私に親切で、うやうやしいと言ってもいいくらいだが、しかし……ここに全員に共通した、謎の変化が見える――私に対する彼らの尊敬は、抑えがたい不安のような、ある種の恐れの性格を帯びていた。だがそれは畏敬の念ではなく、まったく別の何かだった……。

実際そこに根差しているものを私は見抜くことができない。

あるのはただ印象と感触だけだ。人々は私に対して不安げに距離を置く。私が近付こうとすると、尊敬のしるしを見せながらも本能的に避ける。確実にわかっていることは、彼らがそうするのは劣等感からでも、謙遜したいからでもない――否、それはあり得ない。彼らはむしろ私を何か異質なもの、彼らとは不釣り合いなものとして扱う。それを前にすると健全な本能が警告を発し、用心するよう命ずるのだ。ときどき私は彼らの中で異物と見なされているに違いない。

状況はあまりに耐えがたく、私にいまいちばん必要なのは人間の仲間だ。ところがどこに行っても、たちまち私は彼らの重荷になってしまう。彼らは当然しらを切り、至る所で私が引き起こす気まずい感情を礼儀正しさの渋面で隠してはいるものの、私自身はそんなことお見通しで、自覚しており、惑わされはしない。明らかに彼らは私の存在に気兼ねしているのだ……。

　さらに奇妙なことに、私はたいてい気違いじみた気分で、あらゆる手だてを使って彼らを楽しませようとする。そしてときどきうまくいくこともある。あたかも彼らは何かを忘れ、心からの喜びが温かな流れとなって彼らの魂を流れるかのように。だが何か取るに足りない詳細や、より深刻な言葉がついでに投げかけられるだけで、すべては元の状態に戻り、私の周りは再び恐ろしい空虚になる……。

＊＊＊

一九〇六年二月二十日

見知らぬ人々が私の行く手を阻み、謎の言葉で話している……。合図が、奇妙な身ぶりが現れ、私の前で己の暗い役割を果たすと、どこか遠くへ沈んでゆく。特別な出来事が、曖昧な事件が起こり、不安な私の目の前を通り抜けては、虚空に消えてゆく……。

　私の周囲で何かが起きている！　何かが近くで起こりそうだ……。

＊＊＊

数日前、私は妻と共に仮装舞踏会へ行った。マルタはジプシーの扮装で皆の興味を呼び起こした。たくさんの仮面がひっきりなしに彼女の周りを回っていた。私はかつてないほど楽しんだ。私は漁師の衣装で、肩に緑色の漁網を掛けていた。仮面の下で安全に、みずからの匿名性を確信しながら、無慈悲に人を笑いものにし、ホール内に爆笑を引き起こした。悪ふざけをする、途轍もない活気に満ちた漁師と黒髪のジプシー女が、夫婦だと思う者はひとりもいなかった。

にもかかわらず、最高ににぎやかなお祭り騒ぎの最中、浮かれた群衆が私たちを形式的に抱擁から引き離したとき、私は妙に不快な出会いをした。ある瞬間、近付いてきた背の高い痩せた道化師服が、冗談めかして、通りすがりにぽつりとこう言った。

「陽気な漁師さんよ、狂ったように転げ回って、そんなに熱心に網を振るって、われわれ全員を捕まえようとしてるみたいだな。だがあんたの網は空っぽ、獲物はあんたの手から抜け出し、あんなに欲しくてたまらなかった笑いはうわっつらだけに聞こえる。あんたは水のにおいがするぜ。深淵の冷たさにどっぷり浸かったもんだから、今度は無理やりここで暖まろうっていうんだな。あんたは物になりたがっている影のようだ」

私はこの厚かましい奴に飛びかかり、しっかりやり返そうとしたが、相手はすぐに人込みに紛れて見えなくなった。

非常に不愉快な感じを味わった。見知らぬ男の暗い言葉が深く突き刺さり、ここ数日の気分と無意識に結びついた。マルタの健気な手助けで、ようやく不愉快なエピソードの余波は消え、その夜はもう最後まで穏やかに過ぎた。

＊＊＊

一九〇六年三月一日

ここ一週間、夜毎同じ灰色の夢を見る。しつこく繰り返すのは無味乾燥で単調な、絶望的な光景だ。

夢に見るのはどこかの険しい崖下の玄関で、半分割れた窓が外に面している。玄関から上へよじのぼる階段は、幾千もの関節で曲がりくねり、うんざりするほど長い。私は階段に足を踏みだし、ゆっくりと階上へ登っていく。両足はのろのろと進み、木でできているかのようで、それがオークの板を重く打ち鳴らし、空っぽの空間に鈍いこだまを目覚めさせる。階段は汚く、灰色の埃の厚い層で覆われ、靴がぶつかるたびにそれが褐色の雲となって舞い上がり息苦しい。空気中に乾燥がにおい、舌が口蓋にへばりつく。階段は見えない階上へ向かって果てしなく曲がりくねり、平常な物の退屈な連続となって容赦なく上へと伸びている。少し立ち止まりたいとき、背後に目をやれば、灰色の段の海が私に向かってうねうねした回転となって緊張するので、恐ろしさのあまり灰色の淵から目を背け、さらに上へと登り、残りの力をふりしぼって、緩んだ神経を張りつめる。玉の汗が鉄のように冷たい額に浮かび、両手は狂ったように震え、鈍い視線は狂い回る段々を見据え、蜘蛛の巣の断崖を無気力に行きつ戻りつする……。

そうして私は何時間も休みなく、ひと晩中歩きつづけ、夜明けが我が寝室を銀色に染める頃、目が覚めると恐ろしく疲労困憊している——疲れた巡礼者のように。

灰色の、灰色の、灰色の夢……。

＊＊＊

三月六日

夜毎、同じ悪夢が絶えず私を締めつける。夢の中でおぞましい階段をさまよい、朽ちた段の埃を飲みこむのも、すでに二週目だ。だが、いくつか変化もある。夢は新たなモティーフを展開し、何らかの大詰めへと向かっているようだ……。

埃だらけの階段にいるのは、もう私ひとりではない。仲間がいるのだ。先週の土曜日以来、上へ向かう道のりのおよそ中程でその人と出会う。彼はこの奇妙な家の番人のように見える。というのも、手にした古い錆《さ》びた鍵の束をじゃらじゃらいわせているからだ。どこか上階から降りてくるのだが、とても静かに歩くので足音は聞こえない。階段を影のように進む。

独特な人物だ。私の視線を恐れてでもいるかのように決して私の方を見ないが、その細長いからだを壁際に寄せながら、不安げに私に道を譲る。幾度かその顔を見ようとしたけれども、幅広いフェルト帽を目深にかぶっているため私の努力は無駄になる。

私とすれ違った後、さらに下へ降りていき、不意に幽霊のように消えてしまう。私は粘り強く、息もつかずに新たな、より高い階へ登っていく……。

＊＊＊

昨日ようやく、狂った階段の終わりについにたどり着き、私は四角い踊り場の、鉄の棒が打ちつけられた扉の前に立った。ここで終わりだった。

疲れ果てた私は扉の向かいにある最後の階段の朽ちた手すりにもたれて、鉄の交差をひたと見つめた……。仮に扉が開いて、中をのぞいたら?

全力で鉄の障壁をたたいてみたが、両手が傷ついただけで、手は痛みのあまりわなわなと痙攣し、なすすべもなく垂れ下がった。

私はあきらめずに全身で扉の翼に寄りかかって蝶番《ちょうつがい》からこじ開けようとし、鋲《びょう》からはずれやしないかと期待して頑丈な閂《かんぬき》と格闘した。だが激怒した接合部は粘り強く持ちこたえ、降伏しなかった。

もうほとんど嫌気が差し、膝をついてふらふらになっていたとき、だれかが私の手に何か尖った鋼鉄の道具を押し込むのを感じた。喜んでそれをつかむと、私の仕事を楽にしようとしているのがわかったので、感謝して予期せぬ助力者の方を向いた。だがその瞬間、私は壁と手すりの縦棒との間の角に激しく飛びのいた。親切にしてくれた人とは階段の途中で出会った〈番人〉だった。いまや帽子は顔に影を投げかけてはいなかった。「ハ、ハ!」帽子が顔を覆うことは決してあり得なかった。なぜなら顔のあるべき場所には二つの空洞が黒々としているばかりだったからだ!

……。

* * *

三月十日

どうやら――夢を最後まで見終えたようだ。昨夜見た光景はエピローグのあらゆる特徴を備えている。もしも明日これが現実となれば、私の品行の悪さを驚きと共に見守っている賢明な人生の観察者たちは、ついにこれを理解し、私を狂人と見なすことをやめ、物思いに耽りつつ頭を垂れるだろう。

「そうせざるを得なかったのだ」と。

私はこの言葉を落ち着いて書いている。あまりに落ち着いているものだから、ときどき自分でも驚くことがある。ともかく明日だ！

時間は通常のやり方で過ぎてゆき、古時計がきちんと鐘を鳴らして時を知らせ、日々の活動は普通の物事のどうでもいい規則正しさで繰り返される。

外では何も起きていない。すべては以前同様、疑わしい傷や気になる変化はどこにもない。こんなのはどこか変だ、ものすごく変だ！　ともかく明日だ！

とはいえ……もしかしたら間違っているのかも、病んだ脳の産物を真剣に受け止めるなんて、私は間違っているのかもしれない……。とはいえもうどうでもいい。私は無関心のあまり、どうとでもしてくれというあきらめの気分だ……。

実際なぜこれを書いているのかわからない。この数頁の価値は明日に掛かっている。もしも明日が夢と合致したら、日記は興味深い記録となるだろう……。

私は一見穏やかだが、熱病に罹《かか》ったように全身が震え、数行すら集中して書くことができない。だが大急ぎでやらなければ。今日はほとんど時間がないし、あと友人全員にも会っておきたい……。

つまり今夜のエピローグが、ここ数週間私を苦しめている夢の結末が問題なのだ。本当に凝ったフィナーレが！……。

夜中のあるとき私は再び閂で閉ざされた扉の前に立っていた。扉は前回と同じく頑として閉じていた。だがより詳しく調べてみると、片方の鉄の翼に四角い穴が切り抜かれているのに気づいた。おそらく昨夜、鑢《やすり》を使って自分で切り抜いたのだろう。けれども夢の中のそうした光景は思い出せなかった。一昨日見たものが予見的に実現化された結果だったという可能性もある。

私は穴をのぞいた……。

扉の向こうには部屋があった。

部屋は裕福な人の仕事場らしく、趣味良く、洗練された気取りのなさで設《しつら》えられていた。隅にはガラス張りの胡桃材製書棚、真ん中に机、その横に小さなテーブルと暗緑色の革張りの椅子が数脚。壁には何枚か絵が掛かっていたが、内容は憶えていない。

机のそば、肘掛け付きの幅広い安楽椅子に、私に背を向けて男が座り、何か書いていた。ときどきペンを置いては、傍らの灰皿で燻っていた葉巻を吸い、それからまた熱心に仕事の続きに取り掛かるのだった。――だが変だった。

見知らぬ人は明らかに長い文章を書いているのではなかった。なぜかというと、ちょっと書いては紙をすぐに脇にのけ、次に移っていたからだ。私の印象では、せっせと宛名書きをしているようだった。顔立ちを捕らえようとしたが、うまくいかなかった。絶えず穴に背を向けていて、一度も振り返らなかった。

その間に机の上にはカードの山がだんだん高く積み重なっていった。それらは半分に折られた硬く光沢のある厚紙で、それぞれ外側の折り目のところにインクで四つの単語が書かれたばかりだった。それはもちろん様々な人々の宛名だった。

それで私はこう思った。厚紙の内側には何らかの内容が印刷されているに違いなく、それはだれに対しても同一だ。何か家族の式典への招待状だろうか？……。

突然彼は書くのをやめ、片手で額をこすると、何か思い出したかのようにベルのボタンを押した。

召使が入ってきた。主人は椅子を立つことなく、身ぶりを交えて何らかの指示を出し、それから手のひらで顔を覆い、机に両肘をついて考え込んだ……。

急に向かいの扉が開き、数人が何やら細長い円筒形の包みを持って入ってきた。そのあと二人の若者が部屋に三本の脚立を持ち込んだ。

家の主《あるじ》は顔を上げず、頭を垂れ、前の姿勢のままじっと座っていた。

人々が自分の持った巻物を拡げはじめると、すばらしい光沢のある幅広い黒の絹織物が床に滑り落ちた。若者のひとりが執務室の壁に脚立を寄せ、それから相棒に合図して、そっと部屋から抜け出した。残りの人たちは二つのグループに分かれた。片方は脚立に登って真っ黒な幕を持ち上げ、もう片方は下に残って巻物を拡げていき、適当な長さで壁を覆ったところで、布地を鋏《はさみ》で切っていた。

続いて黒紗の釘付けが始まった。ハンマーで壁をたたく乾いた音がはっきりと聞こえ、硬い障害物に当たった釘たちのうめきが私の耳の中でぎりぎりときしんだ……。

仕事はものすごいテンポで進んだ。数分後には四方に恐ろしいタペストリーが垂れ下がり、金属的に輝く単一の黒ですべてを覆い隠した。

作業を終えると労働者たちは去っていった。見知らぬ男は絶えず机のそばにじっと座っており、顔を上げなかった。周囲の変化に気づいていないようだった。

突然向かいの扉が再び開き、数人の男たちが花の入った花瓶十数個と、月下香《げつかこう》やアラセイトウや銀盃花《ぎんばいか》の新鮮な束が植わった植木鉢、白いリボンのついた花輪の山を部屋に運び入れた。それらを窓際に置くと、元どおり姿を消した。

しばらくすると入口に召使が現れ、両開きの扉を広く開け、中へ招く仕草をした。するとようやく家の主が客を迎えに立ち上がった。左手をテーブルの端につき、もう一方の手を洗練された動きで歓迎のしるしに差し出した。

さほど長くは待たなかった。やがて扉口は夜会服を着た数人の男たちで黒々となった。彼らは入口から机まで敷かれた絨毯をすばやく通り抜け、黙って主の手を握った。真剣な、厳しい、集中した顔つき。私は彼らを知っていた。ごく親しい知り合いだった。それからまた別の人たちが来た。私が知らない者はひとりもいなかった。職場の同僚、友人たち、あちこちでたまたま知り合った人々。夜会服の人込みの中そこここに、私が所属している団体の女性が何人かいるのを見てとった。

客は家の主に挨拶したあと部屋の奥へ移動し、暗い色の群れが少しずつ部屋を埋めていった。会話も囁きも一切聞こえなかった。ひっそりとした沈黙は歓迎の言葉によってすら途切れなかった。何も言わずにただ手だけが差し出されていた。あたかも無言の合意のように……。

不意に群衆は左右に分かれ、敬意を表して二列の人垣を作り、重たい喪服を着た女を通した。垂らしたヴェールの下からは、きらきら輝く朽葉色の巻き毛が滑り落ちていた。葦のように細身でしなやかな女は、目に見えぬ気品に満ちた足どりで歩んだ。その気品は、一時の痛みや哀悼をもってしても消すことはできなかった。

入ってくる女を見るや、見知らぬ男が近付いていき、両腕を伸ばした。女は言葉もなくその腕の中に崩れ落ち、しばらくの間、静かに抱擁されて休んだ。それから男は女のしなやかな腰を持ち上げ、自分の腕にもたせかけると、女の目前からヴェールをのけた……。女は私の妻だった……。

長い長い間、男は彼女の顔を、すばらしくきれいな目を見つめ、そのまなざしの甘さを吸い込んだ。それからゆっくりと、彼女から目を離さずに片手を背後の机の方へ伸ばし、そこに積まれた紙の中から一枚を取ると、それを開いてマルタに読ませた……。

それは葬儀通知だった。日付が目を引いた。一九〇六年三月十一日、その上に故人の姓、Atosal アトサルとある。——変わった名字だ!……。

急に頭に浮かんだ。これは逆に読むべきなのだ。私は読みはじめた……。文字を逆に並べかえるにつれて、見知らぬ男がゆっくりと私の方へ顔を向け、そして……

恐怖の叫びの中、私は目を覚ました……。

＊＊＊

日記出版者による註。

W・ラソタは一九〇六年三月十一日、足場から落ちてきた煉瓦が頭に当たって急死した。

追跡

Na tropie

目覚めたとき頭は鉛のように重く、死ぬほど疲れていた。時計を見ると、昼の十二時だった。今日はいつになく長い時間寝た。

　家中に、暑い正午の静けさ、七月の猛暑の眠たげな無感覚が満ちていた。私はひとりだった。老僕ヤンは私を神の慈悲にゆだね、いつものようにどこか近所へ昼食後のパイプを吸いに出かけていた。

　ひどく苦労して両手を頭の下に置き、天井を見つめた。何かものすごい疲労が私の手足に巨大な重りをつけていたので、ソファーから起き上がることができなかった。

　前日の記憶を遡ってみたが、四肢をひどく弛緩させるような物事は何も見当たらなかった。昨日は風景に色を添えて静かに過ぎた。晩に月明かりの下、街を少し散歩し、そのあと十時頃就寝した。それで全部だ。

　だからその筋道ではない。これには何か別のことが関係している。ひょっとして私は病気なのか？　だが、これまた一体どうして？

　天井のモザイクから離れた視線は、無意識に部屋の真ん中にある鋼鉄のスクリーンに落ちた。それは私の催眠鏡《ヒプノスコープ》だった。私は自由時間に催眠術のような興味深い分野の研究に没頭しており、とりわけ自己催眠の領域ではすでにかなり有望な成果を出していた。スクリーンの奥を集中して何回か見るだけで、私はたちどころに眠りに落ち、あらかじめ自分で決めた時刻に目を覚ますのである。

　しかし、躰《からだ》に悪影響を及ぼすことに気づいたので、最近は実験をやめていた。というのも目覚めると気分が悪く、形を歪められたかのように感じたからである。

　それにもかかわらず昨日は久しぶりに実験に取り掛かるよう、何かが私をそそのかしたようだ。スクリーンが部屋の真ん中にある以上、少なくともそう考えざるを得ない。なぜなら通常は壁際に立っているからだ。

ただ、ある状況に驚いた。実際に昨晩、催眠鏡をのぞいたかどうか、どうしても思い出せなかったのである。いずれにせよ散歩から帰った後に違いないから、夜十時以降だ。なにしろ記憶に残っている昨日最後の事実は、マントを脱いで、それをコート掛けにかけた瞬間だった。それから何が起きたのかは憶えていない。たぶんなんとなく自己催眠をしたくなり、その欲求を満たしたのだろう。

したがって万事説明がついたし、疲労の理由もある程度は理解できる。ただ問題は、実際何の夢を見て、その間自分がどうなっていたのかだ。ここでいつもいらだたしいのが、目覚めた後に私の脳を覆った特別な記憶喪失である。一度たりとも何ひとつ思い出せなかったのだ。

自己催眠の過程はときとして非常に面白い。それをはっきりと確信したのは、奇妙な、ほとんど偶然の方法によってである。

ある日、明け方目覚めると、驚いたことに、イーゼルのそばの足場の上に古い石像の胴体があった。石はすでにところどころ風化して傷があったが、それでもなおトルソーが描くすばらしい線に巨匠の手の跡が見てとれた。どうやってこの像の一部が私の仕事場に届いたのか、最初はまったくわからなかった。ひょっとして知人のだれかが私にいたずらを仕掛けたのではないか、あるいは、ヤンがこの芸術のかけらで私を喜ばそうという気になったのかと思った。だがあらゆる調査は水泡に帰した。だれもが肩をすくめ、狂人を見るような目つきで私を見た。

それでこの特別な取得物を詳しく観察してみると、しばらくして、私はすでにどこかで、悲劇的にも頭を投げ捨てられたこの断片を見たことがあるという確信に至った。数年前、街区から離れた古い公園のそばを通りすぎたとき、公園の奥の壊れかけた台座の上に、ひどく風化した両腕のない彫像が、かろうじて土台につかまっているのに気づいた。しかしながらその作品は私の目に飛び込んできて印象を残した。しばらくの間、私はその像をパレットに移すという考えすら抱いていた。だがその後、すっかり忘れてしまった。

だからおそらく自己催眠の最中、うつつと睡眠を区切る最後の瞬間に、その像のイメージが、像をうちに持ってきたいという願望と結びついて脳裏をよぎったのだろう。この最後の、ほぼ意識のしきいで生まれた考えを、私は霧深い夢の淵で漁網のように引きずっていた。そこでその考えは自己暗示によって抗いがたい命令に変わったのだ。私は出かけていき、持ってきたというわけだ。

像の同定については、とある散歩の最中に確信した。その後まもなく、わざと件の公園の方をよく歩いていたのである。ここでは何もかも数年前と同じだった。だが、かつて壊れたトルソーが立っていた場所に、いまは裸の台座が突き出ていた。ただ縁の上高く伸びた羊歯《しだ》が、緑の流れで台座を包んでいた。白々とした裸を恥じて隠すように。

なにしろ今日までわからないのは、どうやって自分はこんな重い石の胴体を公園から仕事場まで運んだのかということだ。実際これには巨人の力が必要だったはずだ。おそらくここでは、何か怒り狂った無慈悲な内部の指令が、それに対して思案も躊躇もできないような絶対的命令が働いたのだろう。あらゆる力が百倍になり、あらゆる腱が途轍もない努力で緊張する。灼熱する音声によって魂の壁龕《へきがん》で焼き尽くされたものを満たし、埋めるために。何かものすごい神経の力が立ち上がり、頭へ、首へと急ぎ、谷を、窪地を抜け、障害となるものは何もかも、打ち、壊し、己の足元にこなごなに粉砕し、息も絶え絶えに目的を達成するのだ――血が滴り落ちても勝ち誇りながら……。

しかし、この奇妙な出来事で私がいちばん不安になったのは――寝入りばなに、あの最後の、ひょっとしたらまったくつかのまの思考が、内部の命令の規模にまで成長したらしいことである。すべてはあの最後の、ほとんど夢の入口にぶらついていた考えによるものだったのだ……。

私はやっとのことで寝床から起き上がると、服を着はじめた。しばらくして驚いたのだが、普段着ているいつもの服の代わりによそ行きの服を身につけているではないか。ヤンが今日のためにわざわざこれを用意してくれたのだろうか？　思い出すかぎり、特別な指示を出してはいなかったし、昨日はだれの家にも行かなかった。となるとヤンは、私の普段着があまりに擦り切れているので、それを着て人前に出るのは〈平日〉であってもまずいと考えたのかもしれない。総じて彼はもう私に対してかなり独裁的に振る舞っていた。親切な奴だ！

あまりに〈打ちのめされて〉いたため、また着替える気にはならず、烏のように黒い新調したてのダブルの長外套を着た。

なんとなく落ち着かなかった。何か名状しがたい嫌悪感、あるいは、うとましさが、目覚めた瞬間から私の奥に潜んでいた。口の中に嫌な苦味が拡がっていた。

不快な感覚を振り払い、バランスを取り戻すために、室内を何度か往復した。鏡の前を通り過ぎたとき、無意識に奥をのぞきこんでぞっとした。私は死体のように青白く、目は興奮してぎらぎらと燐光を発し、両手は特別な動きをしていた。私はそれを注意深く見つめた。両手を腰の高さで平行にまっすぐ前へ伸ばし、神経質に指を振ってみると、そこから何かが落ちたようだった。とはいえそれを捕らえることができたのはつかのまにすぎなかった。というのもそれに気づくや、ほぼ無理やり自制して両手をポケットに入れたからだ。神経の譫妄《せんもう》だろうか？……。

玄関で特徴的な咳払いとパイプをちゅっと吸う音が聞こえた。ヤンがおしゃべりから戻ってきたのだ。そして実際しばらくすると入ってきて、必ずしも私に満足しているわけではないようだった。

「まあ、旦那様は一度我に返ったじゃありませんか！　おっしゃったでしょう――午《ひる》まで寝る！って。完全に目を覚まして差し上げることはできませんでした。ここに背の高い、死に神のように痩せた御仁がいらっしゃいました。絵について何かしゃべっていましたよ。旦那様は眠っているから後で来るように言ったんです。だがその人は譲りませんでした。それで私は旦那様を少し揺さぶってみました――でも駄目でした――神様は昨夜、鉄のように、石のように硬い熟睡をお与えになったのです」

「ヤンの言うとおりだ。死んだように眠っていた。しかし一体何だってヤンは私の服を替えたんだい？　昨日そんなことは頼まなかったのに」

老僕は驚いて私を見つめた。どうやらようやくいまになって私がよそ行きの長外套を着ているのに気づいたらしい。

「私が、替えたですって？　神かけて――すると旦那様はもうすっかりその……」ここで額に明瞭なしるしを示した。「私は朝、椅子の上にあったものをきれいにしただけです。新しいものが置いてあったはず――これです。新しいでしょう」

ヤンは何かを思い出して言葉を切った。

「旦那様ちょっとお待ちを。いま思い出しますから……ええと……ええと……。ああ、そうだ……そうでした。昨晩ははっきりと憶えていますが、旦那様はあのいつもの天鵞絨《ビロード》の上着でしたとも。私はなんて物覚えがいいんでしょう。ほかでもない、旦那様ご自身が寝る前にあの上着をしまって、別のを今日のために置いて、忘れただけですよ」

ヤンはいつものように穏やかに、心のこもった親切な嘆きの口調で言った。だがその目は何かに興味を引かれたように、ある種の驚きと共に私に向けられていた。

「ああもういい、わかった。はい、はい――どうやら私が自分で服を替えたに違いない。なぜ今日に限ってそんなことをしたのかわからないが。朝食を頼む。新聞はあるか？」

「もちろんですとも。ちょうど小僧が持ってきました。何か特別な付録、号外付きです。まったく私の手に何を突っ込むかわかったもんじゃありません。でも買いましたよ、旦那様が興味を持つかもしれませんからね。すぐに全部持って参ります」

数分後にはもうテーブルの上でコーヒーが湯気を立て、新聞が招くように頁を拡げていた。

コーヒーを飲みほし、煙草を吸ってから、新聞を読みはじめた。私の手元に、あの例外的に早く――朝刊よりも前に――打たれた号外が現れた。冒頭で目を引いたのが、太字で書かれたセンセーショナルな事故のタイトルである。

「伯爵令嬢W・Sの悲劇的な死」

基本的に私は刑法分野のあらゆる記事を軽蔑し、無視している。血まみれの、病院やモルグのにおいがする感じが嫌いなのだ。だから今回もこの例外的な事件は脇に置こうとしたとき、黒い文字列を一瞥した目が、ある言葉で止まった。それはとある郊外の地名だった。それは私のいくつかの、遠く離れてはいるが、かなり強い記憶と結びついていた。

私は蔑んでいた号外を取り上げると、次のような、簡潔に報じられたニュースを読んだ。

「昨夜〈追放者《ヴィグナンカ》〉で奇妙かつ悲劇的な事件が起きた。明け方近く、S伯爵家の遺産である〈赤い城〉の一室で、二十歳の伯爵令嬢ヴァレリヤの遺体が発見された。死因は心臓を狙った短剣の一撃である。身体にそれ以外の傷やけがはこれまでのところ確認されていない。事件は暗く、謎の様相を見せている。より詳しい情報は朝刊でお伝えする。」

すでに述べたように、私の注意を引き留めたのは地名だった。それが前述の〈追放者《ヴイグナンカ》〉で、市街地から一マイル足らず離れた集落、というか、郊外の農場のような所だった。その付近に実際私が行ったのは生涯一度きりだったが、そのとき強烈な感動を味わったものだから、その地名とセンセーショナルな事件が結びついて、この一件に深い関心を抱くことになったのだ。〈赤い城〉は何年も前に見た美しい女の想い出と結びついていた。あの人がまさに昨夜の悲劇の犠牲者だったのだろうか？

もっとはっきりしたことを知りたくて、続いて朝刊を取り上げた。そこにはこうあった。

「謎の犯罪！」

「水曜日から木曜日にかけての夜、〈赤い城〉で起きた恐ろしい事件は何か不思議なしるしを帯びている。この件を詳しく調べた結果、自殺の可能性は排除された。ヴァレリヤ・S嬢は何らかの執念深い犯罪的な手による犠牲者となったのだ。そのことを証明しているのが、次に挙げる、戦慄に襲われるようないくつかの事実である。

「今朝八時頃、マリヤ・S夫人が一日留守にしたのち、城に戻ると、入口の門のところに使用人がほぼ全員揃っており、おびえて混乱していた。皆の顔が隠された不安で当惑して女主人の目を見つめていた。S夫人は予感に突き動かされ、愛する娘ヴァレリヤは元気かと尋ねた。めずらしく娘を家に残して出かけたのである。そのとき他の者たちに代わって、年老いた乳母のナストゥーシャが声をふるわせてこう言った。お嬢様は眠っていらっしゃるか、あるいは、そうでなければよいのですが、ご気分がすぐれないようです。というのもヴァレリヤはいまのところ寝室から出てきていなかったのだ。昨晩は、母親を迎えるために早起きすると言っていたのに。あえて起こそうとする者はいなかったし、ともかくお嬢様は一昨日、部屋の中から扉を閉ざしており、別の通路で部屋に入ることはできなかった。

「心配したS夫人は直ちに二階へ急ぎ、娘の寝室の扉の取っ手を激しく揺さぶりはじめた。幾度かそうしてみたが中から答えがなく、完全に沈黙しているので、夫人は鍵穴に耳をつけて娘の寝息に耳を澄ませた。だが室内はひっそりと静まりかえっていた。それで恐ろしくなった夫人は閂《かんぬき》の掛かった扉を即刻破るよう命じた。中に入って最初の視線をS夫人は娘のベッドに向けた。そこで雷に打たれたかのごとき不幸な母親の目に、なんという光景が広がっていたことか。

「白百合のつづれ織りの下に仰向けに、両手を祈るように組んでヴァレリヤは横たわっていた。胸の心臓の辺りに短剣の柄が刺さっていた。花々の下から、掛け布団の上、シュミーズの胸の縁、白い毛足の長い絨毯に、固まった血が染みついていた。不幸な娘は眠っているようだった。軽く閉じた目、痛みの跡のない穏やかな顔のせいで、深い眠りに沈んでいるように見えた。だが鋼鉄で貫かれた心臓は鼓動していなかった。ベッドの上にあったのは死体だった。

「ほぼ意識を失いかけた母親から電話で通報を受けた警察署は、犯行現場に警部と複数の専門家を送った。医学鑑定が示したところによると、ヴァレリヤ嬢の死因は長さ一・五デシメートルの短剣による右心室への非常に正確な一撃だった。衝撃は強かった――短剣は柄に達するまで深々と突き刺さっていた。犠牲者は目を覚ますことなく即死した可能性が高い。閉じた目と穏やかな表情がその証拠である。

「専門家によると、襲撃が行われたのは夜半過ぎ、午前二時から三時の間である。

「続いて警察は犯人の捜索に取りかかった。ここですぐに異常な困難に突き当たった。まず動機の問題が表面に出てきた。強盗、利欲は絶対にあり得ない。寝室でも城全体でも、すべては元どおり無傷で見つかった。ということは復讐、または嫉妬だろう。ここでこんな疑問が浮かんだ。犯人は女か男か？　これまでだれも明確な答えを出すことができなかった疑問である。亡くなった女性は大変な美人だった。多くの敵がいたことは疑いなく、一度ならず男たちの間に競争心を焚きつけたに違いない。

「最初は、発見された遺体の上にあった百合が手がかりになると思われた。奇妙な詳細は憂鬱な墓地のポエジーに満ちていた。だがここで問題は行き止まりだった。大多数はそれを、追跡を混乱させるために使われた抜け目のない方法と見なした。おそらく将来はもっと良い説明ができるだろう。そもそもわれわれが取り上げるべきは、この恐怖を吐き出す〈赤い城〉の悲劇全体を通じて、尋常ならざる謎めいた特徴がちらついていることである。

「まず、殺人犯がどうやってヴァレリヤ嬢の寝室に入ったのかが不明である。取り調べ中、母親が証言したように、今朝方、寝室には内側から閂が掛けられていた。なぜなら母親が出がけに、夜間は扉をしっかり閉めるよう娘に命じたからで、そうやって階下の使用人部屋で眠る召使たちから娘を隔離したのだ。寝室の隣には家の主の死後、空っぽのままの広間が長い列をなして伸びている。おそらく一族の集まりの際に親戚が泊まる部屋だ。だがここ数日、来訪者はひとりもいなかった。ただ城の婦人用寝室に隣接する部屋に事件の夜寝ていたヴァレリヤ嬢のルームメイド、マウゴジャータは、不審な物音は何も聞こえなかったと述べている。ほかに入口はなく、窓は昨夜と同じく鍵が掛けられていた。犯人が何か奇妙な方法で、ひょっとすると召使のだれかと示し合わせて、城の中に押し入ったと仮定しても、どうやって門の掛かった扉、または鍵の掛かった窓を通って、物音も立てずに、犠牲者の目を覚ますことなく、寝室に入ることができたのかは解き明かされない謎である。

「しかし希望を持とうではないか。われわれの刑事たちの手際よさがやがて当局を適切な方向に導き、暗い事件に明るい光を投げかけると。詳しい捜査の概要は夕刊でお伝えする。」

この捜査の概略をかなり大雑把に読み終えると、私は新聞の頁をめくって、少し先に載っていた殺された女の顔写真をじっと見つめた。

犠牲者の顔を一瞥するだけで、彼女のアイデンティティに関する自分の疑念が完全に根拠づけられたと確信するに十分だった。私はヴァレリヤ嬢を知っていた。二年前に短い間目にし、その後二度と会うことがなかった女と同じ人だった。しかしそのとき味わった強い印象は消すことのできない痕跡を残した。

その痕跡とは、この完璧に美しい女の姿に霊感を得て、その後すぐに数時間の張りつめた創造的な作業で描かれた絵であった。この創造は私にとって解放だった。絵が仕上がると安堵のため息をつき、忘れがたい出来事以来の悲しみの悪夢を捨て、私は陽気で享楽的な考えの方に向き直った。ヴァレリヤの記憶は次第に濃い霧に覆われはじめ、ついには体験全体がつかのまの幻のごとく思えるようになった。今日、彼女の恐ろしい死の影響を受けて、あの記憶がよみがえり、忘れられた過去のこだまを目覚めさせた。

私はカーテンを上げ、窓際に腰を下ろして、犯行現場で撮られた肖像写真をなるべく正確に調べはじめた。図版は完璧に作られていた。私はその不幸な女を二年間目にしていなかったとはいえ、すばらしく忠実に再現された容貌は疑いの影すら残していなかった。それは禁欲的な、汚れなく白い蠟から彫り出した聖処女の卵形を思わせる、あの同じ天使の顔であり、同じく冷ややかな大理石の額には、穏やかな秘跡のしるしがあった。この顔の表情は、頭のかぶり物と繻子の枕の背景と妙にそぐわなかった。それらは特別な皺と折り目の並びで、頭の周囲に広くて白いコルネット〔修道女のヴェール〕のようなものを形作っていた。胸の上で静かに組まれた両手は、この厳かで清らかな死のイメージを補完していた。彼女は罪深きこの世から解放されてうれしそうな、天国の至福に向かって微笑む修道会の聖女のように見えた。

彼女は心置きなく百合の経帷子《きようかたびら》の下で眠り、百合は彼女の汚れなき魂の象徴として、神と結婚した己の姉妹を飾っていた。彼女の上方、ベッドの頭板の辺りで視線が探し求めていたのは、これまでだれも接吻したことのない薔薇色の唇に触れて、幸せに輝く天使たちだった……。

次々に押し寄せる推測、策謀、憶測を抜けて、ゆっくりと生じたのは、犯行現場を訪れたいという、死のように強く、抑えがたい欲望だった。何か気ちがいじみた好奇心が夜の行いの暗い領域に引きずり込み、状況を検討するよう押した。

私は軽いラシャ製の靴を脱ぎ捨て、ソファーの下の編上げ靴に手を伸ばした。いつもの散歩用靴の代わりに、数日前に買った新しいエナメル革の靴を取り出したとき、私の驚きはいかばかりだったか。腹を立てて、それを遠くへ投げ捨てると、いつもの靴があるのではないかと期待してベッドサイドテーブルの引き出しをいきなり開けた。だが捜索むなしく、編上げ靴は見つからなかった。捜査に時間を費やしたくないので、あきらめて、見下していたエナメル革の靴を履き、住まいに鍵を掛け、通りに面した扉から家を出た。

半時間後、私は、白く長い帯となってヴィグナンカの方へ紡ぎ出される街道にいた。

　それは三時頃、太陽の金色の炎暑が、朝の労苦から孵《かえ》った、熟した午後の熱に、ゆっくりと溶けていた。

　日光の遊びによって高められた、絵のように美しい景色は、予想されるべきものとは異なる印象を与えた。私はすべてを不快に識別されたものとして迎え、すべては気まずく見知ったものへと戻っていった。その際、偽りの照明の感覚がきつかった。それはあまりにまぶしすぎるせいで、何か別物、正しくないものだった。私は物事に〈しかるべき〉気分と魂を取り戻すべく、想像の中で別の光の当て方を選び出そうとした。それでもいつの間にか、太陽が畑の畝《うね》を覆っていた黄と赤の縞はゆっくりと色褪せ、青ずんでいき、ついには銀緑色の月の光に輝いた。世界はつかの間暗くなり、紺色に黒ずんだが、再び白い月夜の光にきらきらときらめきはじめる。

　ある時点で私の歩みは変わったようだった。自覚的な意志による運動体系であることをやめ、木製の何かの性格を帯びたのである。歩みは硬くなった。私は自動機械のように歩いた。両手を前にぴんと伸ばし、前進した――片手で遠い目的地を指し示しながら……。

　左手には草原の霧に沈んだ穀物畑が広がり、風になびいた穂がこすれあう神秘的な音でつぶやいていた……。

　右手には最初は墓地か何かの、それから公園か庭の、古くて白い壁が、一本の長く果てしない線を形作りながら続いていた。ガマズミの枝が朽ちた端に覆いかぶさり、静かな風に揺れ、ゲッセマネの死の悲しみを夜に打ち明けていた。夏風に揺れる柳の繊細な枝が壁の上で、人間の哀れな運命を嘆いていた。何かの短くなった影が壁に沿って動いていたかと思うと、上へのぼっていき、長く伸びて、果樹園で消えた。幻影たちは石灰が剝がれた獰猛な壁にぼんやりと見えていた。彼らは遠くから私を認めると、互いに合図を交わしていた。彼らの醜怪な下顎ががちがちと動き、毛むくじゃらの手がハイタカの鉤爪を曲げたかと思うと、再び前へと走っていった。真似してみろと言うかのように——意地悪く、ひっきりなしにくすくす笑い、捕らえどころがない……。

　突然何かが足元で途切れ途切れに鈍く響く音をたてた。私は橋を渡っていた。この孤独な物音が世界の底なしの静けさの中で、あまりに恐ろしかったものだから、私は気ちがいじみた恐怖に躰を丸め、耳をふさいで、これ以上聞こえないように駆けだした。この鈍い音に耐えられなかった。何か恐ろしいことを思い出させるのだ。それは場所も時間も不明だが、あまりによく知っていることだった。

橋を駆け抜け、ポプラの並木道に入った。

ポプラたちはしなやかな梢を壮大に振りながら、互いに風の雑談を送りあっていた。枝の震えで囁き、葉の揺れで舌足らずにしゃべっていた。木々の天辺をおとぎ話が伝っていった。木々のざわめきから生まれた、北の恐ろしい寓話が。

よろめきながら、ようやく並木道を抜け出すと、私は出口のところで立ち止まった。夜は消えうせ、気味の悪い月の光は消え、貪欲な影たちは姿を隠した。暖かな晴れた午後、私は池に近い城の前に立っていた。

自分が夢見ているのか、空想しているのか、よくわからず目をこすり、壁に沿って歩きだした。城はこちら側からだと比較的近付きやすそうに見えた。とはいえ四方八方から鎖帷子《くさりかたびら》を身に付けた急勾配の壁が城を守っていた。街道と城を結ぶ跳ね橋は、夜間は堡塁に引き戻された。ただ、ここ南からは途切れた城壁が、土塁の側面を支える勾配の緩やかな壁に場所を譲っていた。

だからおそらくここを通れば殺人犯は城の中程の高さまで達することができただろう。だがそれでも最初の窓までは、まったく滑らかで窪みひとつない巨大な空間が残っていた。

私は幾千もの憶測と闘いながら、なすすべもなく頭を垂れた。おそらくこう推測する以外になかった。犯人は、極度に集中した神経力の圧力下で、何か異常に能力が強められた状態で行動し、その力がガラスのように滑らかな表面を押し、断崖の上でバランスを保ち、外から窓の閂を持ち上げ、軽々と静かに、抑えがたく、執念深く行動したのだと……。私は謎を解くことができなかった。

嫌気が差して――とりわけ、近くをうろついている幾人かの怪しい人たちが、しばらく前から興味深そうに私の動きを追っているのに気づいたので――街道に戻り、やがて再びポプラの玄関口の間を通り過ぎていた。

穏やかな熟した太陽が、遠くで過ぎゆく木々の列を順繰りにのぞきこみ、瞬間瞬間に影を投げかけ、印をつけていた。どこか木の洞ではキツツキが我を忘れて打ち鳴らし、カッコウが幸運を占っていた。金色に輝く、熱せられた五時。

「あの月の悪夢はどこから来たのだろう？」私は突きつめて考えた。

おそらく私は、夜中、月光の下で犯行に及ぼうとする犯人の心理状態に深く感じ入り、彼の苦しみを体験したのだ。その過程の造形と緊張が示していたのは、私の感受性の鋭さだけだった。殺人犯の経験を繰り返したかのような過程は、ごく細かな所まで、新聞に載っていた事実を私が分析してたどり着いた結果に基づいていた。だから一見、万事異状なしだった。だがしかし奥底には、嘘をついているとすべてを非難する、何やら半ば無意識の、機敏で論理的で頑固な考えが潜んでいた。だって私はすべてがしかるべくその場にあるふりを装い、揺るぎない表面の静けさを楽しんだではないか。

実際もうこんなことはたくさんだった。ヴィグナンカの悲劇はあまりに個人的に己の黒い渦へと私を引き込んだので、不安が生まれたが、それに飲み込まれるわけにはいかなかった。結局、何もかもどうでもいい！　私に何の関係がある？　そろそろ手を引くべきだった。

だが狡猾な考えは迂回路を通り、慎重を要する点へと斜めに向かっていった。耐えがたい不安が私の心に鋼鉄のように冷たい内視鏡を差し込み、一時的に散らばった出口なしの漁網の目をもうすでに集めていたが、そのとき突然、外部の詳細が注意を別のものに向け、私が深く喜んだことに、それは終わりまで連想することを許さなかった。

不幸な橋まで数歩の距離に近づくと、自分はこの橋を渡ることはできないと感じた。

あの鈍い音が聞こえる恐怖は、ひっそりした回想となって脳の路地をさまよい、私を激しく後ろへ投げ返した。下から橋を迂回するしかなかった。

何も考えず街道をはずれ、幸いなことにすっかり乾いている溝へ下りはじめた。草が繁茂した急斜面を下りながら、私より前にだれかがここを通っていたことに気づいた。芝生はところどころ傷つき、剝がれていて、斜面を滑り落りた靴跡がはっきりと残っていた。

溝はいまのところ乾いていたので、足跡は急斜面の真下で途切れていた。しかし橋の方へ近づいていくと続きを発見した。橋の下には小川が流れており、その先は果てしない荒れ地の中に消えていた。

ということは、そのだれかも橋の直前で街道を離れたのだ。めずらしい！　ひょっとして同じ理由からだろうか？

うっとりするような可能性がその先の足跡を追うよう私を促した。だから水の狭い帯を飛び越えると、もう街道へは戻らず、足跡の方向へそれた。詳しく観察した結果、足跡は男性用編上げ靴のもので、私のエナメル革の靴より少し幅広であることがわかった。

最初は街道と平行に溝の端を歩いていたが、やがていきなり方向転換した。足跡は畑と荒れ地の間を右に曲がり、粘土質の湿った土にはっきりと跡を残していた。

どうやら晴れた夜の明け方に雨が降り、地面に染み込んだらしい。街道はすぐに乾いたが、低いロームの土壌は隠れた水分をいままで保持していたのだ。

ここを通るのは非常に骨が折れたけれども、見知らぬ人は街道に戻らず、小道も畔も道路標識もない、荒涼としたぬかるんだ野を苦労して進んでいた。一度選んだ方向に向かって自動化されていたかのように。

一体どこまで行くのか、好奇心がなければ、跡をつけたりしなかっただろう。まもなく私の注意を引いたのは、線が単調ではなくなったことだった。それは右へ、左へ、激しく横へ跳びはねながら、奇妙なジグザグを描いていた。ついに線は急カーブを形作り、荒れ地をぐるっと大回りすると、出発点に戻った。

私の目の前には面白い謎があった。これはどこかの偏執狂の足跡か、あるいはまた、何か深く考え込んでいる人の跡なのか。

ひょっとすると頑固な思考が循環する円を描いて、苦しめられた脳の入口で再び止まったのかもしれない。ひょっとすると何らかの観念が放浪者に取り憑いてしまい、誤った円からいくら努力しても、離れようとしなかったのでは？

私はその神秘的な中心に立ち、前方に目をやった。

渦を巻いていた線は徐々に伸びていき、よろよろと前へ進みはじめた。狂人はついに不思議な円を断ち切り、苦労して自分を解放すると、意志の赴くまま、まっすぐに進んだ。波打っていた足跡はなぜだか少しずつ均等になり、足どりは男らしく、前例のない速度で町を目指していた。

私は、一度に数メートルも進む、この超人的な跳躍について行くことができなかった。この男はどうやら逃げていたようだ。だが私は目をそらさず、その跡についていった。

それは私にとって難儀なことで、どうにかこうにか足を持ち上げていた。生乾きのロームの土壌は履物にねばりつき、やがて靴は煉瓦色の粘土で覆われた。

私は悲しかった。

苦しめられた頭に、みっしりとからみ合った思考が紡ぎ出された。あたかも強風に鞭打たれ駆り立てられた濃い霧のように。何やら暗い光がいくつか、見知らぬ手によって上へ持ちあげられ、きらりと光っては消え、近くを流れるぼんやりした成就の雲を背負い、輪になって踊った。ときどき悪寒がこの湿った地帯を駆け抜け、痛みの痙攣で地面に皺を寄せた……。

世界の端で太陽が大地に夕べの別れの挨拶を送り、珊瑚色の土地に犂《すき》で畝をばらまいていた。

遠くからはもう町のおしゃべりが聞こえ、長々とした嘆きとなって工場のサイレンが死んでいき、煙が空にくるくると丸まっていた。私の元へ届いた音は悲しく、広々と満ちあふれていた……。それが何だかわかった。喇叭手《らっぱしゅ》が教区教会の塔の上で聖母マリアに敬意を表して時を告げる喇叭を吹いていたのだ。真面目な尊いメロディー……。

私はその近辺を注意深く見回しはじめた。足跡はいまや、もうとっくに見失った街道の方へ近付いているようだった。この場所を知り得るかぎり、私はすでに郊外のビール醸造所の線を越え、荒れ地側から町へと向かっていた。

私は息を詰めて進んだ。いまにも足跡は野からはずれ、どこかの家に入るのではないかと待ち受けながら。

突然、心臓が高鳴った。

この付近をとてもよく知っているような気がした。庭や果樹園に面した家々の裏を私は見分けた。

奇妙な足跡に目を釘付けにしながら私は足を速め、襲いくる半狂乱の思考が立てる騒音を消していた……。

ここで何かの障壁にぶつかった。目を上げると、私は自宅の庭の木戸口にいるのに気づいた。性急に木戸を開け、中に入った。足跡は休みなくさらに曲がりくねり、我が家の扉まで続いていた。

私は扉をぐいと引っ張った。鍵が閉まっていた。

これまでに分散し、鉄の切りくずのようにばらまかれていた何らかの原子が、いまわしい速度で分極し、遠くから近付いてくる電流にさらわれた。私はすでに感じていた、感じていた――無秩序を秩序づける波が容赦なく近付いてくるのを。

しばらくの間、足跡から視線を離さず、なすすべもなく敷居に立っていた。すべての足跡は家の中へ入っていたが、家は鍵が閉まっていたのだ。

ふと入口から少し左に目をやると、新しい足跡の線を発見した。一本目は少し先の敷居から始まって庭の奥へと続き、もう一本は戻ってきたかのように、途中で一本目と交差しつつ元の入口に達していたが、ただ真横からなので最初は気づかなかったのだ。

私は一本目をたどって奥へ進んだ。やがて足跡は家の角で曲がり、花壇の間に向かった。

突然私はぞっとした。足跡はお気に入りの白百合の花壇のそばで終わっていた。だが私の白い花はなかった――だれかの恐ろしい手で全部もぎ取られていたのだ。真ん中に突き出ていたのは折れた茎ばかりだった。

「奴だ！」

私は家へ、中へと駆りたてられた。鍵を探さず、途轍もない力で扉を押し、蝶《ちよう》番《つがい》からこじ開けると、室内へ突進した。

私は改めて何かを探しはじめた。戸棚、机、テーブルを開け、あらゆる抽斗《ひきだし》や隠し場所をのぞき、ヤンの部屋に飛び込んで、山と積まれた古道具、本、洗濯物を掻きまわした。何も見つからなかった。

たまたま目に入ったのは黒くなったストーブの小扉である。

「あそこか？」

私は鉄板をほとんどもぎ取らんばかりにして、貪欲に両手を深淵に沈めた。深く、深く沈めていくと、ようやく何か硬いものに行き当たった。引っ張り、取り出した……。それは小さな包みだった。くるぶしまで赤い粘土にまみれた私の編上げ靴と、私の普段着、天鵞絨の上着もある。柔らかな、しわくちゃになったそれを広げた……。

「そうだ！　私だ！」

それにはヴァレリヤの血が飛び散っていた。

視線

SPOJRZENIE

カロル・イジコフスキに捧ぐ。

それが始まったのはまだあのとき――四年前、あの奇妙な、恐ろしく奇妙な八月の午後、ヤドヴィガが最後に彼の家を出たときだった……。

そのとき彼女はどこかいつもとは違い、より神経質で、何かを待っているかのようだった。そしていつになく情熱的に彼に寄りそった……。

その後突然、すばやく服を着、頭に比類なきヴェネツィアのショールをかぶると、彼の口に強く接吻し、出ていった。いま一度入口のところに彼女のドレスの端と編上げ靴のほっそりした輪郭がちらっと見え、すべては永遠に終わった……。

その一時間後、彼女は列車の車輪の下で死んだ。この死が偶然の結果か、あるいはヤドヴィガ自身が、全速力で荒れ狂う機関車に飛び込んだのか、オドニチが知ることは決してなかった。なにしろ予測不可能な存在だったのだ、この肌が浅黒く、黒い瞳の女は……。

だが問題はそのことではなかった、それではなかったのだ。この痛み、この絶望、この慰めようのない悲嘆——そのすべてはこの場合、あまりに自然で、あまりに当然だったのだから。だから問題はそこではなかった。

何かまったく別のことが注意を引いた——何か滑稽なくらい些細な、どうでもいいようなことが……。ヤドヴィガは最後に彼の家から出るとき、背後のドアを閉めなかった。

彼は憶えている。部屋を通って彼女を送っていく際につまずき、いらだって身をかがめ、絨毯のめくれた角を直そうとしたことを。少しして目を上げると、ヤドヴィガはもう部屋にいなかった。ドアを開けたまま、出ていったのだ。

どうしてドアを閉めなかったのか？　いつもあれほど冷静な彼女が、ときに細かすぎるほど冷静沈着な女が？……。

彼は憶えている。あの広く大きく開いたドアが弔旗のごとく、その黒く滑らかなニス塗りの翼を風にはためかせていたときに感じた、あの嫌な、はなはだ嫌な印象を。彼をいらだたせたのは、ドアのふらふらした落ち着きのない動きで、それは午後の太陽の炎暑を吐き出す、家の前の植え込みの一部を、目の前からしょっちゅうさえぎっては、再び露《あらわ》にするのだった……。

そのとき突然思い浮かんだ。ヤドヴィガは永遠に彼の元を去り、彼が解くべき何か複雑な問題を残していった、その感覚的表現があの開いたドアなのだと……。

不吉な予感に襲われてドアの方へ駆け寄り、はためく翼の向こう、右側のはるか先、彼女が去っていったと思しき方向へ目をやった。跡形もなかった……。目の前には、金色の砂の平面となって、夏の炎暑に燃え立つ人けのない広場が、遠くあの地平線の端にある鉄道の盛土まではるかに広がっていた。何もない――ただあの金色の、陽光に酔った平原だけだ……。その後、数ヵ月に及ぶ長い鈍痛と、ひっそりと心をずたずたに引き裂く喪失の絶望……。それから……すべては過ぎ去った――どうにか消えうせ、どこか片隅に片付けられた……。

そしてそのときそれが訪れた。こっそりと、わずかずつ、だしぬけに、何げない振りをして。開いていたドアの問題が……。ハ、ハ、ハ！　問題か！　お笑いだな、まったく！　ぴったり閉まっていなかったドアの問題。とても信じられない、誓って、とても信じられない。だがしかし、だがしかし……。

ドアは夜毎、彼の脳内にしつこい悪夢となって漂った——昼間は一瞬閉じたまぶたの下にあり、意識のある明るいうつつの中、どこか遠くの眺めにいらだたしい幻影となって現れた……。

だがいまはもう風圧の元でも揺れ動かなかった。あの致命的な時間にそうだったように、ただゆっくりと、まったくゆっくりと、架空の枠から傾いていった。まるであたかもだれかが外から、彼の目には見えない向こう側から取っ手をつかみ、慎重に、とても慎重に、ある角度で開けたかのように……。

まさしくこの慎重さ、この特別な動きの慎重さが骨の髄まで凍らせたのだ。あたかも、傾いた角度が大きくなりすぎないよう、ドアが広く開きすぎないよう、心配していたかのようだった。ドアは、あの忌わしい翼の向こうに隠れているものをすっかり見せたくはなくて、彼をからかっているように見えた。彼の前で明かされたのは秘密の一端だけ、彼に知らされたのは、あそこ、あちら側、ドアの向こうには秘密が存在するが、詳細は嫉妬深く隠されているということだった……。

オドニチはこの偏執狂的な繰り返しに全力で抵抗した。一日に何千回も、入口のドアの向こうに心配なものが何もないことを、総じてどのドアの向こうにも何も隠れていない、何も待ち伏せしていないことを確認した。彼はしょっちゅう強制的に課された仕事から離れて、獰猛な急ぎ足で、待ち伏せする豹の歩みで、部屋のドアすべてに順番に駆け寄っては開け、ほとんど錠前から投げ捨てんばかりにして、飢えた視線をドアの向こうの空間に差し入れた。無論いつも結果は同じ。疑わしいものは一度も確認できなかった。何かものすごい好奇心を抱いて謎への手がかりを追跡する目の前に広がるのは、相も変わらず〈古き良き時代〉と同じ、空っぽの不毛の植え込みか、ありきたりな廊下の部分、あるいは、隣接する寝室か浴室の静かな、永遠に固定された内部なのだった。

一見落ち着いたかのように机に戻るが、数分後には再び同じ思考に悩まされるのだった……。ついに彼はとある著名な神経科医の元へ行き、治療を開始した。何度か海辺へ行って冷水浴をし、享楽的な生活を送りはじめた。

しばらくすると、すべては何とか過ぎ去ったように思われた。眺めの中でわずかに開いたドアのしつこい光景は次第に拭い去られ、色褪せ、フェイドアウトするかのように、ついに掻き消えた。

そしてオドニチはすっかり自分自身に満足していたことだろう――仮にある徴候がなかったならば。それはあの悪夢が退いてから数ヵ月後に現れた。

それは何だかあまりに突然、思いがけず、公共の場所で、通りでやってきた……。ちょうど聖ヨハネ通りの出口にいて、ポルナ通りとの交差点に近付いていたそのとき、突然、曲がり角で、通りの最後の集合住宅の角で、不意に途轍もない恐怖に襲われた。それは路地のどこかから飛び出してきて、鉄の鉤爪でのどをつかんだ。

「この先へは行くな恋する人よ！　一歩たりとも！」

オドニチは最初、件の集合住宅が終わる所でポルナ通りへ曲がるつもりだった。住宅の窓は〈二重の前面〉で両方の通りを眺めていた——そのとき彼は自分の中にこの異議を感じた。なぜだかわからないが、突然、通りが交わる角度が自分の〈神経〉にとって強すぎるように思われた。ともかく、あそこの〈角の向こう〉、〈曲がり角で〉、〈予期せぬもの〉と出会うかもしれないという激しい不安が生まれた。

ポルナ通りへ曲がるには、角の建物をほぼ直角に回る必要があったが、建物は巨大な数階建てのファサードで〈向こう側〉の眺めをさえぎりながら、さしあたりその不愉快な可能性を防いでいた。だが最終的に壁はいつか終わらざるを得ず、突然、恐ろしいほど突然、建物の角の左にあったものを露《あらわ》にする。この唐突さ、一本の通りから、これまでほぼ彼の目から隠されていたもう一本の通りへの、この急激な移行が、果てしない不安となって襲ってきた。オドニチはあえて〈見知らぬもの〉に会う勇気がなかった。そこで妥協の道をとり、角の直前で目を閉じて、転ばないよう片手を石造りの壁にあてながら、ゆっくりとポルナ通りへ踏み出した。

このようにして数歩前進すると、指が壁の縁をすべりぬけ、建物の突き出た角に触れたので、無事に角を曲がって、もう一本の通りの領域に入ったのだなと感じた。にもかかわらず、まだ目を開ける気にならなかったが、絶えず片手で建物の壁を探りながら、ポルナ通り沿いに歩いていった。

そんなふうに歩き続けて数分後、ようやく、いわば新たな地域での〈市民権〉を得て、ついにもうここでは彼の存在が〈知られている〉と感じたので——勇を鼓して閉じていたまぶたを持ち上げた。前を見て、安堵しつつ、疑わしいものは一切ないことを確認した。大都市の通りにふさわしく、すべてが普通で正常だった。大急ぎで通り過ぎる辻馬車、電光石火のごとく走るバス、すれちがう通行人たち。オドニチが気づいたのはただ、目の前、数歩のところにいる男が、両手をポケットに入れ、煙草をくわえ、どうやらちょっと前から面白そうにこちらを見ながら、陰険な笑みを浮かべていたことである。

オドニチを突然、激怒と恥辱のようなものが襲った。興奮で真っ赤になって、この厚かましい男に歩み寄ると、無愛想にこう尋ねた。

「一体何だって私にやたら好奇の目を向けるんだ、この間抜けめ？」

「へ、へ、へ！」ならず者は煙草を口にくわえたまま、大儀そうに言った。「最初は、あんた目が見えないんだと思ってたが――いまは思うに、自分自身と目隠し鬼で遊んでただけなんだろう。なんてえこった！ これもあんたの想像力か！」

そしてもう激怒した紳士の反応は気にせず、何かのアリアを口笛で吹きながら、通りの向こう側へ渡ってしまった。

こうして地平線上に新たな問題が浮上した。〈曲がり角〉である。

これ以後オドニチは自信と、公共の場所での動きの自由を失った。ある通りから別の通りへ人知れぬ恐怖感なしに移動することができず、大きな円を描いて曲がり角を迂回する方法をとった。それは実際はなはだ不便だった。というのもつねに途方もなく長い道のりを〈課した〉からだが、しかしこの方法で、通りが曲がる角度を相当緩和しつつ、著しい逸脱を避けたのである。いまではもう角の建物のそばで目をつぶる必要はなかった。

〈角の向こうに〉隠れているかもしれないあらゆる意外な物事は、いまや彼から〈隠れる〉ための時間がかなりあった。この得体の知れない、完全に異質の、彼とはひどく無縁の〈何か〉――その存在を彼は皮膚を通して角の向こう側に感じ取っていたのだが――は、いまや静かに、彼の突然の出現に驚きもせず、新しい通りの角でしばらくの間、潜むことができた。つまり、オドニチの簡潔な言い方でいえば、〈表面下に潜る〉のだ。何かが〈角の向こうに〉いたこと、本質的に〈異なる〉何かがいたこと――それについて彼はそのときもう少しも疑っていなかったのである。

いずれにせよ少なくともその頃、オドニチは〈それ〉と一対一で出会いたいとはまったく思っていなかった。それどころか彼が望んでいたのは、それに道を譲って、ちょうどいいときに〈隠れ〉やすくしてやることだった。目の前に何か〈驚くべきこと〉が、何か望ましくない出現と不意打ちが起こるかもしれないと思うだけで、不気味な恐怖に襲われ、危険は本当に深刻であるという確信を強めるばかりだった。

この問題について他の人の意見を彼はまったく気にしていなかった。だれであれ彼以外の人に同様の可能性が生じた場合、だれもが自分ひとりで〈それ〉に対処すべきだと考えていたのだ。

オドニチははっきりと自覚していた。ひょっとすると世界中で彼以外のだれひとり〈それ〉に注意を払っていないのかもしれない。もしも親しい人のだれかにあえて自分の疑念を打ち明ければ、大多数は彼を鼻で嗤《わら》っただろうと思いもした。だからかたくなに沈黙し、ひとりで〈見知らぬもの〉と闘っていたのである。

しばらくしてようやく気づいたのだが、彼の特別な不安の源とは〈秘密〉――何世紀にも渡って顔に仮面をつけたまま人々の間を歩いているという、あの奇妙なデーモン――を前にした恐怖だった。彼はその不思議さにはまったく心惹かれず、差し当たってエディプスになる使命感は感じなかった。逆だ！ 彼は生きて、生きて、なおも生きたかったのだ！ だから出会いを避け、互いに楽にやりすごせるようにしたのだ……。

ポルナ通りの角で突然彼を襲った、あの内部の異議以来、彼が根本的に嫌悪するようになったのは、あらゆる壁や仕切り、少しの間背後にあるものを覆うだけの、あらゆる一時的な仮設の〈遮蔽物〉であった。そもそも、いわゆるすべての覆いは有害で、非道徳的でさえある発明だと彼は考えていた。なぜなら危険な〈かくれんぼ〉を容易にし、異常な徴候がないような場所に、しばしば不信と不安を引き起こすからである。わざわざ隠すに値しないものを、なぜ隠すのだろう？ どうして不必要に疑念を煽るのだろう、あたかも〈そこに〉何か本当に隠すべきものがあったかのように？……。

そして、もしその〈何か〉が本当に存在するなら――一体なぜそれに〈かくれる〉機会を与えるのだろうか？

オドニチは、遠く明るい眺め、広い広場、見渡す限り遠く遠く広々とさえぎるもののない空間の、断固たる支持者となった。一方、屋根屋根の薄闇に卑劣に潜む小路の曖昧さ、都市の交差路や、永遠に孤独な通行人を待ちかまえているような曲がりくねった〈行き止まりの路地〉の偽善は我慢ならなかった。仮に彼が任されたなら、まったく新しい計画にしたがって町を建設したことだろう。その原則は単純さと誠実さだ。そこにはたくさんの、とてもたくさんの陽光と、広々とした空間があるだろう。

だから彼は喜んで郊外に出かけ、広大な、人家もまばらな通りを散策したり、夕暮れ時、果てしなく遠くの霧にひっそりと消えゆく近郊の牧場をそぞろ歩いたりした……。

そしてオドニチの住まいはその頃、徹底的な変化を被った。単純さと誠実さの原則にしたがって、〈蓋とカバー〉的なにおいがする物はすべて取り除いた。したがって古いペルシャ絨毯、ふわふわの〈ブハラ〉と足音の反響を消す〈毛織物〉が消え、壁からはドレープカーテンや掛け布が永遠に姿を消した。彼は窓から地味なレースのカーテンをむしり取り、絹のカーテンを投げ捨てた。緑色のタフタの衝立——かつてヤドヴィガのお気に入りだった調度——さえ、三枚の翼で寝室の内部に陰を作るのをやめた。洋服ダンスさえも〈隠し場所〉の部類への所属が疑われる家具であることがわかった。彼はこれらも屋根裏に移すよう指示し、普通のハンガーと〈コート掛け〉で満足した。

こうして姿を変えた住まいは貧困すれすれの奇妙な簡素さという性格を獲得した。実際当時の数少ない知人たちは、病院・兵舎様式だとか何かぶつぶつ言いながら、家具調度の度を越した素朴さを指摘したものの、オドニチはそうした論評を寛大な笑顔で受け入れ、納得することはなかった。逆に毎日、自分のインテリアがより好きになっていき、そこを離れるのは次第に稀になった。そうすることで外で待ちかまえている〈不意打ち〉を避けていたのである。彼はこの己の静かで開けっぴろげな内装が気に入っており、そこではいかなる待ち伏せをも恐れる必要はなく、何もかも〈掌の上にあるように〉明るく開けていた。

ここでは掛け布の背後に何も隠れておらず、余計な家具の陰には何も待ち伏せしていなかった。ここには雰囲気のある薄闇や薄暗い光もなければ、故意の言い残しや疑問のある沈黙もなかった。すべてが〈皿の上のパン、あるいは、テーブルに広げた料理本〉のように明白だった。

日中は、健康で力強い陽光の流れが住まいにあふれ、夕方の黄昏への最初の前奏曲として、電球が明るい光をひらめかせた。家の主の目は滑らかな壁面を自由に堂々とさまようことができた。壁には布が掛かっておらず、そこここにおそらくイギリス製の陽気な内容の銅版画が何枚か飾られていた。ここでは何にも驚かされることはなく、どこかの角の向こうにこっそり何かがうずくまっていることもなかった。

「何もない原野のようだ」一目瞭然の周囲を見て、オドニチは一度ならず思った。「どう見ても私の家は隠れるのに適した場所ではない」

命じた予防措置には望ましい効果があるようだった。オドニチはかなり落ち着き、このときはわりと幸福だとさえ感じていた。そしてこの神聖な静けさを乱すものは何もなかったはずだった――結局のところかなり無邪気な自然の、とある詳細がなかったならば、とあるそこそこ可笑しな詳細がなかったならば……。

ある晩オドニチは数時間休みなくせっせと、近い将来発表するつもりの大部の学術論文を仕上げていた。自然研究分野のその論文は、いくつかの新たな生物学仮説が、動物界と植物界の境界にいる生物の生活の中で観察された現象に対して無力であることを証明し、それらを論駁《ろんばく》していた。

長時間の努力に疲れて少しの間ペンを置くと、煙草に火をつけ、頭を椅子の背もたれにあずけ、右手を机の上に置いて、書き物に耐えた指を伸ばした……。

突然――指の下に何か柔らかな、押せばへこむものを感じ、ぞっとした。思わず手を引っこめ、注意深く机の右の部分に目を向けた。通常そこには重くて巨大な斑岩の文鎮が置かれていた。そのとき目にしたのは驚いたことに石ではなく、ひとかけらの乾いた多孔性の海綿だった。

彼は目をこすり、片手でその物体に触れた。海綿だった！　典型的な、明るい黄色の海綿――spongia vulgaris《スポンジア・ヴルガリス》……。

「何てことだ？」彼は小声で言い、それを指でつまんでためつすがめつした。「どこからやって来たんだろう？　だいたい私は海綿でこすったことなんかないのに。とはいえこするにもこれじゃ小さすぎる。ふむ……めずらしい……。だが文鎮は一体どこへいったんだ？　長年いつもこの同じ場所にあったのに」

そして机を探しまわり、抽斗《ひきだし》やテーブルの下をのぞいてみた。無駄だった。石は跡形もなく消えうせた。その場所にあったのは海綿、普通の、ありきたりの海綿……。幻覚か何かだろうか？

彼はテーブルから立ち上がり、神経質に部屋を歩き回った。

「どうして海綿なんだ？」心配になって考えた。「どうしてほかでもない海綿なんだ？　アイロンか、柵の板切れだってよさそうなものなのに」

「すみませんが、あなた」突然彼の中で何やら招かれざる声が聞こえた。「それは同じではありません。そうした現象でさえしかるべく条件付けられているのです。あなたはお忘れですね、すでに数時間、ご自分がもっぱらヒドラやイソギンチャクや海綿など腔腸動物の世界にいることを。そしてまさに海綿の生活がとりわけあなたの興味を引いた。たぶんそのことは否定しませんよね？」

オドニチはこの論証に衝撃を受けて、部屋の真ん中に立ち止まった。

「ふむ」と彼はつぶやいた。「確かに、その考えに夢中になってすでに数時間が経つ。だが一体全体それが何だっていうんだ？」彼は突然大声でわめいた。「そんなのはもっともな理由とは言えない！」

そして再び机を横目で見た。だがここで不可解にも驚いたことに、今度目にしたのは海綿ではなく、なくなったと思った文鎮だった。それは静かに落ち着いてそこにあった。長年ずっとそれに割り当てられた場所であたかも何ごともなかったかのように。オドニチは額に手を当て、もう一度目をこすると、自分が夢を見ているわけではないと確信した。机の上には文鎮があった。真ん中に滑らかな旋盤加工の丸いつまみが付いた斑岩の文鎮が。海綿は跡形もない——あたかもここには一度も存在しなかったかのように。
「幻だ！」彼は判決を下した。「一時的な過労の影響で幻覚を見たんだ」
そして机に戻って座った。だがどういうわけかその夜は一行も書けなかった。〈幻〉が彼をそっとしておいてくれず、どんなにがんばっても論文に集中することはできなかった……。

海綿の一件は、それ以降だんだん頻繁に彼を悩ますようになった同様の徴候の前奏のようなものだった。やがて、室内のほかの物もしばらく彼の目の前から〈姿をくらまし〉、少ししてから元の場所に再び現れることに気づいた。それどころか、一度ならず机の上に、それまでそこになかった様々な物を認めた。

しかしながら、すべてにおいて最も興味深かったのは、この現象が、物体が消えたり現れたりする直前に彼がそうした物体に対して感じた一時的な関心と並行して起きていたことである。ほとんどつねに彼はそれらについて、とことん集中して考えていたのである。

ある程度の内的信念をもって、彼がたとえば本を一冊なくしたと考えるだけで十分だった――しばらくすると実際にその本が本棚にないことを確認する。同様にテーブル上の何らかの物体の存在をなるたけ造形的なやり方で思い描くたびに、やがて実際そこにそれが即座に現れたことを、明確に納得するのだった。

こうした現象は深刻な疑念を引き起こし、きわめて彼を不安にした。それが新たな待ち伏せでないかどうか、だれが知ろう？　時折、これは〈見知らぬもの〉の再攻撃で、ただ別の方面から別の形で近付いただけではないかという印象を持った。ゆっくりといくつかの結論が投げかけられ、確固たる論理一貫性で、ある種の世界観が形成された。

「私を取り囲む世界はそもそも存在しているのか？　もし本当に存在するとして、それはそれを形作る思考の産物ではないのか？　ひょっとしたらすべては、沈思する何らかの自我の作りごとにすぎないのかもしれない。どこかあの世でだれかが絶えず、だれかが太古の昔から考えている——そして全世界と、それとともにいる哀れな人類は、その永遠の瞑想の産物なのだ！……」

別の時にオドニチは自己中心的な精神錯乱に陥り、何であれ自分以外の物の存在を疑った。彼が絶えず考えているだけだ、彼、トマシュ・オドニチ博士が見るもの認識するものすべて、それは彼の瞑想の産物に過ぎないのだ。ハ、ハ、ハ！　すばらしい！　個人の思考が固まった産物としての世界、何か狂った自我の思考の溶液が結晶化した世界！……。

初めてこの極限に行き着いた瞬間が、彼にひどく重くのしかかった。突然、異常な戦慄と共にオドニチは恐ろしく孤独であると感じた。

「もしも本当にあの角の向こうに何もないのだとしたら？　いわゆる現実のほかに、そもそも何か別のものが存在するのかどうか、一体だれが請け合うのか？　おそらく私自身が創造者であるこの現実のほかに？　私がこの現実に首まで浸かっている限りは、現実が私にとって十分である間は——すべては何とかなっている。だが仮に私がある日、安全な環境から身を乗り出し、その境界線の外を見たいと強く望んだならば？」

ここで彼は鋭い、骨の髄まで凍る寒さを感じた。極地の永遠の夜の凍てつく大気のような寒さを。拡大した瞳孔の前に、氷で血を凍らせる幻が現れた。底なしの、果てしない空虚の幻が……。

彼ひとり、完全に彼自身と彼の思考のふたりだけだ……。

＊＊＊

ある日、大きな手鏡を見ながら髭を剃っていたとき、オドニチは特別な印象を味わった。突然、いま鏡の中に見えている、自分が背にした部屋の一部が〈何だか違う〉ように思われたのだ。

彼は剃刀を置き、寝室後部の反射像を熱心に調べはじめた。確かに一瞬、背後のすべてがいつもとは違っていた。だがその変化が何なのか、正確に言い表すことはできなかった。何らかの独特の変更、奇妙な均衡のずれ――何かそういったものだ。興味を引かれ手鏡をテーブルの上に置くと、振り返って現実を検査した。だが疑わしいものは何も見つからなかった。すべては元のままだった。

安心して再び鏡を見た。だが今度もまた部屋は正常に見えた。特別な変更は跡形もなく消えていた。

「視覚中枢の知覚過敏――それだけだ」急ごしらえの専門用語で彼は手っとり早く安心した。

だがそれには続きがあった。オドニチは以来、背後にあるものに対して恐怖を感じるようになったのである。そのせいで後ろを振り返らなくなった。仮にだれかが通りで彼の名を呼んだとしても、彼は決して振り返らないだろう。そのため彼はあらゆる帰還を回り道で成し遂げ、行きと同じ道を通って帰宅することはほぼなかった。どうしても振り向く羽目になったときには、急な正面の変更の結果、〈それ〉と顔と顔を突き合わせるのではないかと恐れて、きわめて慎重に、できるだけゆっくりしたテンポで行った。ゆっくりと徐々に動くことで、引っ込むのに十分な時間を残しておきたかった。つまり、以前の〈無邪気な〉姿勢に戻る時間を。

終いにはこの用心深さが高じて、振り返ろうとすると、その前に〈警告〉するほどだった。机を離れて部屋の奥へ行かざるを得なくなるたびに、まず椅子をこれみよがしに騒々しく引き、それから〈背後から〉でもよく聞こえるよう、声を高めてこう言った。

「これから振り向くぞ」

この予告の後でさらにちょっと待ってから、彼は意図していた方向に振り向いた。こうした条件下での生活はやがて本当の拷問室となった。オドニチは一歩ごとに幾千もの恐怖に束縛され、自分を待ちかまえている危険をひっきりなしに追跡し、後悔するにふさわしい生活を送った……。

しかしそれにも慣れた。それどころかしばらくすると、神経が張りつめた状態でのこの永遠の監視が第二の本性となった。瞬間ごとに彼を取り巻く謎の感覚は恐ろしく、危険ではあったが、何らかの暗い魅力を彼の人生の灰色の道筋に投げかけたのだ。彼はゆっくりとわずかずつ、このかくれんぼが好きになっていった。いずれにせよ彼にとってそれは平凡な人間の月並みな体験よりもずっと面白く思われた。

彼は気味悪い状況証拠の追跡を熱望しさえしたのだから、謎の世界なしで済ますのは難しかったろう。

最終的に彼は自分を悩ますあらゆる疑念をジレンマへと持ち込んだ。そこには何か私以外の〈別のもの〉、人間として私が知っている現実とは根本的に異なる何かがいる――あるいは、何もない――完全な空虚である。

仮にだれかが、この二つの可能性のうち、向こう側でどちらに会いたいかと彼に尋ねたならば――オドニチはきっぱりした答えを出すことはできなかったろう。間違いなく虚無は、無慈悲な無限の空虚は恐ろしいものだろう。しかし他方で、ひょっとしたら虚無は、別種の恐ろしい現実よりもましかもしれないじゃないか？なぜなら、その〈何か〉が本当はどんなものか、一体だれが知ることができるのだろう？　もしもそれが何か恐ろしげなものなら――不在の完全な消滅のほうがよくはないだろうか？

両端の間でのこの未決が、二つの相反する傾向の闘いの発端となった。一方では見知らぬものに対する恐怖が彼を鋼鉄の鉤爪で締めつけた――他方では日ごとにつのる悲劇的な好奇心が不思議さの抱擁に彼を押し込んだ。何か目先の利く老練な声が、危険な決定について警告したのだが、オドニチは寛大に微笑んで忠告を退けた。

誘惑するデーモンが、約束というセイレーンの魔法で彼を次第に近くへおびき寄せた……。

そしてついに彼に負けた……。

ある秋の夕方、本を開いて座っていると、突然背後に〈それ〉を感じた。何かが彼の背後で起きていた。謎の舞台裏が広がっていき、幕を上へあげ、ドレープの襞《ひだ》が開いていった……。

そのとき思いがけず狂った切望が生まれた。振り返って背後を見るのだ、ただ一度だけ、これっきり、これ一回限り。〈おどかさない〉ようにするには、いつもの警告をせずに、すばやく頭を回すだけでよかった——一瞥で、ほんの短い、一瞬の視線で十分だった……。

オドニチは思い切って視線を向けた。思考のごとく、電光石火のごとく突然の動きで振り返り、見た。そしてそのとき彼の口から人のものではない果てしない戦慄と恐怖の叫びが飛びだした。彼はわなわなと片手で心臓を押さえ、雷に打たれたように命なく部屋の床に倒れた。

情熱

Namiętność

情熱（ヴェネツィア物語）

NAMIĘTNOŚĆ (L'APPASSIONATA) OPOWIEŚĆ WENECKA

セスティエール・ディ・カンナレッジョ〔ヴェネツィアの一地区〕、ラグーナの中心部には、軽い、ほとんど目に見えない霧が掛かっていた。このきわめて淡いヴェールに濾《こ》された七月の太陽の光の中、大運河《カナル・グランデ》の眠たげな水がまどろみ、そこにおとぎ話から飛び出してきたような信じがたいほど美しい館やヴィラ、建物や教会が姿を映していた。そしてそのすべてが、すばらしい想像力によって現出した金色の蜃気楼のように、奇妙で創造的な物惜しみない瞬間に芸術家の夢から織られた絵のように見えた。

ただ、ひたひたと階段に寄せる岸辺の波と、服喪の舟で傍らを通り過ぎるゴンドリエーレの唄だけが、幻惑の物思いから目を覚まさせ、自分は本当にヴェネツィアにいるのだという、この何よりもうれしい事実を確認するよう命じるのだった……。

こうして元首《ドージェ》たちの街に惚れこみ、建築の魅力と黒々とした神秘的な水の哀愁に酔いながら、このすばらしい朝、私は大運河の向こう側へ連れていってくれる水上バス《ヴァポレット》を待っていた。背後には古い、十八世紀半ばに遡るサン・マルクオーラ教会があり、入口の前は小さな広場になっている。左側、狭い運河《リオ》の向こう側には、ドージェたちの居留地で最もすばらしいと言ってよいヴェンドラミン・カレルジ邸があった。『ニーベルング』の偉大な作者〔リヒャルト・ヴァーグナーのこと〕が息を引きとった、あの建物である。ちょうどそのファサードに目をさまよわせていると、こんな句が読み取れた。

Non nobis – Domine – Non nobis〔「(栄光は)われらにではなく、主よ、われらにではなく」旧約聖書、詩篇第一一五篇一より。「あなたの御名こそ、栄え輝きますように」と続く〕、するとと聞こえてきたのは、この時間の静けさをいささかがさつに破る、蒸気船の間延びした汽笛だった。

いま一度、宮殿の祈りの言葉に目をやり、仮設ブリッジに踏み出すと、一瞬後にはもう船尾に座っていた。

「アヴァンティ〔前進：イタリア語〕！」舵手《だしゅ》が拡声器でボイラー室の穴に合図を出すや、ヴァポレットは束縛から解放され、金属製の棒で怠惰な水を掻き分けはじめた。

旅はそう長くは続かなかった。私は次の停留所、サン・スタエで降りた。船はかつての貴族テオドーロ・コレルの邸宅と、彼が設立した市民博物館《ムゼオ・シーヴィコ》を過ぎ、共和国の古い穀物倉庫、エリッツォの宮殿、グリマーニ・デッラ・ヴィダ、フォンタナを過ぎて、パラッツォ・トロンの線に達すると、舳先《へさき》を岸に向かって右に向けた。

「フェルマ〔停止〕！」高所からヴァポレット内部へ命令が下った。

スクリュー音が静まり、船底のボイラーの仕事がやみ、蒸気船はロープで平底船のふなべりへと穏やかに曳かれていき、再び停留所とつかのまの抱擁を果たした。

大勢の乗客を順調に掻き分け、私は岸辺の大通りに立った。ここから旅の目的地、ペーザロ宮殿の近代美術館《ガレリア・ダルテ・モデルナ》まではもう遠くなかった。リオ・ディ・モチェニーゴの上にしなやかなアーチを広げる短い橋《ポンティチェッロ》を渡ると、フォンダメンタ・ペーザロに出た。

この朝まだきの時間、ここはなぜか静かで、テラスの苔むした階段に物憂げによじのぼる波の跳ねる音が宮殿のポーチにはっきりと鳴り響いていた。

私は二階に上がった。美術館の入口で憂鬱そうなやる気のない職員たちの視線に出くわした。私がチケットを請うて、彼らの無為の楽しみ《ドルチェ・ファル・ニエンテ》を中断したことを腹立たしく思っているようだった。

　中に入れてもらった。がらんとした展示室。あちらこちらに数人の外国人《ストラニエリ》が旅行案内書《ベデカー》を手にぶらついており、鼻眼鏡を掛けたどこかの骨張ったミスが誘惑的な男性裸体像をむさぼるように見つめていた。私の注意を惹きつけたのは、オーギュスト・ロダンの「カレーの市民」たちだった。しばらくして彫刻から目を離し、次の展示室の奥を見ると、とある絵の前に若く美しい淑女がいるのに気づいた。いくぶん鷲鼻ぎみの、繊細だがきっぱりとしたその横顔は、強い陽射しに照らされた壁を背景に、はっきりと強く際立っていた。烏の濡羽色をした金属光沢のある髪が、暗い胡桃色の燃える目をした浅黒い面長の顔を取り巻いていた。その無二の、忘れがたいまなざしは、女の甘さと毅然たる意志の鋼鉄の輝きとを奇妙な方法で結び合わせていた。怒った瞬間、この目はきっと恐ろしいに違いなかった。この見事に美しい貴族的な頭部と調和していたのが抜群にすらりとしたしなやかな体つきで、その輪郭は、落ち着いた優美さと良い趣味に満ちた黒い衣装越しにさりげなく、だが誘惑するように見えていた。そして、この洗練されたシンプルで控えめなドレスを背景に、オレンジ色のショールが炎のように花開き、カラフルなシンフォニーとなって、髪に差した大きな紅茶色の薔薇と溶け合った。

「なんて美しい人だ！」展示室の敷居をまたぎながら思った。女が振り向き、初めて私たちの視線が出会った。彼女の――少し放心した、それから探るような、そしてついに興味をそそられた視線と――私の――敬意と賛嘆のこもった視線が。女の口に浮かんだ微笑みの輪郭は、意志によって消され、ゆっくりと跡形もなく吹きはらわれた。無関心な天鵞絨《ビロード》の目はまなざしの寵愛を再びフラジャコモの絵「嵐の中の漁船」に注いだ。

そのとき幸運な偶然が私を助けに来た。

心臓を締めつけられ、がっかりして、もう通り過ぎようとしたとき、女が手にしていた本が指から滑り落ち、私のそばの床に落ちた。すばやくさっとかがんで本を拾い上げ、題名を読んだ。『El secreto del acueducto〔水道橋の秘密〕por Ramón Gomez de la Serna〔ラモン・ゴメス・デ・ラ・セルナ著〕』。

「スペイン人か」私は思い、会釈して本を手渡しながら、こう尋ねた。

「Dispense V. – Este libro pertenece a V. No es verdad?〔すみません。これはあなたのご本ですね？：スペイン語〕」

彼女はうれしそうに驚いてこちらを見、本を受け取りながら、同じ言語で答えた。

「スペイン語を話されるのね。もしかして同国の方かしら？」

「いいえ」私は答えた。「ポーランド人です。でも、カスティーリャの高貴な息子たちの言葉は私にとって無縁ではありません」

交友関係が結ばれた。私たちが交わした会話は鮮やかで絵のように美しかった。なぜなら彼女もいくぶん華やかで、レトリック豊かな話しぶりが好きだったし、私も彼女の魅力の虜《とりこ》になって、思わず胡蝶草のようなカラフルな言い回しを選んでいたのだ。

ドーニャ・イネス・デ・トーレ・オルペガはエストラマドゥーラ家の出で、ここ数年は寡婦だった。一年の大部分を、宮廷の高官に嫁いだマドリードの姉のところで過ごし、夏の間だけヴェネツィアの親戚を訪れていた。ポーランドやポーランド人についてはあまり知らず、興味を持って私の話に耳を傾けた。それから三十分後、絵画展示室を出て、フォンダメンタ・ペーザロ大通りまで来たときには、私たちはもうすっかり打ち解けていた。

「これからどちらへ行かれます？」彼女は尋ねた。「昼食にはまだ早過ぎるけれど、二回目の朝食〔朝食と昼食の間にとる軽食〕にはちょうどいいわ。リアルト橋《ポンテ・リアルト》が見えるどこかのレストランで一緒にいかがですか？　朝早い時間に眺めるのがとても好きなんです」

私は歓喜した。

「いちばんいいのは、ヴァポレットの停留所近くのコルヴォ・ネーロ〔黒いカラス：イタリア語〕に行くことですよ」と提案した。

「すてき。それじゃわたしに手を貸して、ゴンドラまで連れていってちょうだい」

私はいささか驚いて辺りを見渡した。

「さしあたり一艘《そう》も見えませんね。来るまで少し待たないと」

彼女は響きのよい笑い声で答えた。

「わたしのベッポは長いこと待たせません。ほら、もう遠くから私の声を聞きつけて、〈ロンディネッリ〔小燕：イタリア語〕〉号でこちらに近づいてくる」

そして実際、大通りの角の向こうから〈小燕〉号の舳先が突き出し、黒い下腹でペーザロ宮殿とコルネル・デッラ・レジーナの間の運河の水に張りつくと、そこにしばし待機して、ただ合言葉を待っていた。

「ベッポ・グアルチョーニ、わたしの宮廷ゴンドリエーレ」半ば真面目、半ば冗談めかした顔で私に船頭を紹介した。「わたしの親戚ラモリン家に古くから長年仕える召使」

そして私たちはボートに乗りこんだ。

ドーニャ・イネスのゴンドラはまさに工芸品だった。すらりとして格好良く、ぶんぶんゴマみたいに楽々と方向転換する。美しく彫刻された舳先は白鳥の首の形をしており、幼き王子の揺り籠のごとく波に揺れていた。暗緑色のフラシ天でできたシートクッションに背をもたれ、低い日除けの下、ここではフェルツェと呼ばれる飾り立てた天蓋の金の縁飾りに囲まれ、あたかも櫂《かい》のリズムに果てしなく耳を傾けるかのように私たちは進んでいった。

霧のヴェールは完全に吹き散らされ、トルコ石色の天蓋の下、おとぎ話めいたカナル・グランデの色鮮やかな展望が広がった。支配的なのは三つの色。黒、水の黒玉《ジェット》、建物の白、鎧戸と閉ざされた日除けカーテンのオレンジ色。混じりあったその三色、幸せな淘汰の親和力で溶けあった三色は――あたかも必要不可欠な唯一の音のよう、どこかこの街の魂の奥深くに隠された秘密の言葉のようだった。そしてすべてがこの主要な、主権を有するトーンに染み込み、すべてが無数に震えおののくのだ。一本の弦で――金色のモノコードで、その名は――ヴェネツィア。

夢のように私たちの船の傍らを通り過ぎていったヴェネツィア建築の傑作、あの精巧な宮殿や邸宅、それらのほぼすべてが偉大な芸術家たちの鑿《のみ》や筆を自慢していた。七月の太陽は誇らしげな貴族のペディメントや破風を銅と朱色で鍍金《めっき》し、湿った地下と柱廊を何世紀もの薄明で照らし、熱い愛撫となってガーデンテラスの緑のオアシスや葡萄がからんだ開廊《ロッジア》に流れ落ちた。

私たちは、かつての共和国の最も装飾的なゴシック様式の黄金の館《カ・ドーロ》の傍らを通り過ぎ、サグレド、ミキエル・ダレ・コロンネ、モロジーニを過ぎて、魚市場に近づいた。水産物の悪臭が市場の奥から漂ってきて私たちの息を詰まらせた。ペスキエーラ〔養魚場〕は朝の活況の真っ最中で、人声とざわめきで脈打っていた。

ドーニャ・イネスは鼻にハンカチをあて、笑顔で私を見ながら、香水のにおいを吸い込んだ。ゴンドラはもう青物市場停留所の辺りにいた。光の狂宴に疲れた目は、キャベツやカリフラワー、セロリ、パセリ、ニンジンの葉の緑に安堵して休らった。

「何というコントラストでしょう、こんなに生き生きしているのに散文的なこの眺めと、宮殿の繊細な美しさとは」ドーニャ・デ・オルペガは言った。

「確かに」私は認めた。「そしてエルベリア〔青物市場のある場所〕を通るたびに、それが私には衝撃なのです。仕方ない――ほかにどうしようもない。美術品のことだけ考えて生きてはいけませんからね。こう言ってもいい。日常生活の散文と、芸術と過去の詩《ポエジア》との混交こそが、この奇妙な街の最大の魅力なのだと」

彼女は同意のしるしにうなずいた。もう近くの展望に、灰色の、何世紀もの緑青《ろくしょう》で覆われたリアルト橋《ポンテ・リアルト》が広がっていた。櫂を数回巧みに押してベッポは舟を対岸に向け、左舷がドイツ人商館《フォンダコ・デイ・テデスキ》を通り過ぎると、橋のアーチの袂に寄せた。一瞬後、私はもうゴンドラから水黴《みずかび》に覆われた岸辺の階段に飛び降りて、イネスに手を差し出していた。

午前十一時だった。私たちはヴァポレットの停留所・チェルヴァを通り過ぎ、絶えず運河に沿ってリーヴァ・デル・カルボン通りを歩いた。交通量は膨大だった。数十分ごとに到着する蒸気船がひっきりなしに新たな乗客の群れを吐き出していた。私たちはリアルト橋の見える小さな鄙《ひな》びたジェラート店《ジェラテリア》、コルヴォ・ネーロの静かな片隅に身を隠した。ここ、麻の日除けの翼の下で、ドーニャ・イネスはいっそう美しく思われた。目の下の深い影がその甘さと炎を強調していた。私はのべつ幕なしに彼女を見つめていた。彼女は私の有頂天ぶりを見ながら、口の端だけで笑って、真珠の歯でオレンジソーダを濾していた。その眠たげで、いくぶん夢見心地のまなざしはあてもなく運河の向こう岸をさまよっていたが、その後、船着き場で揺れているゴンドラの一群に移り、リアルト橋のアーチで止まった。

「フィレンツェのヴェッキオ橋にちょっと似ていると思いません?」彼女が尋ねた。

「あれは三連アーチですよ」私は答えた。

「上の部分のことよ」

「ああ、もちろん」私は認めた。「二つとも上に建物が並んでますね、とりわけあのフィレンツェの橋は」

「ああいった店やバザール、水辺に立つ市場の屋台には、何か独特なものがある……」

「二十世紀の通行人に過去の簡潔な雄弁で話しかけてきます。あちらを通ってみたいですか？」

「ちょうどそう提案しようと思っていたところ。時には騒がしい店が立ち並ぶ中を歩くそんな散歩もいいわ」

　私たちは日陰の避難所を離れ、まもなく橋のアーチの上にいた。市場の雰囲気が私たちを取り巻いた。バザールの二列の間の狭い通りを絵のように美しく渦巻く群衆が埋めていた。女たちが優位を占めていた。すらりとした生粋の地元住民たちは、縁飾りの付いた特徴的な黒いショールをまとっている。彼女たちの均整のとれた、しばしば火のように赤いリボンで飾られた頭は、ベンチや売り台に並ぶ商品見本の上に興味深そうに傾き、優雅なデッサンを持つ美しい手は、絹やサテンや更紗の表面をうっとりと撫でた。気まぐれで、選り好みの激しい、品定めをする手は。

色の混沌に香りの混沌が付随した。そうしたざわめきの中、表向き目立っていたのは、安い香水のにおい、なめし革の粗暴な臭気、船来の香辛料の力強いシンフォニーである。

とりわけ好評を博していたのは人形のバザールとその隣の小間物の店だ。特に後者にはひっきりなしに女たちが群がっていた。店の所有者は肩幅の広い中年男で、一対の口髭を憂鬱そうに下へ垂らし、ヴェネツィアのめかし屋たちを魅了していた。指輪をはめた指で紛い物の真珠か珊瑚か琥珀のネックレスを繰りながら、あるいは、きらきら光るひと握りのイヤリングやブローチや腕輪を手から手へとふるい分けながら。

「シニョール・ジュリアーノは相変わらずいい商売をしてる」バザールを通り過ぎながらドーニャ・イネスは言った。「自分の商品の褒め方を心得ているわ」

「安物と模造品ばかりだ」私は答えた。

「そうでもなくてよ」彼女は異議を唱えた。「ここではときどき本物の真珠が見つかることがあるの。ただ物事に精通して、穀粒を籾殻《もみがら》から区別する必要があるだけ。ジュリアーノの店――これも一種の古代の遺物ね。ここにはまたいつか昼食後に来てみましょうよ、その頃にはリアルトも少し空いているでしょう。さて今度はわたしをゴンドラまで連れていってちょうだい。戻らないといけないわ」

　入り乱れた呼び声を飽きるほど浴びながら私たちはボートまで降りた。ベッポは岸辺のトラットリアのグラスビール数杯とマカロニ一皿で元気になり、ゴンドラを大通りの棒杭からほどいた。私が帽子を脱ぎ、すぐにもまた会いたいという無言の懇願を込めた目でドーニャ・オルペガをじっと見つめると、彼女は私をゴンドラの奥へ引っ張っていった。

「わたしの家まで送っていって」

「なんていいひとだ」私は唇を彼女の手に押し当てながら囁いた。

　ゴンドラはもう舳先で運河の水を掻き分けていた。私たちは再びカンナレッジョの方へ戻っていた。途中でイネスは次の逢引きをその日の午後に指定した。

「あなたはここに来て間もないから」そのすばらしい頭を肩に傾けながら彼女は言った。「わたしはあなたのチチェローネ〔ガイド〕になりたい、あなたにこの街の珍しいものすべてを見せてあげたいの。私たちの散策の順序はわたしが決めます。それでよろしい？」

「深く感謝いたします。どこから始めましょう？」

彼女は微笑んだ。

「それは秘密。午後になったらわかるわ。あなたを驚かせたいの。だから四時にカ・ドーロで待っていてください。またあとで！」

ゴンドラが岸に着いた。その白鳥の首は苔むした階段に横たわり、階段はあのすばらしい宮殿のひとつの列柱に続いており、カナル・グランデの暗い波がそれを忠実に映している。ここでイネスは降りた。すでに待ち受けていた召使が彼女に手を差し出した。黴で緑色になった階段は滑りやすく危なかったからだ。

「ベッポ、この方をサン・マルクオーラまでお送りして」別れ際に彼女はそう命じ、私に魅惑的な笑顔を見せると、回廊奥の幕の陰に消えた。

＊＊＊

待ちこがれた時間までじっとしていられなかった。うれしい体験で強い興奮状態に陥った私は昼食を取るのも忘れ、鉄道駅近くの自分の住まいには戻らず、黄金の館付近の運河沿いをぶらついた。いかなる月並みな行為も、彼女を夢見る至福の流れを断ち切ることは許せなかった。愛する人との一度目と二度目の逢瀬の間に、いかなる散文的な出来事も押し込まれるようなことは決して許すわけにいかなかった。

だから彼女が指定した待ち合わせ場所の近くを回っているほうがよかった。二、三時間後、ひどい空腹と疲労を感じ、しばしカ・ドーロ船着き場から離れ、暗く狭い小道《ヴィコレット》を抜けて、ヴィットーリオ・エマヌエーレ通りの角の二流のカフェに駆け込むや、コーヒーを一気に飲み干した。その数分後には再び大通りに立って、待ち遠しい視線をイネスがゴンドラでやって来るはずの方向へ向けていた。

とうとうやって来た。甘く、浅黒く、計り知れない彼女が。降りるのを手伝おうとしたら、首を横に振った。

「一緒にゴンドラで行きましょう。わたしの隣に座ってちょうだい」

と言って、ボートの座席を指差した。

「ベッポ、カヴァ・イル・フェルツェ！」ゴンドリエーレに命じた。

召使がその指示を果たして、私たちの頭上で絹の天蓋をたたんでいる間、彼女は私の肩にもたれ、いたずらっぽく私の目を見ながら、こう尋ねた。

「私たちが最初に別れた瞬間から、あなたもせめて一度は私のことを考えてくれたかしら？」

「セニョーラ」自分の目を彼女の目に溺れさせながら私は答えた。「私はあなたに魅了されています」

「そうでなくては、そうあるべきだわ。アヴァンティ、ベッポ！」

「どこへ行くんですか？」私は反射的に質問した。

「交差する運河の水系を通ってフォンダメンテ・ノーヴェの方へ。ゴンドラでこうした静かな狭い水路を通るのが好きなの。湿気をたっぷり含んだ古い建物の間を曲がりくねる水路を」

　私たちは停泊所から離れた。ゴンドリエーレの熟練した櫂さばきでボートは岸近くを進み、やがて手際よく右へ半回転すると、大運河《カナル・グランデ》を離れ、リオ・ディ・サン・フェリーチェの狭い首にもぐりこむ。

「ア、オエル！」漕ぎ手の警告の声が響いた。「ア、オエル！　シア・スターリ！」ゴンドラはヴィットーリオ・エマヌエーレ通りと聖フェリーチェ広場を結ぶ橋のアーチの下をするりと通り抜けると、再び右へ曲がり、リオ・ディ・サンタ・ソフィアに入った。櫂の水音を聞きながら、私たちは黙って航行を満喫した。

　この建物の間を行く小旅行には特別な魅力があった。あちこちの竿や紐に洗濯物が干してある数階建ての古くて傷んだ建物から見える生活の散文にもかかわらず、その空気には何か神秘的なものがあった。ガスの舌でけちくさく照明された薄暗いポーチには何かが隠れており、ところどころに門の形を通して見える暗い中庭には何かがまどろみ、年月のせいで黴臭くなった汚れたプールで待ち伏せしていた。時折、窓から人の頭が突き出し、一対の情熱的な南方の目が外をのぞくが、よそ者を目にしてとまどったかのように姿を消した。ときには謎めいた内部の奥から憧れに満ちたすばらしい歌が流れてきて、建物の壁のあいだにむせび泣くアルペッジョを震わせたかと思うと、己の場違いな美しさを恥じて沈黙した。

黒く、濃く、動かない水の中で建物たちの醜い反映が震える抱擁で結ばれ、光を浴びてきらめきながら、何か汚く脂っこい跡と流れが紡ぎ出されていた。屋敷や建物の塊からところどころで突き出ていたのは屋根付きの空中歩廊、灰色の悲しい日常の〈ため息の橋〉は、深淵の上に差し出された両手のように、運河の両岸をつないでいた。別の場所では、石造りの円天井のアーチが下部を水面の上に広げ、しなやかな峰を小路から小路へと架け渡していた。

時折、路地の静けさをゴンドリエーレの叫びがやぶっていた。

「シア・プレミ！」「シア・スターリ！」「シア・ディ・ルンゴ！」彼らはカーブですれ違いながら叫んだ。

リオ・ディ・サンタンドレアでは少々長めに待たなくてはならなかった。狭い水路にひしめくボートで渋滞していたのだ。とりわけ石炭を積んだ太鼓腹の貨物船が混雑から抜け出せなかった。ついにその船が脇腹を大通りにこすりつけて苦境から脱し、通り道を空けた。私たちはサンタ・カテリーナ運河に入った。

「左へ、ベッポ！　ポンティチェッロのアーチの下へ！」ドーニャが命じた。

　ゴンドラは船着き場の階段に近づいた。私たちは降りた。女主人は船頭にこう言った。

「十分後にフォンダメンテ・ノーヴェの停泊所で待っていて」

「スタ・ベーネ〔いいですとも〕、シニョーラ、スタ・ベーネ」

　そしてイネスが私の肩にもたれて岸辺の階段をのぼる間に、年老いたゴンドリエーレは運河をさらに進み、その後、北へ折れ、サッカ・デラ・ミゼリコルディアを抜けて、新埠頭《フォンダメンテ・ノーヴェ》の開けた水域に出る。私たちはその間に聖カテリーナとイエズス会士教会の横を通り過ぎ、ヴェネツィアのスブッラ〔古代ローマ時代の地名。中低所得者が暮らす高層賃貸住宅が建ち並んでいた地区〕の小路がつくる迷路《ラビリンス》に入った。

　午後の太陽はゆっくりと西に傾きながら、舗道の四角い敷石一面に液状の金を流し、まっすぐ私たちの目を照らした。

「ここはなんて陽気で、なんて晴れやかなのかしら！」イネスは叫び声をあげ、その背の高いエレガントな姿は背後に濃く長い影を落としていた。

「運河の暗い淵を出た後だと余計に」私は彼女のコメントに補足した。

そしてできるかぎり、ぼろを着た汚らしい子供の群れに小銭をやって追い払うことにした。もうしばらく前から私たちにしつこくくっついて来ていたのだ。

「ウン・バヨッコ、ベラ・セニョーラ、ウン・バヨッコ・アイ・ポヴェリ・バンビーニ!〔銭っこを、美しいセニョーラ、貧しい子供らに銭っこを!〕」痩せたそばかすのある少女が、ほかの子に代わって悲しげに訴えた。

ドーニャ・オルペガはハンドバッグから半リラを十数枚取り出すと、紙に包んで、笑いながら勢いよく投げ上げた。ちゃりちゃりと音立てて小銭は通りのタイルに散らばった。

「いまは逃げましょう、あの子たちが拾っている間に」

私たちはすみやかに隣の小路にそれた。私たちの数歩前でラグーナがダイヤモンドのようにきらめいていた。

「着いたわ。これが七月の午後の栄光に輝くフォンダメンテ・ノーヴェよ」

遠くへ伸びる大通りの線は人であふれていた。ワインバーと菓子店の前に並んだテーブルでは、甘くて辛いマルサラ〔シチリア島で生産される酒精強化ワイン〕、トルマリン色のキャンティ、深紅色のグレナデン・シロップ、または地元の葡萄園生まれのすがすがしいワインが飲まれていた。オレンジ色のシャツに黒い幅広帽子のゴンドリエーレたちが道行く人々に声をかけ、リド島、サン・ミケーレ島、ムラーノ島、ブラーノ島、あるいは魅力的なサン・フランチェスコ・デル・デゼルト島への小旅行を提案していた。ベッポは私たちを追い越したことに満足した笑顔で、ロンディネッリ号の高みで櫂にもたれ、絵のようなポーズですでに待っていた。私はイネスに問いかけるようなまなざしを向けた。ぴったりしたサテンの濃青色《ブルーフオンセ》のドレスを着た、格好良く優雅な彼女は、ボートに乗り込みながら、二語で目的地を言い表した。

「サン・ミケーレ!」

「墓地の島へ?」ゴンドラの彼女の隣の席を占めながら私は尋ねた。「どうしてそこなんです?」

彼女は私に驚きの目を向けた。

「もしかして、あそこへはもう行かれました?」

「いや、行ったことはないが」私は物思わしげに彼女を見つめながら答えた。「しかしねえ、私は墓地の静けさが好きではないんです」

「それでも見る価値はあります。隣接する修道院にはポーランド人の修道士が数人いるそうよ。何てこと、どうしても反対ですか?」

「またいったい何ですって？」私は否定した。「あなたに反対するなんてことがどうしてできましょうか？　アヴァンティ、シニョール・ゴンドリエーレ、アヴァンティ！　ただちょっと気持ちが悪いんですよ、私たちの旅をあの場所から始めるのが」

「まあ、なんてこと《ポル・ディオス》！〔スペイン語〕」彼女は言い、自分と私をパラソルで執拗な日光から守った。「迷信深い男は嫌いよ。アデランテ〔前進：スペイン語〕、ベッポ！　シア・ディ・ルンゴ〔そのまままっすぐ：イタリア語〕！」

ゴンドラは岸から離れた。櫂の剣に切り刻まれた波が無数の光にきらめき、ボートの周りでぎざぎざの襞《ひだ》となり同心円状に四散した。

「この澄んだ水は、海からの流れでつねに一新され、さわやかな印象を与える」私はそう言って沈黙を破った。

「眠たげでとろりとした、悪臭を放つ運河の水とは比べ物にならない」

「でもその代わり、あの水には何か神秘的なものがある。ヴェネツィアのラグーナの魂について言えるとするなら、それは、その黒く、まどろむ、街の悪臭がしみ込んだ水の深みに隠れている」

「見て！」私の言葉をさえぎり、彼女は右を指差した。「何という光景かしら！

画家には最高のモティーフだわ！」

傍らを通り過ぎるのは船縁の半ばまで荷物を積んだ三角ラテン帆の平底船。ヴェネツィアの市場にレ・ヴィニョーレ島の菜園から野菜を、近くの緑したたるトルチェッロ島の果樹園から果物を運んでいたのだ。守護聖人マルコの肖像がついたレモンイエローの帆布は、赤煉瓦色のトマトの山や人参・ビート・蕪《かぶ》のピラミッド、葡萄・桃・ダムソンプラム・オリーブの山の上で、西風をはらんで穏やかにふくらんでいた。

「さながらクロード・モネのパレットで選び出された色彩」

「あるいはポーランドの画家ヴィチュウコフスキの」

遠景に白く、墓地の壁の輪郭が現れた。

「この近くのどこかに」イネスが私に説明した。「舟橋の橋頭堡《きょうとうほ》があって、それは人々の便宜のため万霊節に市庁がヴェネツィアとサン・ミケーレ島の間に拡げるよう命じるの」

ゴンドラは穏やかに打ち寄せる波に洗われた壁の下を通り、修道院の門の向かいにある停泊所に入った。私たちはゴンドラを降り、フランシスコ会大修道院の門を越えて、回廊に入った。奥の柱の間を数人の修道士が歩いていた。修道服《ハビト》の粗い線に囲まれた彼らの姿は暗い染みとなって、壁と柱と床からなる陽の当たる背景からくっきりと切り離されていた。修道服の広い袖から突き出た手はロザリオの数珠を繰ったり、聖務日課書の中身にうずめた指で、かすかにかさかさ鳴るその頁をめくったりしていた。回廊の左側、大聖堂の内部から線香と燃える蠟燭の香りが漂ってきた——美しいエミリアーニ礼拝堂《カッペーラ・エミリアーニ》の入口の奥からはハーモニウムの甘い音色が流れていた。だれかがグノーの『アヴェ・マリア』を弾いていたのだ。

　私たちは柱廊で閉ざされた中庭を通り過ぎ、二つめの内門を抜けて墓地に着いた。午後六時だった。西日の奔流を浴びた閑静なその場所は金と白に浸っていた。太陽の黄金と大理石の白に。私は光に眩んだ目をしばし閉じた。私たちは銘板が嵌め込まれた墓地の壁や廟《びょう》の壁龕《へきがん》に沿って歩いた。私たちの足元で地下室が鈍い音を立て、横からはまばゆいほど白い日光の反射が目を眩ませた。

「ここはなんて緑が少ないんだ！」私は嘆かわしそうに言った。「なんと絶望的な白の日照り！　実際、セニョーラ、この専横な、何もかも消してしまう白は恐ろしい。ほとんど身体的な痛みのように思える」

　彼女は軽く眉を吊り上げてこちらを見た。

「あなたは北の息子としてそう言うのね。あなたがたの墓地はきっとまったく違った外観なんでしょう？」

「ええ、そうですとも。我が国の永遠の休息の地には木々と低木がたくさんあって、豊かなみずみずしい緑が死者の住処《すみか》を区切り、木蔦《きづた》の蔓《つる》や、白樺やガマズミの流れで死者の墓碑や霊廟の白を覆っています。ポーランドの墓地では自然が死の聖堂を母なる腕で包んでいる——ところがここ、この祝福された、永遠に太陽が笑う国では、死者の安息所でさえ、芸術が無慈悲に己の冷たい大理石の勝利を祝っている。白い墓たちの悲しい勝利を。ああ、ここにはなんと緑が足りないことか！」

私はある廟のそばで足を止めた。それが急に私の注意を引いたのだ。すぐさま目に飛び込んできたのは風変わりな構成である。

建屋の前のテラスに、女らしい甘さが染み込んだ愛らしい外見をした実物大の女性像が立っていた。左手でドレスの襞を集め、持ち上げた右手には優美な仕草で花の植木鉢を掲げていた。

「ア・ルイザ・リカルディ、モイエ・アドラータ——イル・マリート〔愛する妻ルイザ・リカルディに——夫：イタリア語〕」私は下の墓碑銘を読んだ。

「これはヴェネツィアのある貴族の女性の墓よ」イネスが説明した。「突然、急に亡くなったの。絶望した夫は愛する人が家から庭へ散策に出る瞬間の姿をとどめるよう命じた。最後に目にしたのがこんな姿だったそうよ――夫の目が妻の死の数時間前に眺めた姿。その瞬間を彫刻家が大理石に永久にとどめた」

「なんて美しいんだろう、セニョーラ」私は物思いにふけって言った。

「もしかしたらまさしくそれゆえに別のタイプの美と隣り合っているのかもしれない」イネスは最寄りの廟の方へ進みながら答えた。「このお墓についてはどう思います？」

雪花石膏《アラバスター》の板に、若い男と魅惑的に美しい女、二体のトルソーが浮き彫りされていた。男は女に惚れた目をじっと注ぎ、女が微笑んで差しだす杯の方へ渇望した唇を突きだしていた。思わず、杯に毒が入っていないだろうかという疑惑が生まれた。なぜなら女の笑みには欺瞞と残酷の色合いが潜んでいたからである。だがこの恋に盲となった男は気づいていないようだった――女が背後に回したもう片方の手に握りしめた細いヴェネツィアン・ダガーの針には間違いなく気づいていなかった……。

私は銘文のリボンに目をやった。

Al suo adorato sposo, Don Antonio de Orpega, spento nel supremo piacere――la moglie――〔無上の喜びのさなかに消えた、我が最愛の夫、ドン・アントニオ・デ・オルペガに――妻〕

この特別な墓は己の秘密を簡にして要を得た言葉で世界に打ち明けていた。

私は深い衝撃を受けてイネスを見た。

「つまりここに休らっているのは……」

「わたしの夫」彼女は奇妙な、これまで私が知らなかった笑顔で言い終えた。

そして、この笑顔の後でようやく私は、墓の浮き彫りの女は彼女であるとわかったのだ。

「あの糸杉の並木道のベンチに座りましょう」彼女が提案した。

私は相反する感情に満たされて従った。私たちは糸杉の窪みに腰を下ろした。ふたりの間にしばし沈黙が訪れた。墓の守護者たちの長い影が天辺の鋭い輪郭となって私たちの足元に横たわり、小道の金色の砂利の上で死のヒエログリフのように黒々と見えた。どこか墓地の内部から新しい墓碑を彫る石工の槌音が聞こえ、晩課のパイプオルガンの反響が流れてきた……。

「夫は自殺しました」突然、彼女のアルトの声が聞こえた。「わたしたちの共同生活の五年目に」

「あなたが彼を死の抱擁へ押しやったんでしょう、セニョーラ」私はほとんど厳しく答えた。

「なぜそんな検事みたいな口調でおっしゃるの?」彼女は火のように赤い傘の先で

私を軽く突きながら尋ねた。「どうか忘れないで。ともかく夫は最高の幸せの絶頂で死んだ、わたしのために、わたしのせいで死んだのです。これって美しくありませんこと？」

「怪物、あるいは狂人か？」と私は思ったが、彼女を見たら、倫理的な範疇《はんちゅう》については完全に忘れ去り、ただその悪魔的な美しさを吸い込んだ。彼女はその間、冷静な落ち着いた声で、まるで噂に聞いただけの他人事のように話していた。

「そうなったのは予想外でした。あまりに思いがけず、あまりに突然、幸福または死にはよくあることです。そして、そこにこそ、この話のもっとも美しいモティーフがあるのです。なぜなら、たぶんあなたも認めるでしょう、わたしの人生は特別な瞬間に富んでいて当然なのだから」

そして私を挑発的に見た。あまりに美しすぎて、彼女が正しいと認めないわけにはいかない。だから私は黙って頭を垂れ、さらに耳を傾けた。

「ある月夜に、マンドリンがむせび泣くヴェネツィアの夜に、ドン・アントニオ・デ・オルペガはこう言った。私の胸の丘の間に興奮した顔を押しつけながら。『君は今夜、僕に最高の幸せをくれた、イネス。夜明けまでこの幸せに耐えられるかどうかわからない』

『ハ、ハ、ハ！』わたしは浅はかにも笑って、片手で彼の男らしい顔だちを愛撫しました。『あなたって悲壮ねえ、我が麗しの夫！』

『信じないのか、イネス？』

『信じないわ、アントニオ。あなたはあまりにわたしを求めすぎる、そんなに簡単に、いまや人生に別れを告げようとするなんて』

『信じないのか？』彼はその美しい忘れがたき目に狂気の色を浮かべて再び尋ねました。

『こっちに来てアントニオ。結局のところ、わたしたちは人間に過ぎない、互いに求めあう恋人同士に過ぎないのよ』

『ならば僕は君に証明する』

　そして寝室から出ていった。ほどなくしてリボルバーの一撃が彼の人生の叙事詩を終わらせた。立派な人だった、ドン・アントニオ・デ・オルペガ、私の夫は――そうじゃありませんこと、親愛なる友よ？」

「彼はあなたを愛していた。そんなふうに女を愛する男がこの世にいかに少ないことか」私は小声で答えた。

「ええ。それは最高の愛《ラモーレ・アルティツシモ》――至高の愛《ラモーレ・スプレモ》だった。そして、だからこそ彼は恐れていた。ある日、自分の墓の前に立つことになるのではないかと。ちょうどよい時にあの世の陰へ隠遁したわ。なぜなら自分の大いなる感情の後まで生き残りたくなかったから。愛の天才だった」

「あなたがたおふたりには感服します。彼の情熱とあなたの客観主義に」

「わたしの感情は」彼女は傲慢に言った。「わたしだけの所有物です。第三者に対しては、この出来事について、唯一の例外的な芸術作品として話すのがふさわしいと考えています。どうか、親愛なる友よ、この観点からのみ、これを見て判断なさってください」

「あなたの意志に従います、セニョーラ――とはいえ、私が打ち明け話を求めたわけではないということに注意を払っていただきたい」

そして私はベンチから立ち上がった。彼女は黙って同意のしるしに私の方へ手を差し出した。その手を唇に押しいただき、私は言った。

「もう遅いし、警備員が墓地を出るよう呼びかけている」

そして実際、並木道の奥から近づいてくる男が遠くから私たちに合図した。

「ええ、戻る時間ね」彼女は物思いに沈みながら認めた。「ここの墓地は早く閉まるの」

やがて再び私たちはゴンドラでラグーナを航行していた。

「どこへ行くんです？」蕩々《とうとう》たる水面に目を走らせながら私は尋ねた。

「リーヴァ・デリ・スキアヴォーニへ。あなたと一緒にカフェ・オリエンターレでコンサートを聴いて、サン・マルコ桟橋の夕べの様子を見たいの」

「この街のいちばん美しい所だ」私は急に真面目になって答えた。

彼女は扇で私の肩を軽く突いた。

「どうしたの、急に考え込んだりして？」

「私たちの目的地が私の中に悲しい連想を呼び起こしたんです。どんな連想かは着いてから話しますよ」

「それならいいわ。いまはその陰気な物思いを捨てて、風景にうっとりなさい」

イネスの言うとおりだった。ラグーナの美しさが自然の力と共に迫ってきた。ちょうどゴンドラはヴェネツィアの東の岬を回りこみ、アルセナーレのドックを過ぎて、サン・ピエトロ島と市街地の端の間の運河に入ったところだった。櫂の水かきに切り刻まれた波が舟べりに優しく打ち寄せては、黒い船体に押しのけられ、幾千もの襞となって岸の方へ離れていった。クィンタヴァッレ岬を通り過ぎたとき、どこからか大きな肉厚の水の襞がやって来て、ゴンドラを強く揺らした。イネスは心配そうにベッポを見やった。

「これはトルチェッロから来た蒸気船《ピロスカフォ》がヴィン橋《ポンテ・デル・ヴィン》に向かう途中、腹でラグーナを掘って、私たちのゴンドラの下に自分が押し出した大量の水を打ち寄せたんです」と案内役は説明した。

私たちは聖エレナ《サンテーレナ》島と公園の間の淵に入った。遠くから音楽が聞こえてきた。プンタ・デッラ・モッタの周囲を細い帯となって取り巻く遊歩道に撒かれた砂利と砂の上を、数組のカップルが歩いていた。ラグーナの波に絶え間なく口づけされている庭園の急斜面に生えた低木の茂みから、強烈な表情をしたリヒャルト・ヴァーグナーのブロンズの胸像が突き出ていた。

「認めねばなりませんが」私は言った。「場所の選択がとてもいいですね。『さまよえるオランダ人』の作者の精神が、波と共に目のくらむような遠い所へ絶えず去っていくかのようだ……」

私たちはサン・マルコ運河《カナレ・デイ・サン・マルコ》の広い海域に出た。目の前に港のすばらしいパノラマが広がった。無数のゴンドラと黄色やテラコッタ色の帆を張ったボートがラグーナの浅瀬で踊っていた。四方八方から重力の中心点に向かうように、船は船首旗やその他の旗のパレードを風にはためかせながら停泊所を目指していた。ここにポルト・ディ・リドの方から意気揚々と入ってきたのは遠くからアルビオンの国旗を誇っている海の巨人、アドリア海からの入口ゲート、マラモッコの港に停泊後、湾の水平線上に姿を現したのはシルフィードのごとく優美なフランスのフリゲート艦、あのジュデッカとサン・ジョルジョ・マッジョーレ島との間の海峡から出てきたのはキオッジャから戻ってくる蒸気客船だ。

ベッポは故郷の街とラグーナを愛情のこもったまなざしで見つめながら、不滅の『サンタ・ルチア』を口ずさんだ。ゴンドラが桟橋に着いた。幾度か櫂を漕ぎ、ボートの迷宮の中、幾度か敏捷に回転すると――私たちはパリヤ橋《ポンテ・デッラ・パリヤ》に到着した。

「ベッポ」セニョーラ・デ・オルペガはゴンドリエーレに別れを告げた。「今日はもう上がっていいわ。ここから家へは歩いて帰ります」

そして彼女は私の手を借りて埠頭の大理石の台に降り立った。

「カフェ・オリエンターレに行きましょう」

いつものように今回も私は、ドゥカーレ宮殿の雪の白さの奇蹟を賛嘆のまなざしで見渡し、物思わしげな目を〈ため息橋〉と牢獄の陰鬱な建物に沿って移動させ、「緑色の運河で切れ切れになり、白い橋々で結ばれ、数千隻の船舶の停泊所を有する、その長い花崗岩の溝[*1]」――リーヴァ・デリ・スキアヴォーニで目を止めた。そして突然、この絢爛豪華な色彩のさなか、賛嘆と絶え間ない歓喜に息をのむ、この神々しい美の浪費のさなか、私は強烈で果てしない悲しみを感じた。

だがこの悲しみは「私のものではなかった」[★2]。彼の物悲しい黒いヴェールが過去の年月の眺めから私の方へ紡ぎ出され、偉大な詩人の経験から跳ね返った反響《こだま》の波となって流れ落ちた——その世捨て人はここ、この同じ海岸の「夕焼けの下」、かつて静かに「自身に身をかがめて」散策したのだ……。

そしてその後カフェのテーブルのひとつで美女の横に席を占めると、私は輝きと光に眩んだ目を日没の紅色に浸る湾にさまよわせた。再び私の記憶に、忘れられた詩人のこの場所に関する言葉が浮かんだ。

「あそこ、朝焼けの霧の中を小さな漁船たちが出港する……。あそこ、真昼の光の中に君はヴェロネーゼ、ティントレット、ティツィアーノたちの色彩の秘密を目にする……。あそこ、月光の中、船たちが大いなる闇に消えていく。月光が波を銀色に染めたところでは、ゴンドラの舳《へ》先《さき》に輝く斧が独特のぎざぎざの輪郭を示している……」

私を瞑想から覚ましたのはイネスの声だった。

「いまあなたはリーヴァ・デリ・スキアヴォーニが思い出させた楽しくない内省を

わたしと共有したいと思っているのかしら。約束を忘れないで」

「約束は忠実に守りますとも」

私はブラックコーヒーを飲み、煙草に火をつけ、ドゥカーレ宮殿の方を見ながら言った。

「昇る太陽に向かって大理石の白さで誇らしげに微笑む、この同じ埠頭を通って、一日が死にゆく同じ時刻に、八十三年前、M・メーテルリンク以前にヨーロッパの象徴主義を創始した天才、同国人に十分に評価されていないポーランドの詩人、ソビエスキ家の母方の子孫、ツィプリアン・カミル・ノルヴィットが歩いていた。その夕べの悲しい予感に満ちた遊歩道《プロムナード》で彼に同行していたのは、画家で、やはりポーランド人の某ティトゥス・ブィチコフスキだった。彼は翌朝、リドで水浴中に『波に深入りしすぎた』、そしてたまたま溺れたらしい。ブィチコフスキは六十がらみだった。最初はドレスデンのアカデミーで、その後はミュンヘンで学び、『どの学校でもスラヴ人の従順さで地元の伝統に易々と従った――忍耐・献身・謙遜の模範だ』[*3]。それゆえ己の死の前夜に漁師とその子供たちを描いた小さな絵を完成させたのだ。漁師は一日中、骨折った末、夕方『その日に獲れたひとつのもの――空っぽの貝殻を手に』している。そんなわけで、互いに似ていない、この二人のポーランド人放浪者――ひとりは生まれついての創作者、もうひとりはスラヴの奴隷――は一八四四年の夕刻、スキアヴォーニの海岸を散歩していた、『あるいは、いかにしてさらにもうひとつの消すことのできぬ記録が表現されていることか』、リーヴァ・デリ・ズラヴィ、すなわち〈スラヴ人の海岸〉と。

二人は芸術について語り合っていた。パリャ橋《ポンテ・デッラ・パリャ》からピアッツェッタの方へ降りてきたとき、ブィチコフスキがドゥカーレ宮殿を支える柱頭の豊かな創造力に注意を向け、奇妙な偶然で会話全体は、彼自身の創作に欠けているもの、独創性とオリジナリティへと向かった。

そしてそのとき彼に『プロメティディオン』の偉大な作者はこう説明した。芸術において不滅なのは惚れこんで生まれたものだけであり、本当の美とは愛の形なのだと」

「それからどうなったの?」しばしの沈黙をイネスがやぶった。「それから?」

「それから二人がサン・マルコ広場に降りたときには、すでに夕暮れで、『広場の四角形の周囲をめぐる回廊の下が騒がしくなり、あちこちのカフェに明かりが点り、(当時は)たいていチェコ人で編成されていた軍楽隊が、ここで晩に演奏する音楽を待っていた。』そうしたカフェの一軒、おそらくは旧行政館《プロクラティーエ・ヴェツキエ》のポーチに二人は入った……」

「翌日、ブィチコフスキはすでに死んでいた」ドーニャが言い終えた。

「そうだ。彼はどん底へ行った――イプセンの戯曲『野鴨』のヤルマールの娘のように――その前に己の人生の壊滅的な真実に気づいて、海の深みに降りたのだ。『死ぬまでこの世は実に悲しい』……」

私は口をつぐみ、足元で黒ずんでゆくゴンドラやボートやモーターボートの列を物思わしげに見た。そうしている間にすっかりたそがれた。見えない手が合図したかのように、突然、円屋根やランプシェードやランタンのアーク放電が輝き、サン・マルコ広場から楽隊の小夜曲《セレナーデ》が流れてきた。ヴェネツィアは己の宵を称賛の夜想曲《ノクターン》で祝っていた。ラグーナのあちこちをぼんやりした信号の火がさまよいだした。埠頭の向かいでは戦艦がサン・ジョルジョ・マッジョーレ島の停泊所の前に錨を下ろし、満艦飾の船体がきらびやかなイルミネーションで海軍大将の名の日を祝っていた。運河の向こう岸、プンタ・デッラ・サルートからは、ロケット弾のスピンドルが空に打ち上げられ、炎の噴水と花束が破裂して、どしゃぶりの火の粉となった。リド島で光と張りだし燭台の長く伸びる線となって閃《ひらめ》いたのは夜の岸辺の桟橋だ……。

私が湾から目を離すと、イネスのさぐるようなまなざしにぶつかった。しばし落ち着いてそれに耐えた。突然、どこからともなく、こんな問いが頭に浮かんだ。

「占いを信じますか？」

イネスは私の手をつかみ、驚いて答えた。

「どうしていまこの瞬間にそんなことを思いついたの？　あなたは人の心の中が読めるの？」

「なぜだか不意に思い浮かんで、抵抗できなかったんだ。時折、ある考えが、どこから、なぜやって来るのかわからないことがある」

彼女はすかさず否定した。

「いいえ！　この件では、あなたは間違っている。この瞬間、アストゥリアスの年老いたジプシー女のことを考えていたのはわたし。その女がわたしの夫の早過ぎる死を占ったの」

「それであなたの考えが私に移ったのですね」私は結論を引き出した。

「Do you know something about painter – medium Luigi Bellotti?〔画家で霊媒のルイジ・ベロッティについて何かご存知ですか？：英語〕」急に隣のテーブルで続いていた会話の断片がはっきりと私たちの耳に聞こえた。

そこには二人の男が座っていた。ひとりは千鳥格子の背広、目に片眼鏡《モノクル》をはめ、剃りあげた顔の輪郭は英国人に特徴的なものだった。もうひとりは自分の種族への所属の強調具合がはるかに少なかった。

「これも奇妙な偶然の気まぐれね」ドーニャが言った。「隣の対話のこの一節は、ちょうどわたしたちの興味を惹いた問題の続きのようだし、同時にわたしの想い出のようでもある」

「画家のベロッティが私たちの関心を惹く問題と何の関係があるのです？」私は尋ねた。

「これまで彼について耳にしたことはありません？」

「いいえ」

「この人は驚くべき霊媒で、トランス状態で目隠しをしたまま、昔のイタリアの巨匠たちの流儀と見紛うほどそっくりに真似た絵を描くのです。彼については最近〈ラ・トリブーナ〉で面白い記事を読みました」

「私たちの会話とのつながりがまだわかりませんが」

「すぐにわかるわ。さてそのベロッティもあの世とコンタクトがあるという話で、本人によると、ときどき死者たちの声が聞こえるそうよ」

私は皮肉のニュアンスをこめて彼女を見た。

「そんな〈霊魂〉が出てくる作り話を信じているのですか？」

「それならこれを霊媒自身の意識下の自我の象徴化と名付けましょう、もしもお望みならば。いずれにせよ〈ラ・トリブーナ〉の記事を読んだ後、わたしはベロッティさんを訪ねることに決めました。己の〈声たち〉を通して、わたしの将来について何か教えてくれると期待しています」

「ああそうか、いまわかった――これも占いの一種だ」

「あの二人の紳士の会話で、そうするつもりだったことを思い出したの。近いうちに実行します。あなたも一緒に来てくれるでしょう？」

「私も行くですって？　ベロッティはこの近くに住んでいるのですか？」

「ずっとヴェネツィア住まい。カッレ・デッラ・ローザに住んでいます。だから一緒に行ってくれるわね？」

「心から喜んで。あるときから私は、目の前にいつもと違う出来事の帯が拡がっていく様が見える」

「人生にはよくあること、無味乾燥な日常の後に一連の例外的な事件が続く。例えば、わたしに何か内部の声がこう言うの。わたしがいま生きているのは、己の運命を決定する出来事の前日なのだと。だれにわかるでしょう、ひょっとしたらあなたと知り合ったことが、ポーランド人《シニョール・ポラッコ》さん、そうした鎖の最初の輪なのかもしれない」

「そうは思いません」私は微笑んで答えた。「私を買いかぶりすぎですよ」

「何と謙虚なこと！　そんなの少しも信じないわ。あなたがた男性は皆、わたしたち女性に対して生まれついての偽善者ですもの」

そして私をその目のダイヤモンドで攻撃した。そうやって話しているうちに夕べは過ぎていき、私たちはカフェの時計の針が十時を過ぎたのにも気づかなかった。

「あら大変！《ポル・ディオス》〔スペイン語〕」時刻に気づいて、イネスが突然、声を上げた。「家に帰る時間だわ」

そして私たちはまず海岸通り《リーヴァ》を、それから桟橋を通って、ピアッツェッタとサン・マルコ寺院前の大理石の四角形をうずめる群衆の中をすり抜け、時計塔《トーレ・デッロロロージョ》のアーチの下を通り過ぎると、マルチェリエにそれた。

遅い時間にもかかわらず、街は生命に満ちあふれ脈打っていた。その脈拍はいまや昼間の焼けつく日光の下でよりも強いとさえ思われた。開いている店やカフェやレストランからあふれる光の反射が、運河や水路の黒い水の中で神秘的に折れ曲がっていた。間借人や商人、建物の管理人、物売りたち、とりわけ女子供らが、炎暑を吸い込んだ蒸し暑い住居から出て、建物の入口辺りに座っていた――そこは夜の動きの観測点であり、炉――小都市の噂の鍛冶場《かじば》だ。なぜならヴェネツィアは――文化の世界が感嘆する、宮殿や博物館やギャラリーに満ちた、この美しいヴェネツィアは、それでもやはり田舎に過ぎないからだ。そしてそこにヴェネツィアの特別な魅力があるのかもしれない。まさに、何世紀もの高度な文化と、小都市の素朴さと気取りのなさとの、このユニークな調和にこそ。それゆえ外国人は、例えばフィレンツェやローマにいるよりも、ヴェネツィアにいる方が気分が良いのだ。フィレンツェやローマでは環境の壮大さと文化的〈堅苦しさ〉に時折圧倒されてしまう。そして私はこのアドリア海の真珠を、その〈気安さ《デシンヴォルトゥーラ》〉ゆえに深く愛するようになった。比類なき美しさにもかかわらずヴェネツィアでは私は自分らしく感じることができ、人工的で疲れる厳粛さを強いられることがない。

　ラグーナの街について互いに所感や観察を分かち合いながら、私たちはポンテ・リアルト、マリブラン劇場、スクオーラ・デ・ランジェロ・クストーデを通り過ぎ、いつもにぎやかなカッレ・ヴィットリオ・エマヌエーレに入った。

「とてもいいわね」イネスが言った。「ここに、あの二十世紀の災厄、車の居場所がないのは。このすばらしい街は毎年二ヵ月、わたしの乱れた神経を癒してくれる」

カッレ・ディ・トラゲットを通って私たちはカナル・グランデに通じる、狭い路地が交差した一郭に入った。ここはぐっと静かだった。ヴィットーリオ・エマヌエーレ通りとリスタ・ディ・スパーニャ通りという大動脈に集まった夜の交通は、この岸辺の支線ではひどくうつろなこだまとなって響いた。ただそこここで建物の薄暗い谷間を孤独な歩行者の姿が通り過ぎ、そこここで痩せこけた野良猫がさっとよぎるばかりだった。

こうしたとある路地、それはいわゆるカッレ・デイ・プレティ、すなわち司祭通りだったが、その取っ付きの壁際で子供たちの一団が遊んでいた。門の上で燃えるランタンが乏しい光の輪で彼らを取り囲み、その力を移すのに苦労しながら隣の広場に光を分け与えていた。突然、子供たちの間でパニックが起きた。途切れた歌は口の中で凍りつき、輪舞でつないでいた手は離れて落ち、弱々しく痩せた姿は建物の壁に一列になって張りついた。

「ドンナ・ロトゥンダ・パッサ〔丸いおばさんが通る〕！　ドンナ・ロトゥンダ！」おびえた囁きが聞こえた。

路地の間にある広場の四角形に、女の長い影が幻想的に落ちた。隣合う小路の奥から近づいてきたのだ。女は背が高く、柱のように躰《からだ》をこわばらせていた。目深にかぶったリンドバーグ風の釣鐘帽子は頬革付きで、顎紐を首のところで締め、ぴったりと頭を覆っていたから、面具をわずかに開けた兜のような印象を与えた。正面に残る小さな四角形からのぞいていたのは、雪のように白い、まるで凍えたような顔の一部だけで、小さな口はかたく結ばれていた。このミイラか悲劇の仮面さながらに不動の厳めしい部分はいかなる視線にも活気づかなかった。というのも、入念に眉まで下ろした帽子の端が、目を隠していたからだ。そして仮にその動きがそれほど確かできっぱりとしていなかったならば、ドンナ・ロトゥンダは盲なのだと思ったかもしれない。

外見の奇妙さをさらに強めていたのが流行遅れの古くさい衣装だった。ぴったりした上半身にふくらんだ袖は焼けた砂色で、クリノリン入りスカートも同じ色だった。無慈悲にも埃だらけでぼろぼろのこの長くてランプシェードみたいに拡がったドレスは――ロトゥンダの悲しく可笑しなあだ名はおそらく、このドレスによるものだった――彼女の後を小さな特徴的な衣擦れの音と共に地面に引きずられていた。

墓碑のように背筋をぴんと伸ばした冷ややかな女は、規則正しく落ち着いた足取りで通り過ぎた。右肩に乗せた、ギリシャのアンフォラに似たすらりとした壺を両手で支えながら。

「あのひと、気が触れてるの」ロトゥンダが教会の角の向こうに消えたとき、イネスが説明した。「どこかこの近くに住んでいる。ときどき見かけるけど。あまり気持ちのいいご近所さんではないわ」

「ドンナ・ロトゥンダ」私は物思わしげに繰り返した。「丸いおばさん」子供たちの間にあんなパニックを引き起こすのも、まったく不思議はない。この不幸な女には何か人を不安にさせるものがある。彼女は傍らを通り過ぎていった――悲劇の結び目にからんだ苦悩と滑稽さの象徴のように。

「それにわたしは道であの人に会うのが嫌い」イネスは私の腕を強く抱き寄せながら、そっと打ち明けた。「遠回りして避けるの……。でもうちの近くよ。ブエナ・ノチェ、カバリェロ! アスタ・ルエゴ!〔おやすみなさい、紳士さん! また会いましょう!:スペイン語〕」

ハンドバッグから鍵を取り出すと、陸側から宮殿への側面入口である小さな目立たない扉の錠前に差し込んだ。私は彼女の手に長々と唇を押し当てた。彼女は穏やかに手を引っこめ、家の奥へ姿を消した。

私は薄闇に沈みゆく路地の取っ付きにひとり残った。数歩離れた所ではカナル・グランデの水が階段にひたひたと打ち寄せ、その奥の角では街燈が消えかけていた。私はゆっくりと街の方へ向かった——通りや路地や小路の迷路の奥へ入り込みながら。急いで帰るつもりはなかった。暖かな七月の夜はロマンティックな放浪にぴったりだった。昼間の体験にうっとりして、さらに長い間、夢遊病者のように歩き回った——建物の谷間を、ヴェネツィアのルーゲやルゲッテ、コルティ、サリザーデ、ソットポルティチ、ラーミ、リオテッラやサーケ〔いずれもヴェネツィアの通り、広場、ポーチ〕が交差した網の中を。放浪に疲れ、気分は満ち足りて、結局、カッレ・ディ・プリウリという小路にある自分の静かな宿の入口に立っていた。

眠りにつく直前、私を襲った最後の印象は、不思議で特徴的な衣擦れの音だった。だがその音の源は現実から流れてきたのではなかった。それはドンナ・ロトゥンダのドレスがデイ・プレティ通りの舗石に触れて発した音が執拗に思い出されたのであった……。

＊＊＊

七月十五日。

数日前、イネスと共にカッレ・デッラ・ローザに住むルイジ・ベロッティを訪ねた。その訪問は私たちふたりに深い印象を与えた。今日までそれを振り払うことができない。

私たちを迎えたのは三十にもならない、痩せた、大層生彩のない男で、広く突き出た額と細長い卵形の顔を持ち、その陰気なまなざしには、つい先ほどの恍惚の閃きが未ださまよっていた。彼自身のちに認めたように、ちょうどフランスの某教授と共に行った〈降霊術〉の直後だったのである。その教授は実験のため特別にパリから彼の元へやって来ていた。

絵を見たいだろうと、とても親切にアトリエに通してくれ、セガンティーニと見紛うばかりに流儀を真似た数枚の風景画と、チャルジとモッジョーリの名で署名したカンバス数枚を見せてくれた。その驚異的な能力をどう説明するのかと訊かれ、彼は躊躇せずこう宣言した――みずからを亡くなった画家たちの傀儡《かいらい》と見なしており、画家たちが自分の手を動かすのだ、と。

「こうしたカテゴリーの現象の研究者で、あなたと共に学術的降霊術を行っている人たちは、もう少し違った見方をしているようですが」私は穏当な所感を述べた。

「それは知っています」彼は答えた。「だが僕は彼らと意見を共有していないし、僕の内部経験は僕が正しいと認めています」

私たちの訪問の目的を説明すると、彼は微笑んでこう言った。

「あなたがたの希望をかなえることができるかどうか非常に疑わしいのです。僕は予言はしませんし、ときどき聞こえる声はだれの未来も明らかにしてはくれません。少なくともこれまではそうでした。それでもトランス状態になるようやってみましょう。セニョーラと結びつくことにより、トランスに特別な方向を与えます。長い間あなたが持っていた物を出してください」

イネスは結婚指輪を渡した。彼は左手の小指にそれをはめ、新たに広げたばかりのカンバスが載った画架の傍らの肘掛け椅子に腰を下ろすと、黒い帯で目隠しをした。

「これから数分間、絶対に静かにしてください」少し前に身を傾けながら言った。

私とイネスは並んでソファーに座り、彼から目を離さなかった。アトリエに沈黙が訪れた。開いた窓越しに室内に染み込む街のざわめきと、向かいの壁の時計がかちこちいう音がはっきりと聞こえた。イネスは神経質に私の手を握っていた。こうして十分が過ぎた。

突然ベロッティが筆とパレットをつかんで描きはじめた。私たちはつま先立ちで画架に近づき、作業の経過を見守った。異常に速いテンポで進んだので、やがて絵の内容がわかるようになった。

カンバスを横切るように伸びたのは、波立つ川の鋼のように青い帯だった。その右岸には大都市がゆったりと構え、左岸には不透明な霧の海。両岸の間には橋のアーチが拡がった。それは奇妙な橋だった！　もつれた霧と靄《もや》からぬっと突き出た左の部分は霧と靄の続きのようで、幻のようにぼやけて消えていた。繁栄した街から伸びる右の部分は特定の形の活力と表現力にあふれていた。

その橋の上で二人のひとが出会っていた。霧の海から出てきたのは男、反対側からは女。私たちはそれがだれなのかわかった。ドン・アントニオ・デ・オルペガの幽霊と狂ったロトゥンダが二つの世界の境界で出会ったのだ。二人は橋の真ん中に立ち、手を差し伸べていた。あたかも盟約のしるしのように……。

絵ができあがった。画家は筆を置き、単調に眠たげに話しはじめた。

「左から声が聞こえます。『われわれは協定を結んだ、苦しみの妹よ。痛みの兄弟愛で結ばれた、大いなる情熱の犠牲たるわれわれ二人がここ、生と死の境界で出会うのも今日が最後。なぜならおまえの時間がもう迫っているからだ、妹よ。あの女とお前のつながりとなるべき人はすでに到着した。忘れるな妹よ、忘れるな！

……』」

ベロッティは疲れ果てて肘掛け椅子の腕の中にくずおれた。私たちは黙って立ちつくし、謎めいた絵を見つめながら、頭の中で暗い解釈の言葉を再現していた……。

突然ベロッティは再び筆をつかむと、己の作品に勢いよく数本の線を引いた。輪郭はぼやけ、色が混ざって、汚れの不協和音がその場を占めた。すべては幻のように消えた。

画家は目隠しを取り、イネスに結婚指輪を返しながら、こう尋ねた。

「どうですか？　僕が描いたりしゃべったりしたことの中に、何か将来への指針が見つかりましたか？」

私は絵の内容を語り、彼の言葉を繰り返した。画家は考えこむように俯き、イネスにこう話しかけた。

「あなたは未亡人ですね、セニョーラ？」

「ええ、そうです」

「だから結婚指輪は故人の幻を条件づけたのです」

「でもドンナ・ロトゥンダの姿はどこから来たのですか？」私は口を挟んだ。「それにロトゥンダはセニョーラの亡くなった夫とどんな関係があるんです？」

「もしかして、あなたは最近この不幸な女のことを考えましたか？」ベロッティが憶測を言った。

「実際、わたしたちふたりとも先日の夕方、通りでその人に出くわしました」イネスは答えた。「その出会いは、なぜだかわからないけれど、いつもより嫌な感じがして、その夜は必要以上にあの狂女のことを考えました」

「しかしこのすべてをもってしても、密会が象徴するものと会話の内容の説明がつかない」私は言った。

ベロッティはなすすべもなく両手を広げた。

「わかりません、何もわかりません」と何度か繰り返した。「僕はその瞬間、未知の力の道具に過ぎませんでした。もしかしたら――もしかしたら彼らの戯れに過ぎないのかも……」

私たちは礼を言って、考え込みながらゴンドラまで降りた。

その晩はイネスとジャルディーニ・プーブリチ〔公共庭園：イタリア語〕で過ごした。この静かな公園内の、とある美術館のギリシャ風円柱の前で、最初の接吻の恩寵が私に流れくだった。それから二、三時間後、元首《ドージェ》たちの時代を憶えている古い宮殿の一室で、私は彼女を抱きしめていた。

「ついにこうなったわね」イネスが私に言った。天蓋付きの中世の寝台を背景に、その麗しく浅黒い躰を甘美に伸ばしながら。「これ以上抗えなかった。あなたがやって来たのは運命のようだわ……」

愛の有毒ガスに意識を失い、自分の幸せが信じられず、脇の出口から彼女の家を抜け出したときには真夜中だった。ふらふらした足取りで小路の間に入り込んだ。カッレ・デラ・ミゼリコルディアの角で私の行く手をはばんだのがドンナ・ロトゥンダだった。すれちがいざま彼女は、教会の時計で時刻を知りたいとでもいうかのように顔を上げた。そのとき私は彼女の目を見た。暗い菫色で、鋼鉄の色合いがあり、絶望的に悲しそうだった。美しい目だ……。

＊＊＊

八月十日。

ここ一ヵ月というもの、私は幸せな、不自然なくらい幸せな、ドーニャ・イネス・デ・トーレ・オルペガの恋人なのだ。この女は思っていたよりも百倍も美しく、洗練されている。愛の技術にかけては大家だ。その際つねに美的節度を保つことができ、決して俗悪な放恣には陥らない。

ここ一ヵ月というもの、私たちは恋する半神のように、周囲をあまり気にせず、人の意見とは関係なく生きていた。昼間は旅行に専念している。毎日、リドに渡り、海水浴をして、それから珍しいラグーナを訪れる。すでにムラーノのガラス工場とブラーノ島の有名なレース学校を見物し、トルチェッロの美しいブドウの陰で漁師たちと話をし、サン・フランチェスコ・デル・デゼルト島の糸杉の木立ちですてきな数時間を過ごした。私たちの日々はこんなふうだった。だがこれらすべてを引き換えにしても私たちの一夜だって引き渡すことはできない。なぜって私たちの夜は東洋の魅惑的なおとぎ話に似て、そこでは夢が虹の幻影を、絶えず忘れられる現実のカンバスに刺繍しているのだから。私たちの愛のエキゾチックな公園では雪花石膏のランプの光が虹色に輝き、眠たげな銀の月光に沈んだ珍しい黄金羽の鳥たちが枝の上で揺れ、恋する白鳥たちが静かな水面を滑っていく。

キオッジャ島の夜に祝福あれ、私たちが朝までひとつ屋根の下で夫婦として過ごすことのできた唯一の夜に。

「ウン・レット・マトリモニアーレ、シニョーレ?〔ダブルベッドですか、旦那様?〕」入口で聞こえたのは丁寧なホテル経営者の質問だった——この問いの口調はあまりに自然で自明で、いかなる疑念も締め出していた。

「シ、シニョーレ、ウン・レット・マトリモニアーレ〔ええ、ダブルベッドで〕」私は答えた。

そして私たちは夫婦と見なされた。

私にはわからないが、この意図せずして私たちに押しつけられた役割か、あるいは夕刻の船着き場の絵のような哀愁かが、イネスを深い叙情の音に調律し、叙情はその夜、彼女の情熱の貴石さえも溶かしてしまった。接吻と愛撫のさなかベッドから抱き上げ、寝室を歩き回りながら、子供のように揺すってやると、イネスは私の首にしがみつき、声をあげて泣きだした。

「わたしの恋人、わたしの最愛の夫！」私は嗚咽《おえつ》で途切れ途切れになった彼女の囁きを耳にした。

午前二時頃、疲れ果てた彼女は私の胸で寝入った。それ以前も、以後も、あれほど感極まった彼女は見たことがなかった……。

私たちの夜はそんなふうである。

過剰に幸せなせいで私は人に対して親切で穏やかになった。私は寛大で思いやりがある。対照的に、いまでは他人の不幸をより強く感じるようになった。人生が一歩ごとに私に不幸を見せてくれるのだから尚更だ。あたかも私が忘れることを恐れていたかのように。あたかも私に警告したいかのように。ほぼ毎日、私をロトゥンダに会わせて、そのことを思い出させる。

なぜならいまや私はあのかわいそうな狂女をこう呼んでいるのだ——ヴェネツィアの子らの恐怖の的、罪を贖《あがな》うラグーナの魂の本物の化身と。

不幸な女は私の中に率直な関心を目覚めさせ、私はすでに彼女に関する情報を集めていた。ロトゥンダの本当の名はジーナ・ヴァンパローネといい、大運河《カナル・グランデ》のほとりの、とある宮殿の守衛の娘である。発狂したのは、かつては美貌で知られたこの娘がヴェネツィアの某男爵に捨てられたときのことだ。ラグーナの都市から永遠に離れる際、この誘惑者はジーナに自分の宮殿を家具調度ともども記念に残していった。だがジーナの母親は主人の部屋に移るよりも、別館奥のつましい部屋に残って、ここで悲しい人生の残りを狂った娘のそばで送ることを選んだ。だからだれも住んでいない宮殿は空っぽのままだ。ただときどきジーナが掃除をし、家具や絨毯の埃を払う。噂によれば、彼女はみずからをこの家の所有者ではなく番人と見なしており、主人はきっと戻って来る、そうすればすべてわかってくれるはずだ、と思い込んでいるという。

ところでギリシャのアンフォラは、おそらく恋人が残した記念の品のひとつなのだが――彼女は毎日、朝と夕方、それに牛乳を入れて母親に運ぶ。

これが近所の人や知人から私が集めたひと握りの詳細である。彼女は私の好奇心を満足させなかった――無論、好奇心を刺激するばかりだった。彼女の狂気の形、顔や衣装の表現には何かがあるが、私にとってはなおも謎のままだ。彼女に惹きつけられて、ここ数日、暇さえあれば、遠くからロトゥンダを追っている。これはパラドックスのように見えないだろうか？　ヴェネツィア一の幸せ者である私、ドーニャ・デ・トーレ・オルペガの恋人であるこの私が、建物管理人の狂った娘の跡をこっそりつけているだなんて！　これは乞食を思う王の憐憫か、それとも幸運な大貴族《グラン・セニョール》の気まぐれか？　奇妙で可笑しなことだが、本当だ。そう！　ジーナ・ヴァンパローネは私の興味をそそる……。

＊＊＊

八月三十日。

一体どうした?!　どうやって？　どうしたらこんなとんでもないことが許せたのだ？　なにしろおぞましく、汚らわしいではないか！……。

しかしそれは起こったのであり、その事実は決して変わらない。それはこういう次第だった。

　昨夜十一時頃、私はいつものようにイネスの家から帰途についた。蒸し暑い月夜だった。私はゆっくりと夢見心地で歩き、静脈の中にはまだ絶えず愛の興奮の炎を感じていた。曲線で両岸をつなぐ曲がり橋《ポンテ・ストルト》の上で立ち止まると、静けさを楽しみながら、橋の欄干に身を乗り出し、運河の黒い水を見つめた。突然、背後でざわめきが聞こえた。振り向くとロトゥンダがいた。数歩離れたところを、躰を堅くして無関心に橋を渡っていた。いつものようにヘルメット型の帽子を目深にかぶり、肩に立てかけたアンフォラを左手で押さえながら。私のことは少しも気にしていないようだった。こんな夜遅い時分にこの場所にいた人間は私だけだったというのに。もしかすると私の姿がまったく目に入らなかったのかもしれない。幻のように傍らを通り過ぎ、サン・フェリーチェの方へ遠ざかっていった。

　好奇心に駆られて跡をつけた。慎重な距離を保ちながら。こうして私たちはノア《リオ・》ーレ川《ディ・ノアーレ》に架かる二番目の橋にたどりつき、それからジーナは左に折れ、岸に向かった。私は角の建物の陰で立ち止まった。というのも、いまやジーナは月光の洪水に浸された空っぽの広場を横切っていたからだ。だが建物の角の向こうに姿を消すやいなや、私は彼女と自分を分かつ空間をすばやく駆け抜け、再び目の前数歩の位置に彼女をとらえた。もはや疑いはなかった。ジーナは自分の家に、かつての恋人の宮殿に戻るところなのだ。

やがて彼女の姿は宮殿のポーチの暗闇に染み込んだ。私は慎重に一本目の円柱に忍び寄り、柱に隠れて中庭を見渡した。それは長方形で、ムーア様式の回廊に囲まれていた。中央では羊歯《しだ》の花束の中で銀の噴水が静かに雨を降らせていた。ペリスタイルの向こう端に消えゆくロトゥンダが見えた。

「あそこが守衛の部屋に違いない」私は思った。「きっとあそこで母親と暮らしているのだ」

そして、もう立ち去りかけたとき、青白い月光の中に再び彼女が現れた。鍵束を手にし、庭の中程に足を止め、何か考えているようだった。それから上階に続く右側の階段を上っていった。

柱が落とす影に守られながら私は二階に上がり、半開きの扉から彼女を追って、とある部屋に入った。室内は初期ルネサンスの優雅なしつらいだった。壁中に掛けられた巨匠の筆による傑作の数々を目にして賛嘆した私は、危うく自分の存在を狂女に明かしてしまうところだった。幸い彼女はもっぱら自分に没頭していた。私は古めかしい暖炉のそばの衝立の陰に隠れ、そこから彼女の動きを追った。

ジーナは大きな姿見の前に立って、頭からあの奇妙な帽子を脱ぎ捨てた。やわらかな、銅と金の巻き毛がきらきら輝く滝となって肩にまろび落ちた。そのとき彼女は照明を変えた。シャンデリアの笠の下から流れ出る穏やかで暖かな深紅色が室内を満たした。

彼女は部屋の中央にあるオットマンに近寄ると、すばやく服を脱ぎはじめた。魔法の杖に触れられたように彼女の姿が変わった。日頃の衣装である埃だらけの汚れた襤褸《ぼろ》がはがれ落ち、滑稽なクリノリンが消えると、赤い光線の束の中に立っていたのは豊かな赤毛の美人だった。それはもはや、子供たちをおどかす暗いドンナ・ロトゥンダ、まどろむラグーナの悲しく恐ろしい幽霊ではなかった——それはジーナ・ヴァンパローネ、ヴェネツィア人の不幸な子が孤独な宮殿の片隅で花開き、世にも美しい、恋に狂った女となったのだった。己の誇らしげで高貴な裸体に直面して彼女は見違えるほど変わった。顔の輪郭はやわらぎ、かたく結んだ唇の厳しさは消え、暗い菫色の目は湿った輝きを帯びた。完璧に美しかった。すばらしい画家ティツィアーノは愛する街でこんな女たちと会っていたに違いなく、こういう女たちが後に彼の創作のヴィジョンに現れたのだ。ドンナ・インコンパラービレ〔比類なき女〕が……。

己の美貌で目を満足させると、彼女は服を着はじめた。だが今度身につけたのはまったく違う衣装だった。高価で優雅、向かいの壁に掛かった女たちの肖像の一枚を手本としたかのようだった。

空色のブロケードのドレスには、きれいな首の周りにチューリップの花冠のように開いた襟が付いており、いまやジーナは呪文の魔法でルネサンス絵画の額縁から降り立ったルクレツィア・ボルジアかデーモニッシュなベアトリーチェに似ていた。なまめかしい微笑が目に浮かび、誘うように開いた唇の方へ下りていき、ゆっくりと口角で消えた。ひょっとすると愛と幸せの年月が思い出されたのだろうか？　ひょっとすると自分が主役だった、とある場面を繰り返したのか？　ひょっとすると偉大なイタリア美人の流儀で彼女にこんな服装をさせたのは彼だったのだろうか？

……。

彼女の全身が放つ魅力にとらえられた私は注意を怠り、賛嘆と崇拝に満たされて隠れ場所から出てしまった。彼女は足音に振り向いて私を見た。両手で顔を覆いながら急に後じさりし、それから両手を躰に沿ってかたく垂らし、ロトゥンダの渋面をつけたが、ついに私の視線の力に負け、恥ずかしさで薔薇のように真っ赤になった。突然、彼女は私の方へ腕を伸ばすと、その奇妙な目の炎で私を燃やしながら、恍惚の中で囁いた。

「ジョルジョ・ミオ！　ジョルジョ・ミオ！　ミオ・カリッシモ・ジョルジーノ！

〔私のジョルジョ！　私のジョルジョ！　我が最愛のジョルジーノ！〕」

この呼びかけに惹かれた私は、これが悲劇的な間違いの結果であって、実際彼女は私の中にあの男を見ていたことも忘れ、彼女の前にひざまずき、その膝を抱いた。すると彼女の全身が震え、私に抱かれて力が抜けるのを感じた。私たちの唇が出会い、躰が愛の狂気の中でからみあった……。

我に返ったとき、私は何が起きたのかを理解し、ジーナが気絶しているのに気づいた。急いで水を持ってきて、彼女を目覚めさせようとした。最初の血の朝焼けがひどく青ざめた頬に射し、深いため息をついて彼女が悲しげな驚いた目を開けるやいなや、私は泥棒のようにそこから逃げ出した。

＊＊＊

九月六日。

八月二十九日から三十日にかけての夜の忘れがたい出来事から一週間が過ぎた。

一見何も変わっていなかった。以前と同じく、毎日イネスと会って共通のグラスで悦楽を飲み、前と同じように、ゴンドラでラグーナを巡り、遠近の小旅行を楽しんでいる。だが何かが私たちの関係に忍び込み、得体のしれない異議となって横たわっていた。

すでに何度かイネスは、私が訳もなく物思いに耽っているのに気づいた。また別の時には、私が愛の興奮のさなか、たびたびよそに気を取られているようだと苦渋に満ちた非難をした。だが私も彼女の変化に目を留めた。そこには私に対する彼女の気持ちが冷めたことを示すようなものは何もなかった。その変化は特別な性質のものだった。ドーニャ・オルペガはあるときから臆病で神経質になったのだ。ほんのわずかなざわめきでも大袈裟に怖がり、どんなつまらぬ影も恐怖の次元に成長する。最近は常に何かに聞き耳を立て、何かを待っているようだ。

一昨日の晩、震えながら私に寄り添ってきたので、訳を問うと、こう答えた。

「だれかが足音を忍ばせてこっそり近づいてくるか、背後で待ち伏せしているような気がしょっちゅうするの。また別の時には、だれかがここに来ることになっていて、途中で立ち止まっているような感じがすることもある。でもその人は自分の意図を放棄してはいない――ただしばらく先延ばしにしただけ――いつまでかはわからないけれど」

「でもそんなのはすべて子供時代のことだよ、愛する人」私はなだめた。「君は神経が少し衰弱しているせいで過敏になっているのかもしれない」

「違う、違うわ、アダメッロ！　あなたは間違っている。これは何かまったく別のことよ。最もいらだたしいのは、まさにこの得体のしれなさ、この躊躇、この決定の欠如なの……」

「何の決定だ？」

「わからない。仮に知っていたら、こんなに怖がらないのに。いちばん恐ろしいのは、とらえどころのない何かを前にしたときの恐怖よ。自分の周りに悪意を持った敵対的な渦を感じるの」

私は肩をすくめて、わざと別の話題に移った。とはいえ未知なるものに対するイネスのこの病的な不安はたいていいつも追い散らすことができ、はなはだ不快ではあるが一時的なこの気分さえなければ、私たちの生活は花盛りの五月の公園のようだったろう。

この間、私がロトゥンダを見かけたのは一度きりだった。私のことがわからなかったようだ。かつてのように厳格で冷淡に、目をヘルメットの下に隠して、そばを通り過ぎていった。いまや私は彼女を避け、イネスの家から帰るときにはしばしば遠回りする……。

＊＊＊

九月十日。

やはりイネスが正しかった。彼女の恐れはより具体的な形を取りはじめている。今日ではもはや、ある程度、根拠があると言うことができる。そもそも、かわいそうな不幸な狂女の何かを恐れることができるならば。

ロトゥンダが彼女を悩ませているのだ！　それは疑いない。あるときから不吉なモリフクロウみたいに絶えずイネスにつきまとい、行く先々で悲しみと哀悼の花のようにひっきりなしに現れるようになった。攻撃的ではない――少しも。ただそばを通り過ぎるだけだ――容赦ない警告《メメント》のように。彼女は決して私たちを見ない――とはいえ彼女が私たちの存在を知っており、私たちを、というかイネスを捜していることは、しっかり感じるのだが。そしてその無表情の蔑むような落ち着きが、その洗練された無関心こそが我が恋人をいらだたせる。彼女から身を守ることさえできない。なぜなら彼女は決してからまないし、挑発もしないからだ。彼女の力のすべては、そばを通り過ぎること、素通りすることにある。ドンナ・ロトゥンダ・

ケ・パッサ〔丸いおばさんが通る〕……。

不意打ちを仕掛けるのも好きだ――いきなり驚かすのが好きなのだ。それもこちらがまったく予期していないときに。数日前、夜遅く私たちはカ・ドーロからゴンドラに乗った。私はベッポが漕ぐのを手伝いながら、彼と会話するのに忙しく、岸に背を向け、運河に反射する光を見守っていた。突然、イネスが私の手を神経質に握りしめるのを感じた。

「何だい、カリッシマ〔最愛の人〕？」

「見て、あそこを見て――岸に――彼女が！」

イネスが指差す方向を見ると、彼女が円柱のごとく背筋を真っ直ぐに伸ばして水際に立っているのが本当に見えた。

「どうやら私たちに別れを告げるため、岸辺に出たらしい」私は冗談にしようとしたが、イネスを見て口を噤《つぐ》んだ……。

また私がいない別の時に、思いがけずロトゥンダがパパドポリ公園に現れたことがある。ドーニャ・オルペガはそこで私が来るのを待っていた。木立ちの陰からいきなりロトゥンダが出てきたものだから、イネスは思わず恐怖の叫びをあげた。幸いその瞬間、私が到着した。まさにその出会いこそが、ドンナ・ロトゥンダが迫害しているのはイネスであるという私の疑念を強めたのだ。

というのも私個人を完全に無視しているようだから。まるで彼女にとって存在しないかのように。それは単に嫉妬深い女の策略だったのだろうか？　それにしても、なぜジーナが私に嫉妬していると確信できるのか、まったく別の動機で動いているのではないだろうか？　ひょっとしたら私は実際この二人の女の〈つなぎ役〉に過ぎなかったのではないか、つなぎ役でしかないのでは？　彼女がイネスにだけ近づこうとしているのは確かだ。そして、だからこそドーニャは恐怖に慄いている。

「決してあの人と一対一になりたくない」今日、夕食時にイネスが打ち明けた。「いつもあの狂女に何か本能的な嫌悪感を持っていたのだけれど、いまは幽霊のようにあの女が怖い。昨日あなたが帰った後、一階の開廊《ロジア》に出て夕方の涼しい空気を吸っていたら、ロトゥンダがゴンドラでわたしに近づこうとしたわ」

「あり得ないよ！」私は即座に否定した。「そんな気がしただけさ。彼女がわざわざそんなことをするだろうか？」

「確かにあれは彼女だった。あの衣装、あのおぞましい半ばヘルメット、半ば帽子でわかったの。もううちの階段まで来ていて、明らかにここに上陸するつもりだった。わたしは恐ろしくなって家の中に逃げ込み、入口の扉に閂《かんぬき》をかけたわ。ずうずしい。あなたはもうわたしから一歩も離れてはいけない。わたし怖いの、アダメッロ……」

＊＊＊

九月十四日。

なにしろロトゥンダは私のことで嫉妬している！　愛する男を失うまいとするかのように！　そのことを私に確信させたのが、まったく可笑しな今日のポンテ・リアルトでの出来事だった。

イネスと私は正午にそこへ行き、定期市でごったがえす人込みとバザールを見物した。橋は通行人や物売りや買い手でいっぱいだった。とりわけ黒髪に青い目の住民たち、黒い喪服に伝統的なショールとケープ姿の、意味ありげなまなざしをしたヴェネツィアのチッタディーネ〔市民〕が、駆け引きの熱気に煽られた騒がしい群衆を率いていた。

私たちはシニョール・ジュリアーノのバザールの前で立ち止まった。彼は大声で情感を込めて自分のネックレスの長所を数え上げていた。楕円形の真珠層の粒々でできた一本がイネスの気に入った。よどみなく商品をほめる売り手の言葉をさえぎって、私は値段を尋ねた。彼はわざと投げやりに、もちろんすかさず二倍に吊り上げた値段を言った。私が支払いを済ませ、もう立ち去ろうとしたとき、ドーニャ・デ・オルペガの横にいきなり地面から湧いて出たかのようにロトゥンダが現れた。私が止める前に、彼女はイネスの手からネックレスを引ったくると、戦利品と共に私たちを取り巻く人込みに消えた。あまりの不意打ちに、最初の瞬間私たち皆は驚いて呆気にとられた。しばらくしてようやく嵐のような叫びが沸き起こり、簡潔なあだ名が狂女に向けて降り注いだ。

「泥棒《ラドラ》ロトゥンダ！　泥棒、泥棒！」

逃げた女を追って駆け出した人もいた。恐ろしさに青ざめたイネスの顔に微笑みが浮かんだ。

「ラスシャテ・ラ」イネスは憤慨した人々をなだめた。「ラスシャテ・ラ・ポヴェラ・パッツァ！　ヌン・ミンポルテ！〔貧しい狂人は放っておきなさい！　わたしは気にしてないわ！〕」

それから私に小声でこう言った。

「せいぜいあの女の世話を焼くがいい。実際わたしは起きたことに満足しているの。もしかしたらこれでついにわたしたちを放っておいてくれるかもしれない」

＊＊＊

リアルト橋の事件で私は本気で心配になり、真剣にイネスの安全に気を配るようになった。その晩のうちに私たちはヴェネツィアを離れてキオッジャへ移る決意をした。その目論見は翌日の午後にも実現することになった。ヴェネツィアとラグーン南部の美しい島の間を定期運行する汽船は五時頃出港、約二時間の航海なので、暗くなる前に目的地に到着し、ホテルに一時的な隠れ家を見つけることができると考えたからだ。その後はアドリア海に面した別荘を借り、そこでイネスと一緒に暮らすつもりだった。

計画を立て、旅行の準備をするのに夕方と夜の一部が過ぎた。イネスはとても元気になり、熱っぽく目を輝かせて真夜中近く私に別れを告げた。私たちが決めた手筈では、翌日三時に私が彼女を迎えに行き、ゴンドラで一緒にサン・マルコ運河の停泊所に行くことになっていた。私は安堵して帰宅し、やがて深い眠りに落ちた。

翌日の朝は引っ越し関連の買い物を片づけるのに費やし、正午にトラットリア・ナ・カンナレージョで昼食をとった。レストランを出たら二時だった。すでに旅の神経症に襲われ、カッレ・ヴィットーリオ・エマヌエーレを何度か行ったり来たりし、大量の煙草を吸った。三時まで待っていられず、最初に出会ったゴンドリエーレにイネスのうちまで行ってくれるよう命じた。宮殿に近づいたとき、船着き場《デバルカデール》の階段で一艘のゴンドラが青い柱につながれているのに気づいた。それはイネスの舟ではなく、ベンチでまどろむゴンドリエーレはベッポではなかった。

「セニョーラにお客か？」私は彼にしぶしぶ尋ねた。

船頭はあくびをして、物憂げに手足を伸ばしながら、奇妙な笑みを浮かべてこう答えた。

「ああ、シニョーラにお客だ――めずらしいお客だ」

階段を上ったとき、開廊《ロジア》と室内を隔てている幕が少し開いてロトゥンダが出てきた。私に気づくと身震いしたが、すぐに自制し、無表情な落ち着いた顔をして、無関心に通り過ぎようとした。腹の底が煮えくりかえった。

「ここで何を探してるんだ？」私は厳しく問うた。「なぜこの家の周りをうろつく？」

彼女は私を沈黙でやりすごし、階段を降りると自分のゴンドラに乗った。櫂の水かきが水音を立て、水に襞が寄り、舟は運河の真ん中へすみやかに滑り出た。

私は入口に突進し、幕を引き開けて玄関に飛び込んだ。一本の円柱の下、床の上にイネスが仰向けに横たわっていた。その胸にはヴェネツィアン・ダガーが柄まで深々と突き刺さっていた。ジーナ・ヴァンパローネは確かな腕を持っていた。確かで信頼できる腕を。あやまたず心臓を貫いていた……。

＊＊＊

そしてまた美しいヴェネツィアの午後、陽光はオパールの波で遊び、ラグーナの水面は無数の光できらめく。そしてまた、彼女と知り合った一日目のように、私はフォンダメンタ・ヌオーヴェから愛する人と共に離れる。そのときのように、また同じ方向へ向かってゆく、墓地の島へと……。

私の目の前、ゴンドラの黒い舟底に休らうは甘く晴れやかな人、雪花石膏の顔に微笑みを浮かべ、菫と白薔薇の洪水に埋もれて――静かに荘厳に、揺れる波の上で眠っている。その上に拡がるサファイアの空……。

私は先の尖った繻子の靴を履いた小さな両足に身をかがめ、それを唇に抱き寄せる。私の背後、舟の高い所でだれかが泣いているのが聞こえる……。それはベッポ――私たちのゴンドリエーレ……。

ヴェネツィア、一九二七年七月。

＊1　詩人ツィプリアン・カミル・ノルヴィットの回想記「Menego メネゴ」からの引用。
＊2　詩人ツィプリアン・カミル・ノルヴィットによるコンスタンティ・リノフスキへの追悼文「Garstka piasku ひと握りの砂」からの引用。
＊3　詩人ツィプリアン・カミル・ノルヴィットの回想記「Menego メネゴ」からの引用。

偶然
PRZYPADEK

ロマン・ポラク博士・教授に捧ぐ。

二人は列車内で出会った。ザブジェスキはそのとき、急逝した婚約者の葬儀から帰るところで、新たな悲しみの黒紗に覆われ、喪中の家の雰囲気がなおも染みついていた。何か些細な口実で、まず女が彼を引き留めた。彼は当初、婚約者のことで頭がいっぱいで、嫌々ながら、ほぼ無愛想に答えていた。だが次第に彼女は故人の想い出に打ち勝ち、カジミェシュ氏〔ザブジェスキの名〕は彼女に注意を払うようになった。ひょっとしたら女の本能で彼のそばに死の天使がいることを感じ取ったのだろうか？　愛の薔薇が最もよく根づくのは墓の上だという……。

女が目的地で列車から降りたとき、彼はこんなに早く別れるのは悲しいと言った。そのとき彼女が指定した最初のデートが……列車内だった。「三日後」別れ際に魅力的な笑顔で彼女は言った。「同じ列車でチェルスクに戻ります。あたしが乗車するルダヴァで列車の窓側にいてください。ただどうかその駅であたしに挨拶をしないで！　わかります？　そう、あたかもまったく知らない人同士のように。あと、連れと一緒に戻る可能性もありますから覚悟しておいて。その場合はあたし別の車室に入りますから」

「でもそれだと、もう決して会えなくなる恐れがある」ザブジェスキは言った。この女に興味を持ちはじめていた。「もし旅の間ずっとあなたが連れと一緒だったら……」

ウニンスカさんの顔に満足げな表情が浮かんだ。

「ともかくあなたは何だかあたしのことが気になるのね！　そうでなけりゃ、そんな称賛すべき先見の明は示さなかったでしょう」

「いやもちろん気になる、それどころか、とても、とても気になる」彼は熱っぽく請け合った。

「わかったわもう、いいわ」彼女は別れ際に手を差し出しながら答えた。「それじゃあ今日から二週間後に必ず会いましょう」

「でもどこで？」

「列車内で――つねに列車内のみよ。二月十五日にまたチェルスクからルダヴァに行きます。あなたのものとなって、ちょうどよい時に車両の窓のひとつに現れるでしょう。でもそれより早く会えると思うわ。ひとりで戻るよう努力します。それではまた、ごきげんよう！」

「さようなら！」彼女の手を自分の口の方へ持ち上げながら、彼は答えた。「さようなら、麗しの君！」彼女の顔立ちを物思わしげに見つめながら、小声で付け加えた。「では金曜日に？」

「ええ、午前九時頃」

　そして彼女は約束を守った。三日後、二人はベンジシンからチェルスク方面へ向かう普通列車内で再び会った。スタハさん〔ウニンスカの名〕はルダヴァ駅でとある車両の窓にすぐさま彼を認め、列車が動きだすやいなや、彼の横にいて、美しく頬を赤らめ、雌猫のように寄り添い、人を魅了する微笑みに満ちていた。

　こうして結ばれた交友関係は次第に親密で情熱的に、文字通りの意味で〈情熱的《ウナモーレ・》な愛《アパッシヨナート》〉に変わっていったはずで、そこでは欲望が敬愛と絶妙にからみあっていた。

ウニンスカは独身ではなかった。こうした事情がこの珍しい関係にさらに特別な魅惑とスパイスを加えたのだが、同時にそれは危険の胚をうちに秘めていた。慎重にやる必要があった。それゆえスタハは車室の四枚の壁の外での逢引きには絶対に同意したがらなかった。唯一、列車内の、恋人が高い支払いをした孤独な車室《クペ》の中でのみ安全だと感じた。二人は月に二度か三度、いつもチェルスク—ルダヴァ間の同じ路線で会っていた。ウニンスカさんが己の旅の頻度をどうやって夫に言い訳していたのかは最後まで謎のままだった。それを訊かれると彼女はのらりくらりと言い逃れをした。だからそれ以上は聞きただささなかった。

ザブジェスキにとってこの毛並みのいい情熱的な女との関係は、次第により新しく、より目のくらむような陶酔の源となった。ここ一年余り、彼は絶えず興奮した状態で、何か甘い深紅色の熱に浮かされて暮らしていた。恋人の悪魔主義《デモニズム》、彼女の狡猾さ、状況が二人の足元に投げつけてくる障害を克服するにあたってのほとんど悪魔的な抜け目なさは、彼の中に日毎スタハに対する抑えがたい好意を強めると同時に、限りない賛嘆と歓喜におそわれるのだった。異例な場所での逢引きの内密性、時間に間に合うよう、一分たりとも遅れないようにする、この絶え間ないせわしなさ、このひっきりなしの鉄道神経症には、曰く言いがたい魅力があり、それは彼の全存在を、動脈で脈打つ興奮した赤い霧の中に浸し、熱く激しいリズムで魂を揺さぶった。甘い不確実性の中で約束の日を待つこと、逢瀬直前の瞬間が果てしなくゆっくり過ぎていくこと、共に狂った欲望の中で、興奮のエクスタシーの中で過ごすあのすばらしい時間……。確かに、こんな幸せな一年と引き換えなら、残りの人生を引き渡す価値があった……。

ザブジェスキは感じた――スタシャ〔スタハの、さらに愛情を込めた呼び方〕の愛とは、自分のエロティックな人生の頂点であり、もはや決して繰り返すことのない最も美しいアヴァンチュールのひとつなのだと。なぜならそれは唯一で希少で例外的なものだから。たぶんいつかまた人生の途上で多くの女性と出会うことだろうが、自分の生涯でウニンスカさんのような役割を果たす人がもう現れないことは理解していた。寛大な未来が彼にもたらすものが何であれ、彼はあらかじめ揺るぎない確信を持って、すでに最も見事な真珠を供物として捧げてもらったことを知っていた。それが頂点であり、そのあとはもはやいかなる番狂わせも期待していなかった。だからこそ愛の正午が永遠に続くよう引き伸ばし、物事の容赦ない流れをその場で止め、日没の悲しい瞬間を無限の彼方に遠ざけたいと望んだのだ。

心を喜びに震わせながら、いつも電報の封印をやぶった。それは毎週恋人から届いて、彼の生活を正常化してくれるのだった。「水曜日に行きます」、「四日に戻ります」、あるいは「ようやく二週間後」といった言葉が彼を幸福のエクスタシー、または悲嘆の淵に沈めた。土壇場の予期せぬ障害、または、ウニンスキが妻に同行していたせいで、長い間会えなかったとき、ザブジェスキは最低の気分に陥った。たちまち最も黒い推測、最も乱暴な憶測が狂犬のように襲いかかり、次の逢引きまで容赦なく引き裂いた。だがそんなとき彼女はつねに、離れていた日々を二倍報い、落胆に荒ぶる思慕を和らげることができた……。

ふたりが最もよく会ったのは水曜日だった。数ヵ月の経験から、この日が最適とわかったのだ。密会の前日からすでにザブジェスキは極端に熱狂し、興奮していた。その日は知人が来ても応対せず、翌日の出立の準備に専念し、専ら恋人のことだけを考えていた。彼の本籍地、ベンジシンから朝の列車が出るのはようやく午前七時だというのに、カジミェシュ氏は五時にはもう駅に来て、神経質な足取りでプラットフォームを行ったり来たりしているのだった。彼を悩ませていたのは常に同じ疑問である。

「もしも彼女が途中で乗り込まなかったら？　もしもルダヴァでしつこい女友達が

彼女にからんで、彼女と一緒に最寄り駅まで行くことになったら？　そんなことになれば致命的だ！……」

だが、いちばん心配なのは車掌の交替だった。

「悪魔は眠らない」空間を眺めながら、何度もこう思った。「もしストグリン〔車掌の名〕が裏切ったらどうする？」

そして列車が到着する瞬間、びくびくしながら人込みに目を走らせて、知り合いの車掌の、半ばずる賢く半ば意地悪に微笑む顔を探した。だが老練で狡猾な鉄道の狼、ストグリンは決して裏切らなかった。酒手をはずんでもらうと、実に巧みな方法で恋人たちの密会を容易にした。三両ある彼の〈担当地域〉には、いつもなぜかザブジェスキと彼の愛人専用の人目を忍ぶ〈個室〉が見つかるのだった。この悪賢い男は疑惑を持たれないように、自分の〈顧客〉を選んだ車室にすぐに入れたりはせず、〈落ち着く〉までしばらく廊下でうろうろしているよう命じた。列車が動き出し、新たに乗車した〈客〉の波が各車両に注ぎ込まれ、通路が空になってから、ようやくストグリンは予約済みの車室《クペ》を開け、ザブジェスキの背後でしっかり鍵をかけるのだった。車掌のサービスは時とともに高まり、ルダヴァかチェルスクの駅でウニンスカが乗り込むと、自分から彼女に〈しかるべき〉車両と座席番号を教えるまでになった。ひと言でいえばストグリンは〈愛のメッセンジャー《メッセジェーロ・デッラモーレ》〉役として抜群だった。彼の親切な心配りに囲まれた恋人たちは、まったく自由に愛の喜びに身をゆだねた。

　視野に見える唯一の暗点は時間が短いことだった。連続して一緒に過ごせるのは四時間だけである。いつもわざと普通列車を選んだのは、その区間をかなりのんびりしたペースで走るからだが、にもかかわらずこの短い、ふたりにとってあまりに短い時間はルダヴァ―チェルスクの区間を克服するのに十分であった。だが、まさにこの断片的な印象、彼らが宣告されたこの絶え間ない陶酔不足が、なお一層互いの共感を刺激し、絶えず満たされぬ幸福への飢餓感を煽るのだった。

　チェルスクでは、帰路であれば、スタハは当然ひとりで降りたが、カジミェシュ氏はもうひと駅先まで乗っていき、そこで愛の車室《クペ・ダムール》を出て、数時間後、急行でベンジシンに戻った。取り消しの電報が来ない限り、通常は一週間か十日後、ザブジェスキはチェルスクのひとつ先のトゥルチン駅まで行き、そこで宿を取って一夜を明かし、翌朝帰る途中、列車内でブロンドの恋人に逢い、彼女はルダヴァまで同行するのだった。

　こうして何物にも乱されぬ好天のうちに一年が過ぎた。幸福と愛の狂気の忘れがたい一年が。スタハの不安に反して、ザブジェスキの情熱は月ごとにより大きく強くなっているようだった。三十歳の人生の盛りに豊かに開花した女の美しさに、彼はすっかり虜《とりこ》になった。女から放たれる魅力が男の意志を束縛し、彼女の足元に投げつけた――あのかわいらしい、小さな足元に。彼はその両足を情熱的に己の口元へ抱き寄せるのだった。逢瀬のたびに彼は彼女の中に新たな誘惑を発見した。なぜなら彼女は四大元素のように、絶えず異なっていたから。とりわけ目だ。炎のような、暗いサファイア色のその目は絶えまなく変化した。その中では大草原《ステップ》の憧れがまどろみ、東方のフーリー〔イスラム教の天女〕の炎が燃えていた。あるいは、ヴェスタルカ〔古代ローマのヴェスタ神殿で神聖な火を守る巫女〕の冷ややかで尊大な瞑想が闇に沈んでいた。彼女の性愛の繊細さが彼を驚かせた。

「だれがこれを君に教えたんだ？」女の豊かな愛の創造力に茫然となった彼は一度ならず尋ねた。「夫か？」

スタハは切った柘榴《ざくろ》に似たみずみずしい唇を蔑むように突き出した。

「夫ですって?! あの堅物の、想像力のかけらもない男が？ あきれた憶測ね！」

「じゃあ本をたくさん読んだのかい？ なあ、白状しろよ」唇を彼女の麗しいうなじに這わせながら、しつこく尋ねた。

彼女はいらだたしげに高貴な眉のアーチを顰《しか》めた。

「今日のあなたはつまらないわ、カジク〔カジミェシュの愛称〕。ときどき細かいことにこだわりすぎる気がする。すべては自然にあたしの、本物の愛の炎の中で花開いたと考えるほうが簡単じゃない？」

彼女の腰に腕を巻きつけて彼は囁いた。

「スタハ！　もしかしてそうなのか？　つまり僕か、僕が君の中のこの魅力的な嵐を解き放ったから、それが僕らの魂と躰《からだ》を快い苦しみで燃やすのか？　それじゃあ僕のおかげで成熟した、君の中のこの奇妙なエキゾチックな花の香りを、僕は意識を失うまで嗅ぐのか？　ああ、君はなんて美しいんだ、僕の恋人よ、なんて美しいんだ！〔旧約聖書、雅歌、第一章一五節参照〕」

そして頭を彼女の膝にもたせかけた。彼女を崇拝して従順に……。

幾度か試してみたものの、夫から逃げるよう、あるいは、少なくとも夫と手を切るよう彼女を説得することはできなかった。

「あたしから魅力を奪いたいの？　あたしにとってはあたしたちの関係の隠密性にこそ魅力があるのに」そういうとき彼女はいつもこう答えた。「賭け事が好きなの。あなたの妻になったら、あなたを愛さなくなるかどうか、だれにわかるかしら？」

「君は恐ろしく堕落してるな、スタシャ」ザブジェスキは笑って道徳を説いた。

「骨の髄までね」彼の豊かな黒髪を手で撫でながら、彼女は切って捨てた。「でも実際何がいけないの？」

「僕は君を僕だけのものにしたい。だれとも愛を共有したくない。だって君はおそらく夫を愛していないんだろう？　じゃあ、どうしてひとつ屋根の下で一緒に暮らせるんだ？」

「ええ、彼を愛してはいない、けれど手を切りたくはないの。これ以上、無理強いしないで、カジク、でないと喧嘩になるから」

この件について恋人のあらゆる陰謀はたいていこれで終わるのだった。ウニンスカはある面では頑固な女で、己の意志を貫くことができた。ザブジェスキはこの強情さにいらだち、これに対して自分は子供のように無力だと感じた。

もしかして彼女は僕らふたりとも手玉に取りたいのではないか？——関係を分析しながら彼は考えた。——もしかしたらふたりとも、僕も彼女の夫も、好みに応じて彼女が遊ぶ、気まぐれのお人形にすぎないのでは？　だがしかしあのウニンスキというのは気性の強い人のようだし、彼女の話しぶりにもかかわらず、非凡な人物のように思える。ふむ……奇妙な女だ……。

そして頭の中で、立派な鷲鼻と堂々とした高い額を持つ、ライヴァルの勇敢で男らしい横顔を思い描いた。チェルスク駅で妻を迎えに来た、あるいは、出発する妻を見送りに来た彼を、車両の窓からこっそりのぞいてみたことが何度かある。口元に善良そうでちょっと悲しげな微笑をたたえた、あの明るく率直な顔、あの遠くを見つめるような灰色の目は、彼に多くのことを考えさせた。

完全に美しい男だ――恋人の夫に関して公平に判断しようとした彼は心の中で認めた。――それに勇敢な人だとも思う。ただ彼女にはちょっと年上すぎるかもしれない。少なくとも四十五歳には見える。ともかく、言葉の完全な意味で紳士《ジエントルマン》の印象を与える。彼女にとても愛着を感じているに違いない。つねに彼女を温かく迎え、彼女の姿を目にするや、あの物思わしげな目が突然ぱっと明るくなる。思うに、スタハを失うことをそう簡単には承知しないだろう。ひょっとして彼女はそれを予感していて、だから決然とした一歩を恐れているのだろうか？……。

だがこうした憶測をウニンスカさんの前では明かさなかったし、彼女の方は最近だんだん夫のことを話したがらなくなっていて、明らかに夫婦生活に関する話題を避けていた。

ついに、ふたりの注意を思わずそちらの方へ向ける出来事が起こった。それは六月十五日、知り合って一年半足らずのことだった。なぜだかわからないが、この日付はザブジェスキの記憶に深く残った。

すでに二時間、ふたりはルダヴァ方面行きに乗っていた。いつものように残りの乗客から切り離されて、互いに愛しあい、幸せだった……。ある瞬間、スタハは彼の抱擁から抜け出し、耳を澄ませた。

「だれかが廊下を歩いてきて、あたしたちの車室《クペ》の前で立ち止まった」頭の動きで車室に通じるガラス張りのドアを示して囁いた。

「そんな気がしただけさ」彼は同じく声を低めて彼女をなだめた。「それに、だれが廊下に立ち止まろうと自由じゃないか」

「あたしたちをのぞき見しているんじゃ？」

「無駄な努力さ、ドアはカーテンでぴっちり覆われている」

「だれだか確かめないと」

そして慎重にカーテンの縁を寄せて、隙間から廊下を見た。だが、ほぼその瞬間、真っ青になって窓から車室の奥へ退いた。

「どうした、スタシャ？」

おびえた目でドアをじっと見つめながら、彼女は長い間答えなかった。ついに、震えながら彼の胸に寄り添うと、こう囁いた。

「ヘネク〔ヘンルィクの愛称〕が廊下に立ってる」

「それはあり得ない。チェルスクを出るとき、君の夫が駅事務室に入っていくのを見たもの。彼の動きをずっと追っていたんだ。仮に最後の瞬間、列車に飛び乗ったとしたら、間違いなく気づいたはずだ。見えたような気がしただけさ、スタハ」

「違う、違うわ」スタハは譲らなかった。「彼よ、間違いなく彼よ」

「それじゃあ僕が自分の目で確かめる。外に出てその男をよく見てみるよ。君の夫の外見ならよく知っているし、どこにいたってひと目でわかるはずだ」

彼女はわなわなと彼の腕をつかんで止めた。

「あたしを失いたいの？」

「どうして？　考えてもみろよ、スタシャ！　彼は僕のことを全然知らないじゃないか。生涯一度だって僕の顔を見たことがない。だから、放してくれ。子供みたいなこと言うんじゃない！」

そして穏やかに、だがきっぱりと、彼女につかまれた手を解放すると、外に出て、背後でぴったりドアを閉めた。

廊下の窓際にいた男は、ヘンルィク・ウニンスキと見紛うばかりによく似ていた。

同じ顔立ち、同じく思慮深い目。ただ服は散歩用の普段着で、列車から降りるとき鉄道員の制服姿だったスタハの夫と同一人物ということはあり得なかった。見知らぬ男はほんの少しもこちらに注意を払っていないようだった。ドアの開く音に身じろぎもせず、姿勢も変えなかった。車両の壁に腕をもたれて立ったまま、窓の外の空間を見つめ、静かに葉巻を吸っていた。

ザブジェスキはこの男を引き留めることにした。ケースから煙草を取り出し、旅仲間に近づくと、軽く会釈をして話しかけた。

「すみませんが、〈火〉を貸していただけませんか?」

見知らぬ男は物思いから我に返ると、落ち着いて彼を見た。

「どうぞ」男は礼儀正しく答え、葉巻から灰を振り落とした。

そしてそのときザブジェスキが驚いたことに、男の表情に特別な変化を認めた。その瞬間、目の前に立っていたのはまったくの別人で、ウニンスキとは似ても似つかなかった。

「ありがとう」驚きを無理やり笑顔で隠して、彼は答えた。

そして数回煙草の煙を吸うと、スタハの所へ戻った。彼女は目に恐ろしい不安の表情を浮かべて、車室の隅に縮こまっていた。

「どう見ても別人だよ」車室に入りながら、彼女を安心させた。「もっとも、信じないというなら、カーテンの外を見てごらん。あの男はまだ廊下に立っているから」

スタハは躊躇しながらも言うことを聞き、慎重に外を見た。まもなくすっかり落ち着いて、安堵の笑顔で恋人にこう言った。

「あなたの言うとおり。別人だわ。一瞬でもあの人をヘネクと見間違えるなんて、そんなことどうしてできたのかしら？　ハ、ハ、ハ！　可笑しな〈人違い〉《クイ・プロ・クオ》ね！」

「僕たちふたりとも、そんなふうに見えるような気がしたんだ。莫迦みたいだ。こうした間違いはよくあることさ」

そしてふたりは長々と続く口づけをした。

一ヵ月後、ルダヴァ駅で降りる際、ウニンスカさんは突如、恐怖の叫びをあげた。車両入口の段の所にいた乗客たちの間に混乱が起きた。数人が怖がっている女を囲んで、理由を尋ねた。廊下の奥からザブジェスキが通常の予防対策を忘れて駆け寄った。その瞬間、旅客の群れから、スーツケースを手にしたどこかの優雅な紳士が抜け出て、お辞儀しながらスタハに話しかけた。

「何かにおびえたんですね、そうじゃないですか？　きっと旅ゆえの神経衰弱でしょう？　お水を差しあげましょうか？……」

そして、己の提案を行動で裏付けようと、すでに駅舎の方へ向かおうとしていたとき、ウニンスカが手の活発な動きで彼の意図を押しとどめた。

「ありがとうございます。もう治まりました。一瞬、目まいがしただけです。ありがとうございます」

そして、ちょうどそのとき車両のドアロに現れたザブジェスキの方を一瞥すると、彼女はもう落ち着いてプラットフォームの方へ去っていった。見知らぬ男はどこか乗客の群れの中へ消えた。

それから一週間後、ザブジェスキが恋人を家まで送っていく際に知ったのだが、彼女の恐怖の原因とは、旅客の中から突然出現した男の顔がウニンスキに驚くほど酷似していたことだった。だが幸いそれは一瞬しか続かなかった。見知らぬ男が話しかけるや、気まずい幻視はたちまち消え去った。

「めずらしいこともあるものだ」ザブジェスキはスタハの説明を聞き終えると言った。「あの男が君に話しかけていたとき、気をつけて顔をよく見ていたんだが、君の夫にはちっとも似ていなかった」

「あなたの言うとおり。あの人の声を聞いた瞬間、幻覚は弾けとんだ。ねえ、あの人の顔があのとき一瞬にして変化したような気がするの。ひと月前にあなたが話していた、あれに似た変化が——憶えてる?——あの廊下であったことを?」

「そうかもしれない。いずれにしても、ずいぶん妙なことが続くな。でも、僕が思うに——あれは僕たちが初めて君の夫と見間違えた人と同じ人物ではなかった」

「ええ、違うわ! 絶対違ってた。前の人の方がずっと背が高かったもの。それに変身後の二人の顔は完全に違ってた」

「そう、そう——ますます奇妙だ。あれは二人のまったく異なる人物で、おそらく互いのことは何も知らない。ふむ……めずらしい、めずらしい……」

カジミェシュ氏は考え込んだ。スタハがひどく陽気になったにもかかわらず、その日は会話中に絶えずまとわりついてくる執拗な物思いを抑えることができなかった……。

＊＊＊

最後の事件から三週間が過ぎた。愛の展望は明るくなり、太陽に暖められた黄金の真昼がやって来た。ある美しい八月の夕方、ふたりはまた一緒にチェルスクへ戻るところだった。スタシャはその日、いつもよりさらに愛情こまやかで、より一層献身的だった。何か深い叙情性が彼女の情熱的な言葉の中で震え、愛撫を介して主なモティーフとなってのたうち回った……。

別れ際に彼女は数日前に撮った自分のキャビネ写真を手渡した。

「わざとあなたが好きなあの黒いビーズのドレスを着たの。これだとちょっと古めかしく見えるけど、あなたがそう望んだから……」

彼は彼女の口を接吻でふさいだ。

「ありがとう、スタハ、君は美しい、君は唯一の、君はこのうえない僕の女だ！……」

その数分後にはもう彼女は列車から降りた。駅ではいつものように、すでに夫が待っていた。車両の壁に隠れて、ザブジェスキは嫉妬深い目で出迎えの様子を見守った。ウニンスキは妻の額に口づけしたが、腕を貸して家まで送る代わりに、ポケットから何やら紙を取り出すと、片手でトゥルチン方面を指し示しながら、彼女に何か手短に説明した。スタハの顔に驚きと不安の表情が現れた。何度かこっそり車両の方を見やり、夫に何らかの意図を思いとどまらせようとした。だが彼女の言葉は効き目がなかったようだ。というのもウニンスキはただ否定的に首を振り、ポケットから取り出した書類の束を片手で何度かたたいたのである。ついに、車掌の警笛の音が急き立てだすと、彼はいま一度妻を抱きしめ、すばやく列車の方へ向かっていった……。

ザブジェスキは身震いした。偶然か故意にか、ウニンスキは、いましがた妻が降りた車両の方へ歩を進めた。雷のごとく咄嗟《とっさ》に思い浮かんだ。

「車室に戻るんだ！」

彼は、プラットフォームから夫の動きを不安げに見守っていたスタハの方をいま一度見やり、それから自分の車室《クペ》のドアを開けて中に入った。その瞬間、向こうは車両入口の段に飛び乗った。同時に警笛が鳴り響き、列車が動き出した。

ザブジェスキは合皮張りの座席に心地よくもたれ、疲れたまぶたを閉じた。しばらくすると、だれかが車室のドアを開けて入ってきた。

彼だ！――ある考えが自明のように浮かび上がった。だが彼は目を開けず、引き続き眠っているふりをした。聞こえたのはただ、そのだれかが向かいの座席を占め、煙草入れを取り出して、葉巻に火をつけたことだけである。

可笑しな出会いだ！――と思いながら、まぶたを軽く開け、その細い隙間から推測が当たっているかどうか確かめた。――そうだ――彼だ。ハ、ハ！　ちょっと前は妻、今度は夫か。不意打ちだな！

向かいに座っていたのは実際、鉄道監査官の制服を着たウニンスキで、葉巻を吸いながら、窓の外を無関心に眺めていた。

僕には何の注意も払っていない――ザブジェスキは思った。――同行者がだれかなんて考えてもいない。

状況はこのうえなく喜劇的に思われた。だが彼はなおも目を閉じたまま、頭を頭板に軽く傾け、その姿勢で伏せた睫毛の下から相手をさらに観察した。

なんて落ち着いているんだろう！――さらに思考のつながりを紡いだ。――まるで何もなかったかのように。悲しげだが、落ち着いている。何にも感づいていない。それでも――それでもやはり、あの二つの出来事は何か正反対のことを示していたのではないか。あのスタハの二度の幻視、そのうち片方は僕にも伝わったが、あれは偶然とは思えない。あの瞬間、彼に何が起こったのか、だれが知ろう？……。今日の彼との偶然の出会いは、あの二つの出来事の続きのように思える。ここにある種の段階的変化を感じとることができる。言うなればウニンスキは、無意識にではあるが次第に、自分にとって恐ろしい真実の暴露に近づきつつあるのだ。初めはただ触手のように、己の苦しい思考を伸ばしただけだった――彼は探し、見つけた――だが話しかけはせず、受動的に行動した。あの廊下で、妻の目を見て確かめたりはしなかった。もちろんこれは十分ではなかった。だからルダヴァ駅で再び妻を攻撃したのだ。車両入口の段で、スーツケースを持った見知らぬ男となって……。そして今日は——僕と一緒に同じ車室に乗っている。さて一体これから何が起きるのだろう!……。

そして目を開けた。ウニンスキは相変わらず、窓の向こうを通り過ぎゆく畑、遠い遠い端を森の青ずんだ線で縁取られた野を見つめていた。物思いに沈んでいるようだった。葉巻を口の方へ持っていくのもやめていたので、その間に葉巻の先から太い灰のきのこが育っていた。突然、何かにかこつけてこの男に話しかけたいという狂った欲望がザブジェスキを襲った。何としてもひと言二言交わして、予期せぬ旅の目的を知りたくなった。だから煙草を取り出すと口にくわえ、マッチを探しているが見つからないというふりをした。向こうはそれにはまったく注意を払わず、風景を観察するのに没頭していた。そのとき彼を直接攻撃することに決めた。ザブジェスキは立ち上がると、礼儀正しくお辞儀をして尋ねた。

「すみませんが、火を貸していただけませんか?」

ウニンスキは窓から目を離し、旅の同行者をまじまじと見た。

「どうぞ」ほどなく、葉巻を差し出しながら答えた。

「ありがとう。考え事を中断させてしまってごめんなさい」

相手はうっすらと微笑み、何かを思い出そうとするかのように眉を顰めた。

「めずらしいこともあるものだ」彼は思案しながら答えた。「すでにどこかでお会いしたことがあるような気がします」

ザブジェスキは驚いた。

「実を言いますと、思い出せません」

「ふむ……私の記憶もぼんやりして消えかけているようです。最近あなたにとてもよく似た人が、まったく同じように、やはり車内で、私から〈火〉を〈借りた〉ような気がするのです。現在の状況は文字通り、何か別の、私がすでに経験済みの、それもわりと最近の出来事の繰り返しのように思えます」

ザブジェスキは彼から目を離さなかった。

「もしかすると夢の中で僕に似た顔をご覧になったのかもしれません。そうした夢の最初の情景がその後、現実で繰り返したり、実現したりするのはままあることです」

「そうかもしれない」ウニンスキはライヴァルの顔立ちを注意深く見つめながら認めた。「夢に見たのかもしれない……」

「また、いわゆる〈誤認識〉という現象もあり得なくはありません。敏感な人や極度に神経質な人にしばしば見られます。こうした場合、〈状況の繰り返し〉はそう見えるだけで、体験の強さから生じるものです。体験は瞬時に通り過ぎて過去の眺めになり、すでに経験した物事として記憶のスクリーンに記録されるのです」

「私はそうは思わない」ウニンスキは言った。「少なくともこの場合は。ここで体験の強さについて言うことはできないでしょう。実際、自分のつまらない体験など」

「おっしゃる通りです。ということは……」

「ということはおそらく夢に見たんでしょう……。ふむ……でも妙だな、一体なぜ、どうして？　何が私たちふたりを結びつけるのでしょう？」

ザブジェスキは身をかがめ、己の唇に一瞬現れては消える微笑を隠した。

「とはいえ目覚めていても夢見ることはできます」彼は何気なく口を挟んだ。

「目覚めていても？　おっしゃることがわかりません。たぶん比喩的な意味でこの表現を使われたのでは？」

「いえ、そうではありません。僕が念頭においていたのは、眠りと目覚めの境界にある、ある特別な精神状態のことです」

ウニンスキは落ち着きなく身じろぎした。その悲しげな灰色の目は、驚きと隠された不安の表情を浮かべてザブジェスキを見据えた。

「いずれにせよ、それは何か異常な状態に違いないでしょうね？」彼はためらいながら尋ねた。

「それは間違いない。そうした状態を引き起こすことができるのは、極度に強い思考、または、異常な感情的緊張です」

その瞬間、会話の最後の方で減速していた列車が、駅に停車した。

「トゥルチン！」窓の外から車掌の声が染み込んできた。「トゥルチン！……」

ザブジェスキは反射的に座席から立ち上がると、スーツケースに手を伸ばした。目的地に着いたのだ。いつもはここで降り、みすぼらしい田舎の宿で一夜を過ごして、翌朝早く列車で帰宅するのだった。

「もう降りるのですか？」ウニンスキが訊いた。

「ちょうど着きましたから。僕の切符はトゥルチンまでなんです」

彼は躊躇した。優柔不断に襲われた。急に思い浮かんだのは、いま降りたら、この〈出会い〉には何の〈意味〉もなくなってしまう、という考えだった。もしいま道から離れたら、こんなに面白くなりそうなこの出来事全体が水泡に帰し、〈失敗に終わる〉だろうとわかっていた。決定的な瞬間に悪魔の欲望が生まれた。奇妙な偶然で生じたこの状況を月並みなものにさせてはおけないというのである。ともかく〈逃げ出し〉たくなかった。彼の自尊心がそれを許さなかった。帽子を脱ぎ、スーツケースを網棚に戻し、元の座席に腰を下ろしながら、その動きにいささか驚いている監査官に向かって、彼は穏やかにこう言った。

「意図を変えて、この線の終点まで行きます。ちょうどいま思い出したんですが、今週中はヴレンブィにいなくちゃいけないんです」

「ああ、そうですか」相手はそれが正しいと認めた。「もちろん、もうこの区間内なら、その機会を利用すべきですよ。ただ車掌に追加運賃を申し出なくてはなりませんが」

「些細なことです。それに」彼は微笑んで付け足した。「興味深い会話を途中でやめるのは好きじゃないので」

ウニンスキは丁寧にお辞儀をした。

「この先もあなたとご一緒できるとは大変ありがたい。我々が取り上げたテーマには私も非常に興味を惹かれました。私はレシュノまで行きますから、問題を正確に検討するのに十分な時間があるでしょう」

「ええ、多すぎるくらいですよ」ザブジェスキは新しい煙草に火をつけながら請け合った。

その間、列車は走り続けていた。乗客の目の前に最初の山々の和音が展開しはじめた。

「私の推測では」スタハの夫が会話を続けた。「あなたがおっしゃったあの異常な状態は、その人の完全な意識とは結びついていないと思います」

「当然ですよ、たとえ部分的にでも自我の分裂に際してはそういうものです」

「するとここではある種の分裂が起きていると？」

ウニンスキの問いには不安じみた声音が震えていた。

「ええそうですとも――それは完全に明らかです」ザブジェスキは己の意見を陰険に固持した。「想像してみてください。何らかの排他的思考にとらわれた人が、己の精神でもって〈出かける〉わけですよ、いわば、〈偵察に〉」

ウニンスキは片手を窓枠に重くもたせかけて座席から立ち上がると、相手の顔に自分の顔を近づけた。いましがた物思わしげだった彼の目には、いまや何か未知のものに対する恐怖が押し殺された怒りのように潜んでいた。

「〈偵察に〉とおっしゃいましたか？　それはどういった〈偵察〉を念頭におかれ

ているのですか？」

　ザブジェスキは無理に微笑んだ。

「わかりません。だって一般論を話してるんですから。理論化してみましょうか。それは当該個人の思考内容によります」

「まあ、そうですよね」ウニンスキは安堵の息をついた。「すみません。物事を個人的に受け取りすぎました。でもあなたはとても説得力のある方法でご自分の意見を展開なさるし、あまりに力強い話しぶりなので……」

「些細なことです、監査官さん」半ばあざけるように、半ば謎めかして、微笑むライヴァルは彼を安心させた。「僕が誇れるのは達成した印象だけです」

　煙草の煙を吸い込み、窓枠を下げて、吸い殻を捨てた。状況は面白くなりはじめた。何も気づいていない敵との目隠し鬼ごっこを彼は楽しんだ。スタハの愛を分かち合わねばならないこの男を堂々ともてあそぶ、という考えに意地悪な喜びを感じた。この遊びの魅力はまさに、カタツムリみたいに、すでにしつこく突き出した角をいつなんどきでも引っこめることができ、それからしばらくしたら毒のある憶測の針で再び敵を突き刺せるということだった。相手はまるでわざとのように、絶えず新たな攻撃にさらされるのだった。

「そのあなたの言うスパイ活動にはどんな目的があり得るでしょう？」相手はさらにその話題を続けた。

「偵察です」ザブジェスキは微笑みながら、丁寧に訂正した。

「呼び方はどうでもいい。あなたは、こうした精神による調査にどんな意図があるとお思いですか？」

「それも、それが引き起こされた状況によりますね。だれかが敵を追跡しようとしているとか、特に気になる人物の動きを追っているとか、あるいは……」

ここでちょっとためらったのは、すぐに一撃を下すか、あるいはもっと後にとっておくか、決心がつかなかったのである。

「あるいは何です？」ウニンスキは食い下がった。

「あるいはちょうどよい時にだれかに警告する、または脅迫するとか」

「それはどんな方法で？」

「やり方はさまざまです」ゆっくりと次第に落ち着きはらってザブジェスキは言った。「だれかの中に、何か差し迫ってくるものに対する、ひっそりとした得体のしれない予感を引き起こすこともできますし、もしその方法がうまくいかなければ、一時的な幻覚か瞬間的なヴィジョンを第三者を介して引き起こすこともできます」

「よくわからないが」

「自分の仮面を一時的に他人の顔にかぶせて、この方法で、強く気にしているだれかの前に現れることができるのです」

相手は亜麻布さながらに蒼白になった。

「そんなことが一体可能でしょうか？」震える手で額を拭いながら囁き声で言った。「可能ですとも」ザブジェスキは請け合った。「しかも、このプロセス全体はまったく無意識に行われることがあり得ます。諜報員は己の精神による行為について何も知らないかもしれない。それにもかかわらず彼は自分の目的を達成した。つまり、警告し、脅迫し、あるいは何かをやめさせたのです」

ウニンスキは己の妻の愛人の顔にぼんやりした視線を沈めた。

「その一切合切をどこで知ったのですか？」彼は茫然として囁いた。「あなたのお話はあまりに奇妙で、あまりにも私の関心を惹くのです……。ときどきこう思うことがあります。あなたは、あるときから私の中でまどろんでいる夢のような幻影を目覚めさせ、正気に戻し、よみがえらせて、それらに脈打つ血を注いでいる……あともう少し……もう少しで……それらは躰をまとうのだと」

彼が手で拭った額には、深く痛々しい皺が刻まれていた。何か嫌な、どうやらつらい考えが頭蓋骨の下で孵化《ふか》し、ついに意識にまでたどり着いたのだ。ザブジェスキは冷ややかなランセットの刃を未だかよわい組織に慎重に当て、危険な胚芽を破壊した。

「僕の職業は精神科医でしてね」彼は口ごもることなく嘘をついた。「いま僕らが議論している問題は本来、僕が関心を持っているものです。この件については相当たくさん読みました。しかも日常の実践によってこの方面は手際よくなります。熟練ですよ、監査官さん、プロの熟練です」

「めずらしい出会いだ」ウニンスキは、まるでひとり言のように、小声で言った。

車掌が入ってきて会話が途切れた。上司を見ると、鉄道職員はしかるべくお辞儀をし、それからいささか驚いて民間の客にこう言った。

「トゥルチンで降りたんじゃなかったんですか？」

「このドクターは」ザブジェスキに代わってウニンスキが答えた。「この先ヴレンブィまで行くので、追加の支払いを申し出ているんだ」

「万事オーケーです」ストグリンは帽子に片手を当てて答えた。「すぐに料金を計算して、切符を発行します」

それから数分後、再びふたりきりになった。監査官は外套を脱いで、ぴっちりした制服のシャツのボタンをいくつかはずした。

「暑いなここは、銭湯みたいだ」と弁解しながら、顔を窓の方に向けて空気を吸い込んだ。

「まったくです」旅の連れは同意した。「民間人の服装の方がいいかもしれません。制服は動きの自由を妨げますからね」

「あいにく。ほかにどうしようもなかった。職務中ですので」

「ああ、そうでしたか」

「嫌な任務です」ほどなくして彼は説明した。「昨日レシュノで起きた危険な妨害行為《サボタージュ》に関して、専門家として意見を出さなくてはなりません」

「実に不愉快な話だ」

「主犯のほかに数人いるらしく、それもおそらくは鉄道員ばかりだというのですから尚更ですよ。駅員たちの間に、当局に対してきわめて敵対的な気分があるという話です」

「慎重にやる必要がありますね」ザブジェスキは言った。

相手は笑みを浮かべた。

「なんとか対処しますよ。でも用心するに越したことはない。万一に備えて武器を携帯しているんです。そのおもちゃを近くでよく見てみたいとは思いませんか？」

そして革製ホルスターから美しく象嵌《ぞうがん》された短銃を取り出すと、手渡して見せてくれた。

「実に見事な武器だ！」ライヴァルは心から感心してほめたたえ、短銃を手に取った。「何という良い仕事！　何という仕上がりでしょう！」

「家族の記念の品なのです」称賛に満足して所有者は説明した。「銃把《じゅうは》はウィーン包囲戦〔一六八三年、ウィーンを包囲したオスマン帝国軍をポーランド国王ヤン三世ソビエスキ率いる中欧諸国連合軍が打ち破った〕時代にさかのぼるという話で、装飾部分はのちに私の父が作らせたものです」

ザブジェスキは専門家の目でその部分を眺めた。

「本物の工芸品だ！」引き続き興奮していた。「何てすばらしい装飾でしょう！」

そして、真珠層で象嵌された象牙の飾りに沿って、ほれぼれと指を滑らせた。

「気をつけて！」突然ウニンスキが警告した。「装塡済みですよ！」

「どうか落ち着いてください」銃口を調べながらザブジェスキは請け合った。「武器の扱いは心得ていますから。ほほう！　絶妙な金属加工ですね！」

ちょうどそのとき列車は速度を緩め、森に入った。開いた窓の四角形の中に、ほっそりした白樺のシルエットや、大きくて肩幅のあるオーク、ハンノキの白い幹が飛び込んできた。甘い八月の西日がそれらの梢に口づけていた……。

　ザブジェスキは一瞬目を上げ、物思わしげな視線を木々の茂みに沈めた。突然、大きな鳥が彼の注意を引いた。それは広く伸ばした翼で森のはずれを、まるで列車と競争するかのように飛んでいた。ザブジェスキの中で突如、猟師の情熱と、自分のうまさをライヴァルに見せつけたいという欲求が頭をもたげた。

「あの鷹が見えますか?」監査官に向かって話しかけると同時に、窓に向かって短銃を持ち上げた。

「何をするつもりだ?」ウニンスキは彼の手をつかみながら尋ねた。「列車からの発砲は禁止だ！　騒ぎになる。我々ふたりともひどく困ったことになりかねんぞ」

　だがザブジェスキは何も聞こえないかのように、もう引き金に指を掛けていた。

「やめたまえ！」監査官は抗議した。「こんなことを許すわけにはいかない！」

　そして彼の手から武器をもぎ取ろうとした。そこから生じたもみ合いの中、短銃の銃口が致命的な角度で向きを変えた。と、そのとき銃声が響いた……。

　ザブジェスキの顔に笑いのような、驚きのようなものが浮かび、突然、指から拳銃を取り落とすと、言葉もなく、うめき声もあげず、背後の座席のクッションに倒れた。

「どうした？」声を変えてウニンスキが叫んだ。「怪我したのか？」

そして相手の方へ飛びかかり、血を止めようとしたものの、血は細い流れとなって胴着に染み込んだ。そのときその上着の内ポケットからはみ出ているスタハの写真に気づいた……。鋭い、刺すような痛みが彼を根底まで引き裂き、どこかで恐怖の瞬間に凍って固まった。彼は怒りと苦しみに狂った視線をライヴァルの顔に突き刺した……。

だが相手はもうそれには答えなかった——動かなくなったその目はすでに少し前から死の白濁に覆われていたのである。

和解

POJEDNANIE

愛する友、アント・ハルザに捧ぐ。

ウニンスキ家の夫婦生活は週を追うごとに悪化していった。車室での悲劇的な事故で犠牲となったザブジェスキは、あらゆる蓋然性から見てスタハの愛人であった。それ以来、夫婦間の対立はほぼ日毎に深くなり、断絶は避けられなくなった。

スタハが罪を犯したことについて、ウニンスキは疑っていなかった。偶然の気まぐれによってザブジェスキの上着で見つかった彼女の写真がその壊滅的な証拠だった。もっともスタハは抗弁しようとすらせず、しぶとく傲慢に沈黙を続けていた。

事故後一週間、彼女が喪に服したとき、ウニンスキは離婚と醜聞でおどかした。彼女はその知らせを落ち着いて受け入れた。口元に笑みを浮かべて——数年間にわたり何物にも乱されぬ揺るぎない至福を彼が啜ってきた、あの愛らしい口元、あの残酷な口元に……。

なぜ裏切ったのか？　なぜ？　どうして?!……。ウニンスキには愛人もいなかったし、飲んで騒いだりもしなかったし、彼女を何日も何時間もひとりにしておくこともなかったのに。ふたりに子供がいなかったのも、彼のせいではなかった。彼女はそのことをよく知っていたから、それを理由に彼を非難することはできなかった。ではなぜ？　気まぐれのせい？　性欲を満足させるため、変わったことや新しいことに対する欲望？……。それならどうして正直に彼と手を切らなかったのか、彼が嫌になった、別の人を愛していると、なぜ率直に言わなかったのか？　彼女は引き続き快適で独立した生活を送ることができたはずではないか。持参金で受け取ったかなりの額の家族財産があるから、そうする余裕は十分にあったはずだ。だから己の裏切りを彼に隠していたのは、きっと別の理由からなのだ。だがどんな理由だ？どんな？　彼女は本性が不実なあまり、不倫関係を隠しておくことに喜びを見出していたのだろうか？

ヘンルィク・ウニンスキは憶測の中で迷子になった。ザブジェスキとの関係はもう長い間、あの車室での破滅的なエピローグの前に何ヵ月も何ヵ月も続いていたに違いなかった。これは確かだ。あるときから彼の愛撫を受け入れる際の彼女の冷たさが、それを証明していた。こんなに愛しているのにこんなにも遠い彼女の全身から吹き出していた、あの鋭い冷たさが……。

それからあの旅行があった。あの絶え間ない、ほとんど何の根拠もないルダヴァへの遠出を、彼女は分農場の経営を監視するためと称していた。異議を唱えることすら難しかった。そんなことをする必要はないと何度か説明しようとして、小作人の誠実さを請け合ったとき、彼女はいらいらと眉を吊り上げ、冷淡な問いで彼を退けた。

「だから何よ――あたしの行動の自由を制限したいの？」

スタハは絶対君主になることができた。

当時、そうした旅の間に、あの男と知り合ったに違いない。彼の一体何が彼女に感銘を与えたのだろう？……。知性、インスピレーション？……。ライヴァルの死後に得た情報からわかったのは、ザブジェスキは裕福な独立した男で、いささかドン・ファン、いささかスポーツマンであったということだった。

彼は進取の気性とエロティックな俗物《スノッブ》の大胆さで彼女を惹きつけたのだろうか？

ひょっとして自分よりも情熱的だったのか、愛撫の仕方がより独創的で熱烈だったのか？……。

ウニンスキを驚かせたのは、当時の己の盲目ぶり、夫婦生活の運命が決定した瞬間の、その先例のないドルトニズムであった。彼は裏切りを予感していなかったのだ。それ以外のどんなことでも推測する覚悟はあったが、ただこればかりは！　そうするには彼はスタハの気性をあまりにも高く評価していたのだ。ハ、ハ、ハ！　気性と——今時の女性か！……。ハ、ハ、ハ！　なんとまあ《ベルバッコ》〔イタリア語〕！　この二律背反に気づかずにいるには、彼、ヘンルィク・ウニンスキのごとき、愚か者でいるほかなかったのだ！……。

ところが当時の彼には何か異常なことが起きていた。そして最も奇妙なのは——それを彼に自覚させたのが——まさに彼、ザブジェスキであり、あの忘れがたい、一見偶然のような、彼の死の直前に交わした会話のさなかであったということだ。というのも、〈火〉を貸してくれと頼まれた瞬間、相手の顔に既視感を覚えたのは、考えさせられることではないだろうか？　なるほどザブジェスキは最初、いわゆる〈誤認識〉だと言っていたが、しかし後には別の可能性も指摘した。そして、まさに彼の〈精神の諜報活動〉理論——あれほど深く彼を動揺させた、あの精神の偵察

――スパイ活動――に問題の解決策が含まれていないかどうか、だれが知ろう？

すでに電撃的な発見の瞬間は過ぎ去り、そのうえ車室での不運な事故が彼にもたらした司法当局からの様々な厄介事のこだまがようやく鳴りやんだ今日、ウニンスキはこの悲しい時期の己の精神状態の本質により深く入りはじめた。いまになってようやく霧を透かして見るように、自分の精神生活の詳細を思い出したのだが、それは当時、密かに彼の意識を逃れていたものであった。

つまり、時折自分の奇妙な放心状態にふと気づくことがあったのだ。ちょうど思考や意識の集中が必要な瞬間に限って、いつもと違う、自分の〈精神の不在〉に気づくのだった。勤務中、自分に言われたことが理解できず、もう一度訊かれてようやく答える、ということが数回あった。何か大きな瞑想が雪のように白い翼を広げて彼をとらえ、何時間もその力強い抱擁の中で彼は眠っていた――世界から切り離され、何か遠くのものに耳を傾けて、じっと待ち続けながら。それはわけもなく突然、彼のところにやってきた――ときには、ある業務と別の業務との間に。だがつねにそれはスタハがいないときだった……。

この状態の内容は永遠に説明がつかなかった。何か半ば眠って見た夢のような、細切れのイメージ、断片的な場面や思考……。

彼が現実に戻ると、それらは幻のように掻き消えてしまった。何ひとつ記憶に残らなかった……。そして特徴的なこと――すべては、あの男の死と共に止んだのである。悲劇的な事故以来、ウニンスキは自制を取り戻した。もうひとりの〈私〉は不意打ちをしなくなった。あたかも、憎まれ男の心臓の鼓動が止むと同時に、自我の秘密の遠出への励ましも消えたかのように。

その代わりにやって来たのが、悲嘆、自覚、鋭い輪郭に閉じこめられた痛み、もはや疑いなき苦悩である。スタハは彼を裏切った。裏切った上に、悔い改めなかった。それどころか愛人亡き後、喪に服したのだ。

それでもヘンルィク・ウニンスキは彼女と別れることができなかった――そうする気力がなかった。時間が経てばすべては変わり、落ち着き、癒され、平常に戻るのだと錯覚していた。女はすべてを忘れて彼の元へ戻り、彼は許して抱きしめる。事故の後、数ヵ月はそう思っていた。それから徐々に希望を失った。ふたりの間に拡がった淵は恐ろしい速さで深くなっていった。半年後には裏切りの典型的な子である憎しみすらどこかへ消えうせ、日常の灰色の微光の中で色褪せて、見事に冷淡な無関心へと移行した。ふたりは昼食と夕食のテーブルで会い、昼間は早春の野のごとく色味のない必要最小限の数語を交わし、夜寝る時は別れの挨拶もせずそれぞれ自室に戻るのだった。ウニンスキは当初、近づいて和解しようと計画していたが、時と共にまったくやる気を失った。怠惰な無関心が、和解のために差し出した彼の手に、うんざりする嫌気の手枷《てかせ》をはめ、その腕を引き下ろした。ふたりは最後まで絶縁するほかなかった……。

一度、ただ一度だけ、一瞬、絶望の視野につかのまの輝きが閃《ひらめ》いたことがある——ほんの短い一瞬——死ぬほど焦がれた心が痛々しく引き攣《つ》るのに必要なだけの間——そしてそれは消え、どこかへ失われて、二度と戻ってこない……。

それは彼女の聖名祝日〔自分と同名の聖人の祝日を誕生日と同等に祝う習慣がある〕のことだった。かつて二人が愛し合っていた美しい時代には晴れの日だった。ウニンスキは休暇を取って、家にいた。午前中は夫婦一緒に過ごした。その日はいつも、甘い五月の太陽が二人の寝室をのぞきこみ、愛撫と愛の興奮の証人となった。それから数々の贈り物を眺めた——スタハの晴れやかな喜びは、ヘニョ〔ヘンルィクの愛称〕の無駄遣いを咎める声と交互になり、笑顔と口づけと涙……大きな菫色のすばらしい目に幸せの涙。午後は親戚や友人が集まったものだった……。

かつては、何年か前はそうだった。不幸な発見以来、この習慣はなくなった。ヘンルィクはスタハにお祝いの言葉さえ言わなかった。一度だけ、事故の五年後に、この美しい伝統の糸をつなごうと試みたことがある。その日、町から戻ったスタハは、自分の小卓の上に見事な深紅の薔薇を生けた花瓶があるのに気づいた。ウニンスキは隣室で椅子に腰かけ、黙って煙草を吸いながら、心臓を高鳴らせて、向かいの鏡で妻の姿を追っていた。スタハは最初の瞬間、深く感動したようだった。つやのない頬に赤みが差し、こめかみで編んだ明るく金色に輝く髪まで拡がった。反射的に花の方へ手を伸ばしたが……急にその手を引っこめた。そのあとふたりは黙って他人のように昼食の席に着いた。その日ウニンスキが職員クラブで数時間賭けブリッジをやってから夜遅く帰宅すると、自室の机の上に深紅の薔薇の入った花瓶があった。彼は窓を開けると、蔑《さげす》まれた贈り物を舗道に投げ捨てた。真夜中の静けさを背景にガラスの砕ける音が、彼の記憶に永遠に焼きついた……。

その数日後、最初の夢を見た。それは過去の瞬間を夢で繰り返したような、過ぎ去った物事への憧れを夢に投影したようなものだった。

夢に見たのは、フロリアンスカ通りの食堂の小さな居心地のいいホールだった。初めてスタハと出会った場所だ。騒がしい人声、女たちの抑えた笑い、皿を取り換える音。ヘンルィクがある瞬間、向かいの人に目を上げると、ブロンドの、青い目をした娘が興味深そうにこちらを見つめているのに気づく。豊かな胸元に留めた菫の花束は、波打つ胸と調和したリズムで動いているようだ。彼は魅了される。生涯を決定づける重大な決心が、抗いがたく形作られる。

「この女《ひと》しかいない」

そのテーブルに年輩の男が近づき、きれいな娘と親しげに挨拶を交わす。ウニンスキはいささか不安を覚える。嫉妬のような感情が彼をとらえる。だが、ふたりが交わした最初の言葉を聞いて影は掻き消える。親戚同士だ。感じのよい年輩の紳士は彼女の叔父である。ヘンルィクの気分は申し分ない。ホールにいる人たち全員に抱きついてキスしたいくらいだ。人生はなんて美しいんだろう！……。

半白《はんぱく》の軍人らしい口髭を生やしたこのすてきな紳士と、何としても知り合いになる必要がある。娘が視線に答えているのだから尚更だ……。親切な夢が助けに来て、数週間にわたって散らばった出来事を凝縮しつつ、それらを現時点の一平面に並べる。何か不合理できわめて気まぐれな演出のおかげで、舞台装置が変化し、瞬く間に舞台裏が動いて、背景が作り替えられる……。

クラブの安楽椅子の深々とした腕に身をゆだね、葉巻とパイプの煙に包まれて、彼、ヘンルィク・ウニンスキと、スタハの叔父であるラドゥルスキ氏が向かい合って座っている。チェスの対局で知り合ったのだ。ブラックコーヒーを飲みながらプレイしている。時刻は午後五時。楕円形に切り取られた窓から情熱的な七月の日光が流れ込んでいる。隣のホールからはビリヤードの玉を撞《つ》くキューの音が聞こえてくる。

「チェックメイト！」声に勝利のニュアンスをこめてラドゥルスキ氏が言う。「またあなたの負けですな、お若い方」

「ええ、全戦線で、こてんぱんに負けました……」

夢の装飾は乱れ、ぼやけて、混沌とした複合体へと移行し、心の縁まで一杯になっていた主な問題にとっては、最早どうでもよいものになる……。

＊＊＊

その同じ夜、スタハは己のすばらしい婚約時代を夢に見た。甘く麻痺した処女の躰《からだ》でヘニョの腕にもたれ、彼と一緒にハンノキの若木に囲まれた狭い小道を歩いていた。秋だった。郊外の森のすでに黄色くなった梢が遠くで赤味を帯び、トルコ石の空が冴え冴えとその色調を深めていた。

「大好き、あたしたちの、ポーランドの秋の陽射しが」彼女は沈黙をやぶって、うっとりした目で地平線を見渡した。「ヘニョ、ポーランドの秋の陽射しには、何か特別な、無二の魅力があると思わない？」

「確かに」彼女の瑠璃色の目を見つめながら彼は答えた。「黄昏の静かなメランコリーには何かがある」

「間違いなく――あたしたちの中で目覚める感情の状態に関する限りは――でもあたしが思い浮かべていたのは純粋にその絵画的な面。秋の陽射しの色調、色のことだったの。つまり、それはいつもあたしに何かつや消しの印象を与える。それはもう暑い夏の日の金色ではなくて――むしろ銅色か朱色。まるで金鉱石を溶かした波に天才的なパレットの名人が何種類か粗悪な成分を染み込ませ、宇宙のレトルトで混ぜ合わせて、秋のシンフォニーの大傑作を作ったかのよう。九月の陽射しの魅力は言葉に尽くせないわ、ヘニョ」

彼は黙って彼女の方へ身をかがめ、その目に口づけた。

「なぜそんなに美しいんだ、僕のスタハ、なぜそれほどまでに美しいんだ？　ときどき信じられないほどだ。君、すばらしく見目麗しい君が、やがて僕の妻に、僕の愛する、最愛の妻になるとは」

「愛してるわ、ヘニョ」彼女はただそう答えた……。

それから、夕方、町へ戻る途中、ふたりは路傍の料理屋に立ち寄った。たまたまそこでは牛乳が切れていたので、蜂蜜酒を一杯ずつ飲んだ。「牧歌」スタハは甘く笑い、バラ色の舌先で唇を舐めた。「本当の牧歌」「ブロジンスキの田園詩のハリーナとヴィエスワフみたいじゃないか」惚れ込んだ目を彼女の顔から離さずに彼は答えた……。

黄昏がもう町の上空に灰色の影のスカーフを拡げていたとき、ふたりは町境を過ぎた……。

＊＊＊

翌朝の現実への復帰はふたりにとってははなはだ苦痛だった。快い夢の情景は、現実と激しく戦いながら、堪《た》えがたい気分を引き起こした。ヘンルィクはその日、昼食を外で食べた。スタハは夕食のテーブルに現れなかった。夫婦は一日中まったく顔を合わせなかった。

それから数夜は何ということもなく味気なかった。その後、夢が戻ってきた。肉体とその問題は幻の膜で隔てられていても、互いに近しい魂は相互に影響するという未知の法則にしたがうかのように、ふたりはあまりにも早く消えてしまった己の大いなる愛を同時に夢見ていた。過ぎ去った幸せに対する憧れは昼間は無関心の仮面の下で押し殺され、傷つけられた性のプライドによって麻痺していたが、夢の中ではより豊かに花開き、情欲の世界を分け隔てていたものを黄金の鎹《かすがい》で元どおりにつなぎ合わせた。夫婦それぞれの孤独な寝台の上に夜毎、愛の天使が身をかがめ、夢見る者たちに慰めと癒しの言葉を囁いた。すばらしい愛の忘我が魂から魂へと流れ、この世のものならぬ抱擁の中で結びつけ、揺り籠の子らをあやすように夢のような陶酔の波で揺さぶるのだった……。

ほらこれがふたりの新婚旅行、山麓にある落葉松の小さな教会で婚姻を結んで数日後……。

暑い、炎暑の――七月半ば。車室の開いた窓越しにふたりは互いに頭を寄せあい風景を眺めている。

列車は峠の高さに登ってゆく。ルートの両側から、険しい、ほぼ垂直の岩壁が、地下から生えたかのようにそびえ立つ。車輪の金属音が谷の斜面に反射し、岩壁で増幅されて、長々と何度も聞こえ、山の守護神を真似ているかのよう……。峠を越えた。左側ははるか南に向かってハンガリー大平原が大きな仕草を遠くまで拡げ、右側は北の地平をタトラ山地の山並みが閉ざしていた。小さな黒い甲虫のごとく列車はその花崗岩の庇の下を通り過ぎる。シュメクス〔現スロヴァキア領スモコヴェッツ〕を過ぎ、瞬く間にポプラト、フェルカを通り過ぎた……。青い空にクリヴァン山の偉容が姿を現した……。

スタハとヘンルィクは、岩棚にぽつんと身を寄せた小さな駅で降りる。時は夕方、西日が断崖の頂で血のように赤く燃えている。森のトウヒの覆いをすでに黄昏がぶらつき、親しげに夜の闇を誘っている……。

ウニンスキ夫妻はすてきなトラブルに陥る。片田舎の町にある三軒の宿屋すべてがふさがっているのだ。どこに泊まればいいのか？

幸い駅のベランダがあった――広々としたガラス張りで、真正面に山が見える。大きな、物思わしげな目をしたスロヴァキア人の親切な駅長が、片言のポーランド語でふたりにベランダを使わせてくれる……。

夜はすばらしい。開いた窓からベランダ内に、トウヒや針葉樹やタトラ山地のハーブの強い香りが流れ込んでくる。狭い鉄のベッドの上でぴったり寄り添った恋人たちは、夜の湿気が染みた冷たい芳香を黙って胸に吸い込む……。突然の震えがスタハの甘い躰を揺さぶる。

「寒いのかい？」ヘンルィクは尋ね、窓を閉める。

「何て問いかしら！」囁き声で答え、彼の首に己の腕の蔓《つた》をからませる。

そしてふたりは薔薇色の恍惚の淵に落ちてゆく……。

＊＊＊

正午、標高一五〇〇メートルの人里離れた草地。北端に伸びる森林の線、その上に山々の頂、断崖、険しい岩山。

辺りには人っ子ひとりいない。神と己自身に捧げられた未開の領域。荒野の静けさをこっそり通り抜けてくるのは小川のざわめきばかり――もうこの標高では最後の川だ。そこの岩棚の下にある地面の小さな窪みが、途中いっとき静かにその小川を受け入れ、岩の下にプールを作っていた。

「見てヘニョ、何てすてきな〈よどみ〉かしら！　あそこで水浴びしましょうよ！」

すばらしい考えだ！

ほどなくしてふたりは冷たく澄んだ水の中で魚のように跳ね回る。それから明るい緑色をした絹のような草地の下生えを、群生する杜松《ねず》や若いトウヒの蠟燭の間を追いかけっこする。ふたりは美しく、若く、しなやかで、裸だ――古代の神々のように。山の牧神と、誘惑するように腰を揺するすらりとしたオレアダ。ついに彼はトウヒの林の端で彼女をつかまえ、彼女を抱えて茂みの間の、苔と立麝香草《たちじゃこうそう》の褥《しとね》の上へ運んでいった。そしてふたりにとってはタトラ山地の真昼の太陽が婚礼の仲人、峠から吹く山おろしの風が結婚式の楽士だった……。

＊＊＊

片田舎の町の山腹にある静かな果樹園。五月、みずみずしく花咲く林檎、サクランボの若い挿し木——芳《かぐわ》しい花びらの白さ、白い花びらの深み……。ポーランドの日本……。

野葡萄が巻きついた静かな四阿《あずまや》でウニンスキは若妻を愛撫する。太陽が沈む。その赤い笑みがまだ木々の幹の間をさまよい、葡萄の葉をそっと撫でている。四阿の緑の格子越しに夫妻は川岸にいる子供たちの一群を見る。彼らの白い躰と粗末なシャツが、鋼色の水の筋を背景に、絶えず動く明るい染みを作っている。

「いつかあたしたちの子もあんなふうに砂の上を走り回るのかしら」顔を赤らめたスタハが彼の耳に言う。

「愛する君！」ウニンスキは答え、彼女の胸の魅惑に満ちたつぼみに唇を這わせる。

「最愛の君！……」

庭の小道に長い女の影が落ちた。

「母が来るわ」

スタハは抱擁から抜け出し、すばやくブラジャーを留める。ほどなく三人揃ってベランダに腰を下ろし、夕食を食べている。黄昏の大いなる静けさが微笑む彼らの顔に穏やかに流れる……。

＊＊＊

その後、夢は青く遠い未来へと飛んだ。慈悲深い夢は、疲れた心を気づかいながら、長年の苦しみ、悩み、夫婦の裏切りに忘却の橋を架け、それらを対岸で広く明るい帯となって曲がりくねっている安らぎの街道へと導いた。

ヘンルィクとスタハは感謝してそこへ足を踏み入れた。もはや永遠に引き離されることなくしっかりと抱きあった恋人たちは、この夢の街道を来たるべき日々の暁に向かって歩いていった。そして夢を見た……。彼らが夢見たのは自分たちの巨大な幸せだったが、相対性の谷であるこの世にはそのための場所がなかった。明け方目覚めると、ふたりは各々日常の灰色の仕事へ出かけた——奇蹟の国は、彼らが目覚めている数時間の間、鉄の掛け金で閉ざされたが、夜の眠りの不思議な瞬間のために、焦がれている者たちの前で、再びその客好きの扉を開くのだった。昼間彼らは互いをも見知らぬ人たちをも通り過ぎていた――幻影のように、自分に押しつけられた役割を活気のない仕草で果たす半自動機械のように。彼らの魂は彼岸にあった。あの世の魔法をかけられ、現実の休閑地で幻のようにのろのろ動いていた――眠たげに、意志を持たず、無感動に。夜がそれらをよみがえらせた――夜、魂の女王が。昼間の放浪に疲れた肉体が怠惰な重荷となってベッドの腕に横たわると、解放されたその自我は、前夜中断された夢の筋道を拾い上げ、その続きを紡いだ。そして彼らの将来の人生の綴《つづ》れ織りに、より美しく、より多彩な模様が織り込まれていった。日中は欲望に抑えられ、意識の叫びで歪められていた魂の要素は、肉体の束縛から自由になると、白百合のように花開いた。表面下深くに隠れた〈精霊〉の要素、永遠の素質が勝ち誇って敵のバルブをこじあけると、あの世の渦にさらわれて目のくらむような遠くへと疾駆した。性への憧れは天使のごとき崇高な無限への憧れに変わり、地上の欲望と目的は粉々になり、驚いた放浪者たちの目の前で青い無限の展望が開けた。彼らは高い山の頂や、雲の下の司教座大聖堂によじ登り、断崖の上に架けられた険しい細道をたどった。雷のように速く、夢のように軽い生きものの驚くべき速度で、世界の一端からもう片方の端へと移動した。思考のようにすばやい彼らを暁光の下、エジプトのスフィンクスたちの大通りが迎え、祈りに没頭する彼らを正午のヒンドゥー教修道院が見つめ、メキシコのピラミッドの太陽が日没の緋色を浴びせかけた……。

また別の時には、思考によって地球の境界を越えて舞い上がり、果てしない惑星間空間を航行しては、どこか彼岸の星間停泊所に着陸し、再び紺碧の宇宙へ飛び立ってゆくのだった。彼らは、地上ではすでにそこへ通ずる道が閉ざされている、純粋な霊たちの教会に赴き、半ば肉体を持つ四大元素の怪物たちのエキゾチックな共同体を眺めたり、恐怖に震えながら苦悩の場所を通り過ぎたりした。そして日常生活の低地に戻るのが次第に難しくなり、現実と覚醒の囲い地へ退くことはますます苦しくなった。近づく目覚めの時をぞっとしながら待ち受け、〈生〉の表面に浮かび上がる瞬間が嫌でたまらなかった。というのもいまや眠りが彼らの構成元素になっていたからだ——眠りの中で彼らは己の地上での小ささや、己の欲望の貧しさ、己の罪と過ちの平凡さを忘れた。眠り——おとぎ話の着飾った王子は彼らに失った魂の美しさを取り戻させ、何物にも乱されぬ美の中でみずからにそれらを与えたのだ……。

ついにある夜、彼女の聖名祝日の前日、神秘的な嵐の中、星と流星の群島を滑空していたとき、愛情込めたまなざしで己の伴侶を見つめながら、男は言った。

「スタハ、もうあっちには戻らないことにしよう！」

「そんなことできるの？」彼の兄弟のような抱擁に身を寄せて、彼女は訊いた。

「それはあたしたち次第なのかしら？」

「ただ強く、とても強く願う必要がある。僕たちの意志を最後の限界まで強めるんだ！」

「ずっと以前からあたしはそれを望んでいる、果てしなくそれに憧れている、最愛のあなた……」

そして宇宙の狂気に酔った目をして、ふたりは無窮の深淵に飛び込んでいった……。

＊＊＊

翌日五月八日朝、ウニンスキ夫妻はそれぞれの寝台で永遠の眠りについているのが発見された。若く美しいふたりは同じ夜に亡くなった。医師たちは心臓麻痺による病死と結論づけた。自殺の可能性は排除された。

悪夢

Zmora

夢に見たのは小さな長方形の、石灰で白く塗られた部屋だった。四角形の長辺となる壁には大きな窓があり、それは店のショーウィンドウに使うようなタイプで、壁の高い位置にはまっていたから、かろうじて頭が窓枠の下に届くくらいだった。

太陽はなかったが、明るい朝だった。強い光が、広い流れとなってガラス越しに落ち、壁の石灰の白さに強められ、部屋をいささか強すぎるほどに照らしていたから、私は目を細めた。

静かで、妙に心細かった。

窓の下に立ち、少し頭を上げて、得体の知れぬ、まばゆい灰色の空を見上げた。右側に鉄道の高い土手が見え、その上でレールが金属的に光っていた。そして向こうは死んだような灰色の静寂だった……。

突然、ガラスが勝手に窓枠を滑り出し、ゆっくりと上へあがっていった。同時にそこに開いた矩形《くけい》を通して、室内に幅一メートルの暗紅色の羅紗《らしゃ》布が這い入ってきた。生地の下端が窓枠から床にさらさらと滑り落ち、私の足元に流れくだった。

驚いて上の方へ目をやり、どこからどうやって羅紗が窓を通って滑り込んできたのか調べようとした。そしてそのとき気づいたのだが、生地は空間のどこかから、まるで目に見えないローラーから湧くように出てきては、ひっきりなしに波打つ動きで開口部から室内に流れ込んでいるのだった。その動きは柔らかく、ほとんど絹のようだったが、容赦なかった。ますます多くの赤ワイン色の巻物が私の足元に押し寄せてきた。

室内は暗くなった。羅紗が窓の開口部の大部分を占めて、光をさえぎったのだ。何やら冷気がそのダークチェリー色の波から吹いてきて顔にあたった。私は特別な恐怖を感じた。その間に布は足元に厚く積み重なり、すでに私の腰まで達していた。私はぞっとして数歩退いた。暗赤色の堡塁が広がり、温かな毛織物で床を覆った。

だがもう新たな巻物が窓のスクリーンに渦巻き、目に見えない塊から続きが猛烈に紡ぎ出されていた。

気違いじみた恐怖に襲われた。私は執拗に押し寄せる羅紗を掻き分けながら、窓台に登って、ガラスを引き下ろそうとした。だが私の意図は打ち砕かれた。何やら恐ろしい外部の圧力によって動いている忌々しい生地は、しなやかな波となって私の方へふくらみ、手足にからみついて、私を中へ押し戻した。私は激怒して起き上がると、再び試みようとした。その瞬間、レールの鈍い響きが聞こえてきた。列車が右側の、あの土手の上の線路を走っているのだ。

気味の悪いカーテンと窓枠の隙間から私が見たのは全速力で走る列車だった。貨物列車が風のように疾駆していた。

急にきしみをあげて車両の扉が開いた。と、そのとき狂おしい恐怖と共に気づいたのは、車両の黒い奥から同じ赤褐色の巻物が何本も転げ出し、斜めの線を描いて私の隠遁所へと転がり落ちてくることだった。耳を聾《ろう》する騒音、羅紗の帯の重いはためきが沸き起こり、そのすべての輪、すべての梱《こり》、恐ろしげなドラムが、ものすごい速さで部屋に押し寄せてきた。巨大な、沸き立つ暗赤色の塊が、壁の高さの半分まで室内を埋めた。それはもう胸の高さに達し、私は肩までその中に埋まっていた。もうすぐ羅紗の海に覆われ、窒息して死ぬのだと感じた。

息を切らし絶望的に格闘しながら、渦巻く自然力の慈悲に任せて後じさりしたその瞬間、突然、新たな、百倍も恐ろしい現象が私の目を打った。

羅紗の表面全体が、細かな、ごく微細な生きもので覆われていたのである。それは雪のように白く、すばしこいコンマのように、何百万も何億も集まって活発に動いていた。

私の胸の中で心臓が止まった。というのも、この粒々の中に恐ろしく無慈悲な病をもたらす病原菌がいるのがわかったからだ。その生きものたちはすでに私の手を、首を這い回っており、数秒後にはもう口の中に入りそうだ。

はあっ！……。

タイタンのごとき超人的な力で、道をはばむ羅紗の鉄条網を切り抜けると、何かのドアに行き当たり、私は最後の力をふりしぼりそれを内側へ押し、その向こうの空間に突進した。

深い安堵感と幸せに満ちた安らぎの気持ちが、戦いで憔悴した躰《からだ》を包んだ。

私はほっと息をつくと、背後でばたんと閉まったドアにもたれ、奇妙な運命が私を追いつめた部屋に視線をさまよわせた。

そこは天井が低く、縦長で、暗かった。上の方にある格子のはまった小窓の目が室内に監獄か牢屋のような表情を与えていた。壁沿いに長く汚らしい板張りのベッドの列が伸び、その上で人々が寝ていた。

私の向かいにあるテーブルの上で貧弱なランプが燃えており、その光のそばに黒服の男が椅子に座っているのが見えた。そちらへ目をやると、男は立ち上がり、親しげに手を伸ばして私の方へ近づいてきた。

「こんにちは、カジョ！　僕がわからないのかい？」

私は機械的に手を握ると同時に、より強い光を浴びたその顔を自分が知っていることに気づいた。

だがここで奇妙な連想が浮かんだ。目の前に立っている人は近親者だが、もはや生者の世界には属していなかった。数年前に亡くなっていたのだ。そしてここに不可解な一致による驚くべき詳細がある。その死はまさに、私が病原菌を前にして隣室から逃げてきた、あの不治の病の結果生じたものだ。なのに新たな隠れ家の敷居で私を迎えたのは、そのかつての犠牲者なのだった。

私たちは黙ってしばし互いの目を見つめ合った。彼はまるで私の考えを読んでいるか、屍者の全知によって、ここで起きている関係を知っているかのように。——

私たちふたりとも、これがどういうことなのか自覚していた。

ついに彼が話しはじめた。「実際何て奇妙な夢だろう？　短篇小説にうってつけのアイデアだ。エドガー・ポーみたいな？　そうじゃないか？　彼の作品の中にとてもよく似たテーマの一篇があるようにさえ思う」

私はぼんやりとしたタイトルを思い出そうとした。

「確かに――君の言うとおりだ。私が間違っていなければ、それは次のようなものだ」

そして私はもちろん、決して存在したことのない短篇小説の架空の表題を挙げた。己の使命を果たすと、屍者はゆっくりと闇の奥へ去っていき、部屋の薄闇に染み込んだ。

そのとき、なぜだかわからないが、何物にも妨げられぬ何らかの論理のおかげで、私は隣室にいても、もはや何物にもおびやかされることはないと確信した。

私はドアを開けて元の部屋に入った。実際、予感は裏切らなかった。いまやここには明るい朝の陽射しが輝き、幾筋もの流れをすでに空いた床に浴びせていた。羅紗布は窓から紡ぎ出されるのを止め、以前は部屋をほぼ端まで埋めつくしていた巻物は、いまや静かに片方の壁際に高さ二メートルの均一な暗赤色の角柱を形作っていた。

スピロヘータによる伝染病は跡形もない。生地はきれいで、申し分なく、温かく深い色合いの光沢があった。

部屋にいたのは私ひとりではなかった。真ん中に朝の陽射しを浴びて立っていたのは潑溂とした黒髪の女性で、数ヵ月前から知っている人だが、しかし一度も親しい関係になったことはなかった。

あたかも日光と好天と共に、彼女の健康で力強い姿が、いましがたまで暗かった静かな場所を陽気にすべく流れ込んだかのようだった。

頭を少し傾け、片足を前に出して立つ女は、あたかも、すばらしい腰になめらかに張りつくドレスを見つめながら、うまく馴染んでいるかどうか確かめているようだった。

そして突然私は彼女の衣装の色が、壁際で山となっている羅紗地の色とまったく同じであることに気づいた。それは同じダークチェリー色の、光を浴びて温かく輝く羅紗だった。

女はしなやかな腰をかがめ、ちょうどその二つの色を比べているところだった。二色は互いに一致し、眠りの温かさを放つ、完全な彼女の姿とも合致した。

私は興奮して彼女に近づき、自分の頬を彼女の顔のそばに寄せて、――口づけようとした。だが女は半ばいたずらっぽく、半ば真剣に身をひるがえし、断固とした声で鋭くこう言った。

「それはできません、カジミェシュさん。できません。なにしろわたしは知っているのですよ、あなたが少し前までこの部屋にいたことを、あのすべてが起こっていたときに。できません。それはわたしを害するおそれがあります。わたしがどれほど力強く美しく健康であるか、わかりませんか？ わたしが気の毒だとは思わないのですか？ わたしは若いし、長生きしたい。――ええ、そうですとも！ 長く、長く……」

それが一目瞭然であることに怖じ気づき、私は退いた。

ここで夢の糸がほどかれた……。

投影
PROJEKCJE

一八八〇年五月。

私の名はタデウシュ・シニェシュコ、職業は建築家。四十二歳、独身。ペンで幸福を試したことは一度もなく、今日、自分の経験を書きはじめるとするなら、文学的な動機からではまったくない。実は自分でもわからないのだ、なぜこの日記を書く気になったのか、おそらく決して出版されることはないこの日記を。というのも死ぬ前に私はこれを破棄するつもりだからだ。私がこれを書く理由は、ここしばらく自分が経験していることを後付けで自覚し、また、解釈するためなのだろう。いま起きていることは私の視野の中であまりにすばやく、あまりにとらえがたく動くため、文章にとどめることで将来、状況が認識しやすくなるのではないかという気がする。とはいえひょっとするとこの方法で己の人生の現在の無為を償っているのかもしれない。というのも、ここ数ヵ月働くのをやめてしまったからだ。最新の建築プロジェクト実現に疲れ果てた私は、休息と娯楽を目的にここへやって来た。

この町に滞在して最初の数週間は、感じのいい選り抜きの仲間を見つけて、まずまず楽しんだ。だがあるときからなぜかすべてが変わってしまった。遊びに嫌気が差し、人々から距離を置くようになった。この気分の急変が起こったのは十日ほど前、初めて古いトラピスチヌ修道院の廃墟を見に行き、そこから帰った後のことだった。

その夕方は暖かく晴れていたのを憶えている。トルコ石色の天蓋に広がった空の丸天井の下、中世の修道院の輪郭が神秘的に見え、風化した塔の冠が西日の深紅に光っていた。

廃墟から修道院の壁に沿って戻ってきたのだが、壁は無数の割れ目や瘤《こぶ》ででこぼこになり、剝がれた漆喰の疱疹《ほうしん》でにやにや笑い、煉瓦の傷を化膿させていた。所々すっかり腐った庇に覆われた天辺から、蔦《つた》の蔓《つる》がぶら下がり、昼顔が青い滝となって流れ落ちていた。ある所で壁は深く窪み、何やら聖女の像を慈しむように抱きかかえていた。顔立ちを見分けることはできなかった。風化した石が砕けて落ち、頭の形が歪んでいたからだ。ただ裾長の、中程に紐を巻いた修道服だけが、聖女が生前この修道院の住人であったことを示していた。

その曲がった所、スピノサスモモと野生化した薔薇に囲まれて、祠《ほこら》が傾いていた。だれかの敬虔な手によって壺に油が注がれ、点された灯明が、悲しげな墓前の光となってガラスの暗赤色のランタンの中で瞬いていた。どうやら頻繁にお参りされている場所らしく、胸の方へ傾けた救世主の首には薔薇とジャスミンの新鮮な花輪が夕方の風に揺れていた。血のように赤いランタンの輝きは静かにハート型の奉納飾りを、干からびた花々を、ロザリオや黒数珠を滑っていき、キリストの虐げられた黄ばんだ足を舐めた……。

私は悲しく物思いに沈んで帰った。その夜、廃墟とそのひっそりした絶望的な空虚を、静かな修道院の悲しみを夢に見た。目を覚ますと疲れていて、頭が痛く、古い乾燥したハーブの香りと死に瀕した蠟燭の悲嘆を思い出した……。

午後は再び修道院を訪れ、穏やかな悲しみと憂鬱な気持ちで夕方戻ってきた。

こうして次第に私は廃墟に親しんでいき、その周囲で奇妙な、これまで知らなかった、隠れた魅力と神秘に満ちた感覚を味わった。こうして何時間も長く涼しい廊下——そこでは私の足音がとっくに忘れられたこだまを呼び起こした——をさまよったり、天を衝く塔の屋根付きの回廊に立ち入ったり、夕刻、天井の高い食堂を歩き回ったりするのは心地よかった。晴れた日の午後を修道院の壁に囲まれた静寂の中で過ごし、空っぽの寒々しい僧坊や、半ば埋もれ、草が生い茂った礼拝堂を開けてみるのは快かった……。何か秘密の力によってこの廃墟に引きつけられた私は毎日そこを訪れ、いつも同じことをしては、いつも同じ得体の知れぬ不安と魅力を同時に感じていた。

この古い修道院には秘密があり、野次馬たちに見つからないよう深く隠された茂みと地下の若木が、地下道と地下室の網の目となって広がり、遠く遠く、壁の土台までつながっていた。毎日、予想外の物事にぶつかり、毎回新たな発見があった。

私には案内役も城伯も必要なかった。中世の建築技術に精通していたから、複雑な建築の問題は一度ならず直感で解き、すぐに自分の位置がわかった。また修道院の歴史にも詳しくなった。古書店にあった十八世紀の小品に記述を見つけたのだ。この修道院は十七世紀の戦争中に大砲の弾で破壊されたのだが、それより半世紀前に理由は不明ながらすでに無人だったらしい。この歴史上の曖昧な点をより一層暗くしたのが我が隣人、教区教会の雇い人の話で、彼によると、この修道院にはある教皇の破門が重くのしかかっているというのだが、破門の理由を挙げることはできなかった。いずれにせよ前述の爆撃より五十年余り前にはもう修道院には人っ子ひとりいなかったのだ。

また夕方や夜になると、僧坊や廊下を修道服を着た白い人影が歩き回り、葬儀の歌とパイプオルガンの音が聞こえるという噂もあった。春、とりわけ五月には、廃墟からすさまじい笑い声のこだまと、女の鋭い忍び笑いが長々と聞こえたという。

無論、この親切な年寄りの雑談は、私が修道院を訪れる熱心さにはちっとも影響しなかった。この話全体を私はロマンティックなスパイス、廃墟の図をひとつの様式として補う、一種の装飾だと考えていたのだ。どんな廃墟にも神秘的な歴史があり、呪われた魂たちは罪を贖わなくてはならない……。

ある晩、私はいつもより遅く散歩から戻った。その日の午後は何度か塔に登ったのだが、時間に腐食された階段は一歩ごとに崩壊の危険があった。そのためいささか疲れを感じていた。

明かりを点け、物思いに沈んで机のそばに腰を下ろし、顔を手のひらで覆った。しばらくして両手をはずし、窓の外を見ると、もうとっぷり日が暮れていた。日除けカーテンをおろして再び座ると、なんとなく室内に目をさまよわせた……。突然、向かいの壁にくっきりとした鍵の影があるのに気づいた。

きっと幻を見ているのだと思いながら近づいてみると、実は自分の目が間違っていないことを確認した。壁には正確に鍵の輪郭が見えていた。それは大きくて、ギリシャ文字の〈シグマ〉形の二つの巨大な鍵山があり、人の手のひらサイズの頭がついていた。

「ふむ、どこからここに来たんだろう？　どうやったらこんな影ができるのか？」

そして注意深く周りを見回した。だが周囲のいかなる詳細も投影を説明しなかった。室内の家具はいつもどおり、それぞれ決まった場所にあった。そもそも鍵の形を投影できるようなものはひとつもなかった。天井の電灯は、室内にある物体どうしが互いに光源をさえぎらないような位置についており、光はくまなく届いていた。

「面白いこともあるものだ。ひょっとして本当に何かの鍵が天井からぶら下がっているんじゃないか？」

この推測も明らかに嘘だとする自分の目が信じられず、私は椅子を机の上に載せ、この不自然な足場に登って、片手で天井下の空間を探ってみた……。鍵はなかった

——指は空を切った。

「なんてこった！　おかしな現象だ！　見えない物の影だなんて！　まるでおとぎ話じゃないか！」

私は取り繕ったが、本当を言うと、何だか気分が悪かった。そこで壁に背を向けて、フローベールの小説に没頭した。だが、背後で謎の物体が暗い輪郭を描いていると思うと落ち着かず、数分後にまたそちらの方へ目をやった。

鍵は消えていなかった！　それどころか、影絵はみずみずしさと力強さを増したかのようだった。私は暖炉の衝立を壁際へ寄せ、それでもって謎の鍵の影絵を覆った。衝立の影が長方形の枠で影絵を飲み込み、私の目から隠した。ようやく安心して読書に戻ると、真夜中まで読み続け、それから明かりを消し、神経質で落ち着きのない眠りについた。夢に現れた修道院の廃墟は幻想的なベンガル花火に照らされ、回廊では大勢の修道女が歩き回っていた。

＊＊＊

一八八〇年六月二日。

一週間、間が空いたが、再び書きはじめよう。病気だったので日記をつけなかった。とはいえ、その間、重要なことは何も起こらなかった。鍵の影はさらに数日連続して現れ、これまでのところ原因を突き止めることはできていない。その上、今夜は何やら別の図が出現した。前のと同様、謎めいており、やはり物理的な基礎を欠いている……。それはかすかな、きわめて弱々しく描かれた四角い枠の輪郭で、鍵から数インチ離れたところにある。この影、というか半影は、曖昧なスケッチといった印象を与える。その四本の線の間に何かがぼんやり見えるのだが、それが何なのか――いまはまだ言えない。すべてがあまりに不明瞭で、ただしるしを付けただけのようだ。もしかしたら将来わかるかもしれない……。

六月三日。

私の鍵に相当するものを現実に見つけたようだ。今日の午後、修道院のとある回廊をさまよっていたら、何やら鉄の物体にぶつかり、それが足元で音を立てた。かがんで拾ってみると、大きな錆びた鍵で、ここ一週間、自室の壁に映っているのとそっくりなのだ。私はそれをポケットにしまい、いまそれは目の前のテーブルの上にある。だが、奇妙なことに――その夜、明かりを点けても、もはやその影は見えなかった。永遠に壁から消えてしまったのだ。残念！　廃墟で見つけた鍵と比べたかったのに。あれは同じ鍵の影だったと確信している。形も大きさも寸分たがわず一致していた。この少々奇妙な確信をうまく説明できないが、それでもやはり私は、本当にそうなのだと誓うだろう。ただ、現実に鍵を見つけたのと同時に、突然その影が消滅したのは不思議だ。それは実際に投影のように見える。ただ口語的な意味とはいささか異なる意味で……。

でも結局のところ目的がわからない――このすべては何のためで、何を目指しているのかがわからない。もしかしたら何かの指示かもしれないし、予告かもしれない――私は憶測の中で迷っていた……。

鍵の影が消えるのと同時に、それまでぼんやりしていたもうひとつの影、あの枠のような図像がはっきりしてきた。今日、線はもう、前の幻の消失を埋め合わせるかのように、くっきりと力を得た。昨日はまだぼんやりしていた、ゆるんだ蜘蛛の巣のような、四角形の真ん中の消えそうな網状の染みが完全に明瞭に現れている。現時点でそれを見ると、格子のはまった窓の図であるという確信を得る。だがこの格子はどうやら真ん中が欠けているようだ。まるで大きな大砲の弾か、何か重たくて硬い物が突き破ったかのように。石だろうか？　格子の影は中心がもぎ取られ、大きな白い穴がぽっかり空いている。子供っぽい気まぐれで、頭をその想像上の穴に当ててみると、大きさが私の頭蓋骨の幅にぴったりだとわかった。

仮にそこに――私はにんまりしながら思った――この格子の外に美しい修道女が

隠れていたら、どうにかこの裂け目越しに彼女に口づけできるだろうな。頭をこの穴から向こう側へ出せばいいのだから……。ほーらここだよ、お嬢さん——ほーら！……。

六月十五日。

ここ一週間、格子窓の影と戦っている。頑固な影だ！　衝立で覆い隠そうとするたびに、影は上へずれて、私の頭より上に現れるものだから届かない。もう何度かテーブルの上に登り、言うことを聞かない影を覆おうとしてみた。無駄だった！　影は衝立の枠から逃げ出し、別の場所に現れる。今日は反対側の壁の、鏡の真上に移動した。さまよう影！……。

とはいえこの放浪は疲れるようで、いまや影は前より弱々しく、縮んだようだった。窓は数十センチメートル・サイズまで小さくなった……。

六月十七日。

壊れた格子の投影はすっかり矮小化した。今日は小さな、数センチメートルの矩形となって、どこか天井のすぐ下に浮かんでいる。その代わり、とても繊細で精巧な絵が新たに出現した。それは中世の洗礼盤の影に見える。両脇にひとりずつ翼を持った天使がついている。もう衝立でそれを覆ったりはしない。そんなことをしても無駄だとわかっているから。もっとも今日それはもはや私をいらだたせない。ただ興味がある、これがどうなるのか？……。

六月三十日。

気違いじみた話だ！　仮にだれかがこの告白を読んだとしたら、私を狂人と見なすだろう。だが私は精神的に完全に健康で、真実を話している……。

窓の像はいまのところ消えていない。縮小サイズではあるが、ずっととどまっている。もしかするとこれがこの影の物語全体の主要モティーフなのかもしれない！わからない。いずれにせよそれは繰り返し現れ、他の像が万華鏡のように変化している間、あの天井の下にしぶとく居座っている。不思議な影たちのライトモティーフ！……。

さて今度は手短に、昨日壁に見えたものを語ろう。短く簡潔に語るのは、汚らわしく冒瀆的だったからだ。もしもこれが私の病んだ脳の所産であるなら、どうか路上で私の頭を犬のように撃ち抜いてくれ！……。

話はこうだ。

明かりをつけると壁に現れたのは、すでに十三日間私を悩ませている洗礼盤の影だった。私は疲れたまなざしで見た——両縁が曲がったどっしりとした杯に身をかがめた天使たちの意地悪く歪んだ横顔を……。

　すると突然、器の中から何かが起き上がり、何か棍棒状のものが大きく膨れだした……。私は急にぞっとして、嫌らしさに目を背けた。

　洗礼盤から屹立したのは巨大な男根だった……。

　七月二日。

　とはいえ、投影は現実と何らかの関係があるようだ。投影と人生とを――少なくとも私の人生とをつなぐ、秘密の部材や接着剤が次第に明らかになってくる……。

　今日は確信した――ひと月前に見つけた鍵が私を大いに助けてくれるはずだと。それは実際役立った。いつものように廃墟を歩いていたら、これまで知らなかった地下の歩廊の跡に出くわした。それは修道院の右翼、地下三メートルの所に伸びている。これまで私はいつもこうした曲がりくねった歩廊に何の障害もなく入ってきた。歩廊は私の前に穴となって立っていた。たとえ扉があっても、たいてい少し開いているか、細い隙間があって――強めに押せば開いた。今日初めて、件の翼の歩廊に通ずる門がぴたりと閉ざされているのに出くわしたのだ。取っ手を押してみたが――扉は開かなかった。足でこじ開けようとしたり、全体重をかけたりしてみたが、駄目だった。明らかに鍵が掛かっていた。奮闘に疲れ、向かいの石に腰を下ろし、頑固な両開きの扉をよく見てみた。面白い門だ！　おそらく全体は青銅製《ブロンズ》で、下から上まで六面に配置された浅浮き彫りに覆われており、各面は四角い縁で額縁のように囲まれている。浮き彫りの保存状態は驚くほどよかった。きれいで明瞭な図――年月の緑青はそれを損なっていなかった。

何という主題だ！　私は『魔女に与える鉄槌』〔一四八六年に異端審問官ハインリヒ・クラーマーによって書かれた魔女に関する論文〕に書かれた恐ろしい行いを本当に信じはじめ、聖なる異端審問の狂信に驚くのをやめる。

私は石から立ち上がった。

いちばん左上の面はこうだ。全裸にロザリオを巻きつけただけの修道士が、半裸の修道女を革帯で鞭打っている。打たれた女の顔は果てしない痛みと喜びを示している。

その隣の面では修道女のヴェールをかぶった数人の女が裸で何か途轍もない輪舞を踊っている。三番目の図は――男根崇拝、その冷笑癖《シニシズム》が下劣、実行にあたっては野蛮で、残虐性で誘惑するのだ。下段の彫刻は《黒ミサ》の三つの場面を描いており、その厚顔無恥は強烈で、恐ろしく、荒々しく、狂っている。

これは期待できる門だぞ！　背後に何を隠しているのだろう？　私は再び扉を蝶《ちよう》

番《つがい》から破ろうとしたが、無駄だった。そのとき不意に、見つけた鍵のことを思い出した。ここ数日、なぜだかわからないが、ポケットに入れて持ち歩いていたのだ。

「もしかしてこの門の鍵では？」

錠に差し込んで、回すと――あら不思議！　錠は耳障りなきしみをあげ、扉が動いて、地下の廊下の黒々とした穴が姿を現した。むっとする黴《かび》臭いにおいが井戸の発散物となって私を打った。長いこと閉ざされていたらしい内部は数世紀を経て有毒な息をしはじめた……。

いまあそこに入るのは危険だ……。まずは換気をしないと。数日後ここに戻ろう。扉は開けたままにしておいた……。

七月十五日。

冒瀆的な洗礼盤の影がついに消えた。もうあれは見えない。だが〈主要モティーフ〉の方は続いている。再び大きくなり、天井直下の高い所から降りてきたようでさえある。壊れた格子はいまや壁の中程の高さに黒く見えるのだ。私を思い出《リメンバー・》して《ミー》！

また何か新しいものの萌芽もある。透明で蜘蛛の糸のように繊細なショールがいくつも壁に紡ぎ出され、それぞれぼやけた渦を巻き、ゆらゆらした中心に集まっている。何かが起こりそうだ……。

あるときから私の部屋の壁に現れているものと修道院の壁との間に関係があることは、今日ではもはや疑いない。ただこうしたすべての目的が私にはわからないし、意図を理解できない……。

数日前私はカルトジオ会大修道院の不詳の修道士による神秘主義に関する論文を手に入れた。そこに書かれた見解はとても私向きで、ここ数ヵ月間に目撃した現象を部分的にではあるが説明してくれるかもしれない。

論文の著者は、目に見える形に凝縮された思考の投影について語っており、一見存在しないような物体の幻について長々と広範に書いている。この一連の説明における中間リンクとして、私の側から付け足したいのは、現《うつつ》の閾《いきか》下に存在し、自我の茂みに潜む、意識下の思考の問題である。

だが、この奇妙な出来事の中で、私以外の何らかの力が、ひょっとして敵対的かもしれぬ力が協力していないかどうか、一体だれが保証してくれるのだろう?

時折不安に、恐ろしい不安に襲われ、日暮れ前になると息が詰まる。最近、夜は闇の中で過ごしている。というのも明かりを点けて壁を見る勇気がないのだ。住まいを変えるか、だれかと共同で部屋を借りるか?……。

七月二十日。

前回言及した眠たげな幻影がはっきりした形をとった。ぼんやりしたものから明瞭な影が壁に現れた。それは世にも美しい修道女の横顔であった。傷ひとつないきれいな輪郭を持ったローマ風の顔、鷲鼻、幅広いヘナン帽の下の神々しく隆起した額。古典的ヴェスタルカ〔古代ローマのヴェスタ神殿で神聖な火を守る巫女〕の頭だ。壁から目を離すことができない……。

七月二十五日。

昨日、地下の新たな枝道を発見した――長い、果てしなく長い歩廊は、狭い首となって、遠く遠く街の外まで伸びている。私は長い時間そこを歩いた。そこを抜けると石造りの中庭に出た。雑草が生い茂り、壁やゴシック様式の張り出し窓の残骸があった。

これも何かの廃墟だが、明らかにあちらの続きではない。これは別の、やはり修道会の特徴を持った、それ自体で閉じた建築物である。とにかくトラピスチヌ修道院からは遠すぎる――ほぼ半マイルの道のりだ。――なぜか私は間違っていなかった。いまはもう知っている。これがシトー会大修道院の残骸だということを……。

したがって地下通路は存在していたのだ……。

七月二十六日。

仕事場から隣の部屋に移り、いまはずっと寝室にいる。美しい修道女の影から逃げたのだ……。

七月三十日。

何もかも無駄だ。ヴェスタルカの影はここ数日私を追い回し、悩ませている。ここ、寝室のベッドの上にも現れた。

その横には不吉なミニチュアの格子が……。

八月二日。

いましがた医者の所から戻ってきて、暗い室内に座っている——彼女の唇と長い絹のような睫毛の動きが見えるのではないかと不安だ。というのも誓って——それらは動くのだ！　昨日それに気づいた。すばらしい形の口が突然開き、無言の不平に震えた。彼女は話したがっている！　そしてあの穏やかな睫毛の動き。絹のような房を突き出し、再びまぶたの奥へ引っ込むのがはっきりと見えた。震えが私の躰《からだ》を駆け抜ける——悦楽と同時に恐怖の震えが。瞬く影……。

八月四日。

一時間前に修道院から戻ってきたが、いままで落ち着くことができない。全身が熱病のように震えている。熱があるに違いない。ハンマーでたたいたように脈打っているから。鏡を見て自分におびえた。顔色は亜麻布のように青白く、髪の毛は頭上に逆立ち、狂人の目を向けている。恐ろしい遠征だ！……。

先月発見した歩廊をようやく訪れた。実際、これまで油断なく歩廊を閉ざしていた門には、内部の秘密に大変ふさわしい、凝った彫刻がある……。

燃える木切れを手に私は急な石造りの階段を降りていった。よどんだ空気はもう少なかった。ひと月以上換気したおかげで大気はきれいになっていた。にもかかわらず光はかすかな病んだ炎となってちろちろと燃えた……。

こうして十五分間歩くと脇の歩廊へ曲がった。ここで地面はより一層低くなり、壁の間の空間は人体の大きさにまで狭まった。ときどき低い天井に頭をぶつけながら、苦労して前に進んだ。突然歩廊が終わり、広い、半球形の天井がある、蜜蜂の巣形をした部屋が開けた。

松明を石の壁龕《へきがん》に置くと、彷徨に疲れた私は壁にもたれ、額の汗を拭った。灯火のかすかな炎が湿った壁を舐め、黴の生えた斜面をものうげに通り過ぎ、影になった隠れ家をのぞきこんだ。最後にその長く伸びた舌は反対側の内部に落ち、腐った木でできているらしい、角のある物体をいくつか照らしだした。

私はその方向へ数歩踏み出し、それらを詳しく調べようとした。それは何か大きな箱で、角に金具がしっかり打ちつけられていたが、上は開いており、蓋はなかった。そのうちのひとつに身をかがめようとしたとき、穏やかな藍青色の輝きが横から私を打った。そちらを向くと、その青い光は、この先の地下道の長く狭い首の終わりから来ていることに気づいた。どうやらこの部屋は枝道の最終駅ではなく、もうひとつ別の出口であって、曲がりくねった回廊のさらなる網目に続いているのだった。もしかしたら、終わりから光が差してきた、この歩廊こそが地下迷路の最後の枝道で、そこからはもう世界と日光の下へ抜け出せるのではないか？　ただそれじゃあ、あの青い光はどこから来たのだろう？　修道院の壁か、ステンドグラスの残骸から跳ね返った空の反射だろうか？

とはいえここからは首の出口の穴は全然見えなかった。光は斜めに曲がった壁の向こうからやって来たようだ。それに角の向こうから奇妙な輝きが差して、丸天井の一部を照らしていた。この新たな細部に興味を引かれ、この首の最後まで入ってみることにした。もしかしたら地下の反対側に出られるかもしれないと期待したのだ。だが差し当たって箱を調べる必要があった。

暗闇の中で指をさまよわせながら、いちばん近くの箱に手を沈めた。いきなり何か硬くて滑らかな物に手が触れた。つかんで底から引き出した。それは人骨――小さな、細い脛骨《けいこつ》だった。松明を持って箱の上に身をかがめたとき、中に子供の骸骨が山になっているのに気づいた。無秩序に重なりあって投げ出されていたのだ――腐った襤褸《ぼろ》の、悪臭を放つ布の、朽ち果てた経帷子《きょうかたびら》の中に……。

私は無垢な者たちの地下納骨堂から飛び出し、ひっそりした回廊や行き止まりの歩廊を全速力で駆け抜け、階段をようやっと登って外の世界に出た……。

いまはここ、自宅の机のそばに座り、熱病の痙攣に震えている。頭の中は混乱し、血管は高熱を帯びている。目の前の壁を見て、悪魔ヴェスタルカの横顔を探す。――奇妙なことだ！　もはやない！　跡形もなく消えてしまった。それと共に〈主要モティーフ〉も。壁はきれいに空っぽ。何も《タブラ・ラーサ》ない！　ついにこの出来事も終わったのか？

八月五日。

墓室で目にしたものに興奮し、長いこと眠れなかった。ついに明け方近くなって、陰鬱な恐怖の場面ばかりの嫌な眠りに落ちた。

修道院の地下と果てしなく枝分かれした地下通路の夢を見た。そのうちのひとつを、血のように赤い松明の光に照らされ、修道士と修道女の行列が進んでいた。彼らが着ているのは暗い色で丈の長い喪服だった——顔は頭巾でぴったり隠されていた。長く伸びた列になって黙って歩いていた。

ひとつの松明ともうひとつの松明の間で、修道士が二人ずつ、地面の方へ垂れ下がる黒い経帷子に包まれた重い物を担いでいた。不意に一枚の屍衣がほどけ、その下から突き出たのは硬直した青白い子供の手だった……。

葬列は、私が知っている蜂の巣形の納骨堂に続く歩廊へ曲がった。ここで修道院の葬儀参列者たちは経帷子を広げ、その布に沿って亡骸を櫃《ひつ》へ転がし落としはじめた。ひとりの修道女が反射的に、ゆっくりと落ちてゆく小さな躰に駆け寄って、唇を押しつけた……。だれかが暗闇の中でそっと泣いていた……。

突然、行列の先頭にいたカサマツのようにすらりとしたしなやかな女が振り向き、ヴェールを投げ捨てると、私の方を見た。

私は身震いした。ヴェスタルカだ！

彼女は歩廊の青い湾曲部を指差すと、私に向かってうなずいた。

「来なさい！　私の後について来なさい客人よ！」

そして堂々とした調和のとれた足取りで歩廊の奥へと遠ざかりはじめた。

「いいや、おまえにはついていかないぞ！」私は全力で魅惑的な命令に抵抗しながら叫んだ。

そして、その叫び声を口にしたまま私は目を覚ました……。

ところが、それでもやはり私はあそこへ行くだろうと感じる。私が行くのは、どうしても行かなければならないからだ。どうとでもなるがいい！　今日夕方前に行くとしよう……。

日記出版者によるエピローグ

一八八〇年八月の初めパリで、広く評価されている建築家タデウシュ・シニェシュコが跡形もなく姿を消した。判明したのは偶然のことで、知人のひとり、Z氏のおかげである。長いことシニェシュコが社交クラブに現れないので心配になったZ氏は、彼の住まいを訪ねた。隣人や建物の管理人に訊いてみると、もう長い間だれもシニェシュコを見かけていないことがわかった。ぴったりと閉ざされていた住まいのドアがこじあけられた。室内に建築家はいなかった。Z氏が見つけたのは机の上にあったシニェシュコ手書きの日記だけで、最後の日付は八月五日だった。手稿の内容は、どの方向から捜索を始めるべきかについて、いくつかの指針をもたらした。T・シニェシュコは最近どうやら神経衰弱にかかっており、自分の状態を自覚して、人を避けていたようだ。その代わり、自分の住まいからほど遠からぬ距離にある古いトラピスチヌ修道院の廃墟に足繁く通っていた。そこでも最初の捜索が行われた。だが警察のあらゆる努力は水泡に帰した。シニェシュコは見つからなかった。ただ、修道院の土台に数多ある地下通路の迷路のどこかで死んだのだと推測された……。

ようやく一年後、偶然が秘密を発見した。ある日、どこかの老婆が廃墟の南斜面でハーブを摘んでいたとき、修道院のとある地下道の出口の窓格子から、骸骨の頭が突き出ているのに気づいたのである。

恐ろしい発見のニュースはたちまち町に広まり、当局に警告を発した。直ちに到着した委員会は死体の身元を一年前行方不明になったシニェシュコであると確認した。壁を壊して、その穴から中へ入った。

現場を調べた後、警察当局は、シニェシュコは不運な事故に遭ったとの確信に至った。おそらく地下を歩いていて、知らない歩廊に迷いこみ、ここで傾斜地を激しく下の方へと転げ落ち、ついに格子のはまった窓まで行き着いたのだろう。奇妙な偶然で不幸な男の頭は、はるか昔の時代に流れ弾によって格子に空いたという穴を突き抜けていた。死に至った経緯は次のようであったと思われる。シニェシュコは転落後、意識を取り戻すと、自分の首を絞めつけている鋏《やつとこ》から逃れようとした。それで勢いよく、ぐいと後ろへ身を引いた——だがそのせいで彼は破滅したのだ。壊れた格子の外向きに曲がった刃が喉に突き刺さり、気管を切断した。最も恐ろしい苦しみの中で、地面からほんの数インチ上にぶら下がり、頭を鉄棒に貫かれて、彼は息絶えたのである。

屋根裏

STRYCH

日曜の午後だった。暑い八月の太陽が家々の屋根に照りつけ、息苦しい炎暑が集合住宅の壁の窪みでまどろんでいた。

三時、昼食後の休憩時間。窓には鎧戸か麻の日除けが下ろされ、室内は外の陽射しの狂宴から切り離されていた。階段で人の動きは止まり、道路の活気も麻痺していた。ただ女中たちだけは日曜日の娯楽の準備に忙しかった。ときどき廊下に現れるのは、木製のバケツを持って流しかごみ箱へ急ぐ若い女たち――大急ぎで顔を真っ赤にして、こんなことをしていては〈お出かけ〉に遅れてしまうとやきもきしていた。三十分後には教区教会から鐘の音が鳴り響き、夕方の礼拝に人々を呼び集めるだろう。食器を片づけて、台所のむっとする空気から抜け出す、大いなる時間だ。

中庭の井戸のそばでは色褪せた藁布団の上で守衛が躰《からだ》を伸ばし、夢うつつで日光浴をしていた。その横では、この建物に居着いている、タールみたいに真っ黒な老犬ツィガンが、落ちくぼんだ胴体を犬小屋の奥に伸ばし、舌を出してはあはああえいでいた。雌鶏が二、三羽、羊歯《しだ》の茂みをのろのろとほじくりかえしていた……。

二階の回廊の曲がり角で椅子に座っていたのは十四歳のヴィーシャだ。少女の黒い情熱的な目は向かいの廊下の暗い首を落ち着きなく見つめたかと思うと、今度は頭上の玄関の窓の方を見上げた。

ヴィーシャは待っていた。ふっくらした手をもどかしげに動かして、黒檀のように黒い髪の滝を耳から払いのけると、だれかの足音に耳を澄ました。ほどなく、がっかりして頭を振った。

――あれはグジェシじゃない。――悪い子！　お昼を食べたらすぐ来ることになってたのに、もう三時過ぎ、なのに現れないなんて。あんまり急いでデザートを食べたから、ついに母さんが気づいて、理由を訊かれてしまった。そのときは、今日中に本を読み終わらなくちゃ、明日友だちに返すことになってるの、と嘘をついた。

彼とのデートに遅れないように嘘をついたのだ。なのに彼ったら……。

ヴィーシャは泣く前のように妙に喉が締めつけられる気がした。それが彼女を憤慨させた。いいえ！　泣くもんですか！　むしろ部屋にこもって、まるまる一週間あの嫌な奴には姿を見せてやらないんだから。

そしてもう立ち上がり、その意図を実行しようとしたのに、足が言うことを聞かなかった。少女は急にからだが重くなったように感じた。

――もしかして彼は見張られているのかしら？　また先生と一緒にあの退屈なレッスンをしているのかな？　もう少し待っていなくちゃ。

背中を壁にもたれ、両足を日なたに伸ばした。日光の流れが剝き出しのふくらはぎを覆い、膝をくすぐった。ヴィーシャは気持ちよさそうに目をつぶった。まるでグジェシにキスされてるみたい。彼の唇はいつだってこんなに熱い。こんなに甘くて力強い唇なの！　それに彼女を見つめるまなざしのすてきなこと、深く深く目を見つめるから、ヴィーシャは息を詰めて、何だか変な、とっても変な気持ちになる……。わたしの大好きなグジェシ！　母さんよりも、父親よりも、世界中の何よりも優しい！　彼がいつも彼女にキスし、抱きしめ、愛撫する仕方といったら……。

ふたりは一年前に回廊で知り合った。彼女がいつものように自分の角で本を読んでいたら、彼も本を持って出てきて、数歩離れた手すりにもたれた。そのときはまだひと言も交わさなかった。ただ彼はひっきりなしに彼女を見つめ、別れ際に軽く頭を下げた。それ以来ふたりは毎日同じ時間に会うようになり、様々なことを小声で話しあった。

そのとき彼はまだ彼女にキスしなかった。ふたりとも恥ずかしかったのだ。回廊ではだれかが窓から見ているかもしれなかった。二、三ヵ月後、彼は彼女に口づけをした。その最初のキスを思い出すとヴィーシャはいつもかーっと熱くなるのだった。どんなふうだったか全部正確に憶えている。グジェシはいつものように彼女の角のそばに現れて、はじめにひと言ふたこと話したあと、声を小さくして囁いた。

「一緒に廊下へ行こう」

「駄目よ。もし見られたら?」彼女はやんわりと抵抗した。

「気づかないさ」グジェシは彼女をなだめた。「自分ちに帰るふりをして僕が先に行って、あそこで待ってる。君はここにもうしばらくいて、それから僕の後について来るんだ。だれも気に留めないさ。ただほんのちょっと、ほんのつかの間だけ楽しもうよ」そして懇願するように彼女の目を見つめながら付け加えた。「ヴィーシャ、拒まないで!」

そしてヴィーシャはついて行った。あの長く暗く果てしない廊下を歩いていった。陰鬱な奥の方へ目を向けるたびに、いつも奇妙な不安に襲われるあの廊下を。

そこで彼は初めて彼女にキスをしたのだ。不意に闇の中でつかまえられ、抱き寄せられたとき、恐怖の叫びをあげそうになったことを憶えている。それは恐ろしかったけれど、同時に甘くもあった。だれもふたりに気づかなかった。というのもすぐに別れて自分の家に帰ったから。

それ以来ふたりは毎日、黒い廊下の細首で数分だけ会った。ヴィーシャにとって奇妙で神秘的な瞬間だった。場所に対する得体の知れぬ恐怖と、禁じられた何かの感覚が、少女の願望の魅力と溶け合って、何かすばらしい、錯綜した唯一の感覚になり、それは痛々しい恍惚に目を覚ました少女の全存在を激しく揺さぶるのだった。まどろんでいる血の流れは次第に強まる震えで彼女の若く早熟な美しさを揺さぶり、熱く湿った欲望を焚きつけた。グジェシはそれを感じ取って煽ることができた。彼は様々な遊びを発明した。

やがてふたりは廊下が不便で、あまり安全ではないことを知った。もっといい隠れ場所を探す必要があった。

グジェシは気づいた――がらんとした玄関ホールの奥の扉はつねに閉まっていて、

これまでだれかが使っているのを見たことがない。扉の向こうに部屋はなく、集合住宅の後ろの壁がどこかの空き地に面しているだけなのだということも、やがて確信した。この建物はすでにとても古く、かつては明らかに向こう側に続いていたのだが、火事で向こうの翼全体が崩壊したとき、けちな家主はぎざぎざの壁を平らにするよう命じただけで、残りは建て直さなかった。この扉は昔の状態の痕跡、古い住居の残滓《ざんし》だった。

奇妙なジグザグが刻まれ、チョークと木炭の無数の落書きに覆われた外側の扉は、掛け金でゆるく閉まっていただけで、縁から離れた。何度か鑢《やすり》をかけさえすれば外扉が開いて、二枚の扉の間に幅広い空間が現れた。

この空間がふたりの愛の聖堂となった。グジェシはここで快適に過ごせるよう、両親の納屋から盗んできた古くて脚の揃っていないベンチを置き、短い脚を石で支え、ぼろぼろの絨毯を敷いた。この隠れ家は申し分なかった。ここならだれもふたりの居場所を突き止めることはできなかった。

マッチの光か、半開きの扉から入ってくるぼんやりした光に照らされた、このほぼ完全な暗闇の中で、ふたりは夢のように短く、夢のようにすてきなひとときを過ごした。ここ、この狭く窮屈な空間で、彼らは初めて触れることの秘密に精通し、肉体の相互性の喜びを評価することを学んだ。

試みを繰り返すうちに独創性が高まり、可能な使用範囲が拡大した。ふたりは欲望を満たす別の方法を見つけることに全力を尽くし、繊細さと洗練さにおいてますます向上していった。だがふたりとも方法の不十分さと永遠に満たされぬ飢えを感じており、それは代用品ではごまかせなかった。こうした短い瞬間を幾度か過ごした後、ふたりは戻っていった——頬を紅潮させ、躰をほてらせ、満ち足りず、明日への欲望を携えて。そして明日はきっと、新たな炎、新たなセンセーション、新たな幻滅をもたらしてくれるはずだった……。

昨日の逢引きはいつもより短かった。グジェシはほんのちょっと立ち寄っただけで、とても急いでいた。出ていくとき、秘密めかしてこう言った。

「新しい場所を見つけたんだ。僕らはもっと自由になれる。それに新しい遊びも思いついた。君が夢にも見たことがないようなやつさ。でもここじゃそれはできない。あそこなら——話は別だ」

ヴィーシャは唇を彼の唇に押しつけた。

「何かもっと楽しいこと？」彼女は囁いた。

「うん。父の本で読んで知ったんだ。大人たちがどうやって遊んでいるか、もうわかった。明日は日曜、両親は出かけるから、僕は映画館に行ってこいってさ。留守を利用しよう。もっと長い時間使えるよ。君は君で自由に動けるようにしてくれるよね。どうしたんだい？　来るだろ？」

「来るわ」

彼女は微笑んで彼の首に両手を投げかけた。

そうしてふたりは別れた。その夜ヴィーシャは不安な夢を見た。夢に出てきたのは長く黒い廊下で、その喉からこちらの方へだれかの痩せた腕がぬっと突き出してきて、彼女を奥へ引き込もうとするのだった。彼女は全力で身を守り、必死にもがいて悪夢に抵抗した。ついに戦いに疲れて、底なしの深淵に滑り落ち、意識を失った。明け方遅く目覚めたときは、くたびれて青ざめていた。

午前中はのろのろと過ぎ、堪《た》えがたく退屈だった。心臓を高鳴らせて昼食を終えると、母親が昼寝しているのをいいことに回廊へ抜け出し、ここで彼が来るのを待った。だが彼は遅れていた。ヴィーシャの待ち遠しさは不安と好奇心に刺激されて刻々と募った。彼女は立ち上がると、つま先立ちで忍び寄りながら窓の列を過ぎ、玄関ホールに続く扉の方へ近づいた……。

突然彼女は身震いした。遠くの左側で一瞬、慎重に扉がきしむ音と、鍵を錠に入れて回す音が聞こえた。グジェシが近づいてきた。

玄関ホールに現れた痩せた十六歳の少年は、柔和で女性的な繊細な顔だちをしていた。彼の菫色の目は物思いとみだらなメランコリーの霞に覆われ、回廊の踊り場と階段をすばやく一瞥するなり、少女をじっと見つめた。彼は両手に彼女の天鵞絨《ビロード》のような温かな手を取ると、暗い廊下の深淵へと引っ張っていった。

「ヴィーシカ！　すてきな黒眉の君、来てくれたんだね？」情熱的に彼女を抱き寄せながら彼は囁いた。

彼女はもう己の口の濡れたみずみずしい桜桃を彼に差し出していた。

そっと足音を忍ばせ、ふたりは黒い細首の終わりにたどりついた。少女は扉の取っ手に片手を置いた。グジェシが彼女を止めた。

「今日は別の所へ行こう。僕が昨日言ったことをもう忘れちゃったのかい？　もっといい場所を見つけたんだ」

ヴィーシャは問いかけるように彼の目を見た。

「こっちだ」と答えながらグジェシが片手で示したのは、壊れた、薄闇の中でほとんど見えない階段のうねりで、それは扉の右翼の脇から上に続いていた。

「古い屋根裏？」彼女は思わずぞっとして退きながら訊いた。「ここはもうだれも通らなくなって何年も経つ。階段は磨り減って腐ってるわ」

「怖がらないで、ヴィーシカ――安全に登れるよ。何度か行ったり来たりしてみたけど、足元でたわんだ段はひとつもなかった。扉の鍵を持ってきたんだ――上がってみよう、僕たちの寝室に」

少女は躊躇した。

「何だかとても怖いの。あそこはあんなに暗くて恐ろしい。階段の終わりが見えない。わたしたち途中で落ちるかも」

「子供みたいなこと言うなよ」彼はいらだって叱った。「木切れとマッチがある。それに僕たち一緒に行くんだし。君を支えてあげるよ」

彼女は黙って譲歩した。ふたりは階段を登りはじめた。ヴィーシャが前、グジェシは後から、暗がりを松明の光で照らしながらついていった。

階段はしばらく真っ直ぐ上へ向かった後、右に曲がって丸天井の晦冥《かいめい》に消えていた。ちろちろ燃える炎は黴《かび》で湿った壁に滑稽で恐ろしい大きな怪物じみた奇妙な影をおびき出した。そいつらの仕草におびえて、おぞましい大蜘蛛たちが壁を斜めに大急ぎで走り抜けていった。

朽ちた階段はおずおずと静かな不平のきしみをあげ、足元からさらさらと赤褐色の朽ち木が崩れ落ちた。

　こうしてふたりは階段の曲がり目を過ぎ、螺旋を描いて天辺にたどりついた。

「止まって」少年が囁いた。「目的地に着いた。今度は僕が一段先に行って、扉を開けるよ」

　彼は上へ近づき、頭で天井に触れた。階段は旧式の水平扉で終わっていた。少年は巨大な錆《さ》びた鍵を取り出して、錠に差し込んだ。何度か失敗した後、閂《かんぬき》がはずれた。

「ちょっと持ってて！」

　彼は少女に松明を手渡し、それから腕を伸ばして扉を支えた。跳ね上げ戸が持ち上がった。そこにできた隙間を通じて屋根裏から空気が流れ落ちてきて、明かりを消した。

「グジェシ――どこなの？」

「ここだよ。手を出してごらん」

　少女は強くて温かい握手を感じ、数歩上に登った。扉はゆっくりと水平から傾いていき、グジェシの手で下から押されて直角を描いた。

　少年は戸口に立って、背中で扉を支えながら、連れの少女を通した。

よろめきながらヴィーシャは最後の段を通り抜け、安堵のため息をついて屋根裏の床の上に立った。そのときグジェシは跳ね上げ戸の縁をつかみ、そろそろと傾けて水平に戻しはじめた。

「何て忌々しい戸」少女は言った。「こんなに獰猛だなんて、釘と鉤だらけ！」

確かに、戸は意地悪く見えた。開口部の縁に接している可動式の長い桟全体に、間隔を空けて鉄の鉤が付いており、それが鉤爪のように床の対応する切り込みにはまるのだった。

「えっ、ばかばかしい。そんなの気にすることないよ」

彼は躰を弓形に曲げ、落下の勢いを全力で止めながら、戸を慎重に元の位置に下ろした。

「これで僕たちふたりきりだね」彼は目に奇妙な閃《ひらめ》きを浮かべて彼女の方を向いた。

「ヴィハ！　僕のヴィハ！」

彼は少女に身を寄せ、腕を彼女のしなやかな、生娘らしく発育した腰に回した。

「わたしのグジェシ、わたしの明るく甘い男の子！」彼女は少し開いた唇の花弁で囁いた。

そうしてふたりは黙って立ち、長い魅惑の時を過ごした。午後の炎暑の光が屋根の隙間を通り、細い流れとなってふたりに降り注ぎ、少女の赤い上着に熱い色となって踊った。足の動きに巻き上げられた重たい黄褐色の埃の渦が上昇していき、光の縞に無数の原子となって舞った。

ふたりは屋根裏の窓のひとつから世界をのぞいてみた。彼らの下には屋根やファサード、ドームや塔の海が広がっていた――街は日曜の喧噪でざわめいていた。

「きれい」少女は頭を彼の肩に傾けて、小声で言った。

「おいで」彼は答え、穏やかに彼女を屋根裏の奥へと導いた。

「どこへ?」彼女は彼の意志に従いながら、夢の中にいるように尋ねた。

「あそこの二本の梁の間の角さ。この人目につかない場所で、忘れられた古いソファーを見つけたんだ。とても快適だよ。スプリングは全部ちゃんとしてる」

情熱的な冷笑癖《シニシズム》を伴ってふたりが小声で話す愛撫の言葉は、つのる情欲の震えで途切れ途切れになった。

彼らはソファーに腰を下ろした。接吻の狂宴の中で彼はゆっくりと彼女を長枕の方へ傾けて、膝を愛撫しはじめた。

少女は抗わなかった。頭の下に片腕を置き、目を閉じて、彼の手の狂気に身をゆだねた。陶酔の静けさを時折やぶったのは、短い幼稚な言葉、無駄に可笑しい余計な質問——締めつけられた喉頭の抑えたつぶやき。

「欲しい？　ヴィハ？……。欲しい？……。感じてるね……」

突然、彼女は両足を巻きつけて、彼を抱き寄せた。赤い霧が両目を覆った。屋根裏に短く痛々しい叫び声が響き、それから二回目、三回目が聞こえ、そして静かな長いむせび泣きになった……。

グジェシは飛び起きると、ソファーの横にひざまずき、すすり泣く少女の顔を両手で挟んだ。

「ヴィシェンカ！　ヴィフネク！　大切なかわいい君！　痛いのかい？　どうしたの？　とっても？　ヴィシェンカ、僕を怒らないで！」

ヴィーシャは投げ散らされたワンピースを直しながら腰掛けた。「少し」彼女は涙越しに微笑んだ。「でももう大丈夫。わたしのグジェシ！」

そう言って頭を彼の胸に押しつけた。

「わたしの黄金の、いちばんすてきな男の子！」

少年は彼女の頭を膝の上に置き、長々と目に見入った。突然、少女は脇へ寄ると、青ざめて、耳をそばだてはじめた。

「聞こえる？」全身を震わせながら囁き声で言った。「聞こえる？」

「一体、何だい？」

「まあ！　大変！」少女は出口に向かって突進しながら大声をあげた。「早く戸を開けて！　あれは母さんの声よ！　わたしを呼んでる！　聞こえないの?!」

彼にも聞こえた。階下から呼ぶ声がはっきりと届いた。

「ヴィーシャ！　ヴィーシャ！」

震える手でふたり一緒に鉤をつかむと、戸を開けた。グジェシがまず跳ね上げ戸をふたりの頭上で支えながら、数段下へ降りた。その後によろめきながら、少女は穴の端をほぼ滑り落ちた。彼らの足元の玄関ホールで、女の軽い足音が聞こえ、衣擦れの音がした。少年は廊下の深淵の方へ身をかがめ、暗闇に目を凝らした。

「ヴィーシャ！　どこにいるの?!　ヴィーシャ！」階下に母親の声が響いた。

上に伸ばしたグジェシの手が痙攣的に震え、うっかり跳ね上げ戸を放した。彼は頭上に突然落ちてくる戸の勢いを感じた。だが床の縁にぶつかる音は聞こえなかった。

「ヴィーシャ！　ヴィーシャ！」下から呼んでいた声は、だがもう離れていくようだ。

彼は神経質に両手で周囲を探りはじめた。

「ヴィーシャ！」彼は囁いた。「手を出してごらん。どこにいるんだ？」

少女は黙っていた。

「ヴィーシャ！　どうした？」

片手で少女の膝に触れてみると、彼より上の段のひとつにひざまずいているようだった。彼は登っていき、少女が意識を失っているのだと思って、彼女の躰に沿って手探りしはじめた。首まで来て、手のひらをさらに上へ動かすと、跳ね上げ戸の板にぶつかった。恐ろしい考えが脳内に浮かんだ……。激しい両腕の動きで戸を下からこじ開け、押し上げた……。

屋根裏から落ちてきた光が突然、恐ろしい光景を照らしだした。

堅い階段の上にひざまずいていたヴィーシャの頭は、力なく穴の縁に置かれていた。不幸な少女の首は床の二本の鉤の間に挟まり、いきなり落ちてきた戸の鉄の鋏《やっとこ》が突き刺さっていた。その打撃は強く、一瞬にして頸椎を打ち砕いた。少女はうめき声もあげずに死んだのだ……。

＊＊＊

夕刻近く屋根裏から若い少年が降りてきた。ゆっくりと慎重に降りてきた。なぜなら彼の肩には死んだ恋人という貴重な重荷が載っていたから……。

訳者あとがき

ポーランド文学史上ほぼ唯一の恐怖小説ジャンルの古典的作家ステファン・グラビンスキ。本書は『動きの悪魔』、『狂気の巡礼』、『火の書』に続いて四冊目となる日本語版グラビンスキ短篇集である。短篇集『不気味な物語 Niesamowita opowieść』に収録の全八篇のうち、再録を除く六篇と、『情熱 Namiętność』に収録の全六篇を収めた。本書に収録しなかった「斜視 Zez」と「狂気の農園 Szalona zagroda」の二篇は、これより前に短篇集『薔薇の丘にて Na wzgórzu róż』（一九一九年）に収録されており、日本語版『狂気の巡礼』に訳出したので、合わせてお読みいただきたい。また、作家の経歴と作品解説は、既刊『動きの悪魔』の訳者あとがきを参照されたい。

本書の前半に収録した短篇集『不気味な物語』は一九二二年にルヴフの出版社ヴィダヴニツトフォ・ジェウ・ポゴドニフ Wydawnictwo Dzieł Pogodnych から刊行された。既刊短篇集からの再録が三篇あり、一九二二年時点でのグラビンスキ自選傑作集と言える充実した内容である。

なお、一九七五年に〈スタニスワフ・レム推薦〉叢書の一冊として刊行された『不気味な物語 Niesamowite opowieści』は、和訳すると同題となるが、原題は複数形で、収録作品は異なる。こちらは、『動きの悪魔』から六篇、『狂気の巡礼』から七篇、『火の書』から五篇、『不気味な物語』から七篇を収めたグラビンスキ傑作選集となっている。

以下は各短篇の内容に触れるので、気になる方は本編を先にお読みくださいね。

「シャモタ氏の恋人」Kochanka Szamoty
憧れの美女との交際の顚末を、ローマ神話やギリシャ神話のモティーフをちりばめながらミステリアスに描く。本作には『東欧怪談集』(河出書房新社)収録の沼野充義氏による既訳があるが、今回新たに訳出した。
ヒロインのヤドヴィガ・カレルギスは、実在の詩人ツィプリアン・カミル・ノルヴィットが思いを寄せたマリア・カレルギスがモデルだと思われる。チェスワフ・ミウォシュの『ポーランド文学史』(未知谷)にはノルヴィットについて次のような記述がある。「美貌のロシア・ポーランド系女性で、ギリシャの大船主夫人として当代上流社会の花形だった、マリア・カレルギスとの報われぬ恋は、彼の生涯の多年にわたる破壊的要素となる。」
ヤドヴィガの家 Willa "Pod lipami" を〈シナノキの下〉のヴィラと訳したが、lipa リパには、しっくりくる正確な訳語がない。リパの花咲く季節ということから、ポーランド語では七月をlipiec リピェツという。ヤドヴィガの家は名前からして夏を思わせるが、日本語ではそうした雰囲気が出ない。ポーランドに生育するのはフユボダイジュか、ナツボダイジュか、その自然交配種のセイヨウシナノキ（リンデンバウム）。一方、和名シナノキは日本特産種である。菩提樹は仏教由来なのでヨーロッパの物語にあまりふさわしいと感じられず、翻訳物で西洋シナノキと書くわけにもいかず、リンデンバウムはドイツ語だし……。というわけで、いっそ植物名「リパ」を普及させたほうが話が早いのかもしれない。

一九二七年、本作を元にレオン・トリスタン監督が無声短篇映画を撮ったが、グラビンスキ自身はこの映画の出来に不満で、のちに「自分で撮ったほうがましだった」と述べた。時代ははるかに下り、一九九八年にアメリカで（*Szamota's Mistress*, 監督 Joseph Parda）、一九九九年にドイツでも映像化された（*Szamotas Geliebte*, 監督 Holger Mandel）。また、二〇一六年にはポーランドのアダム・ウルィニャク監督が四十五分の自主制作映画を完成させた。黄泉の住人との交情話は古今東西数多あれど、百年を経てもなお本作は映像作家たちを魅了しつづけている。

「弔いの鐘」Podzwonne

パヴェウ司祭と鐘つき番で彫刻家のセバスチャンの関係を、暗喩に満ちた詩的な文体で綴る。本作は、ステファン・ジャルニィ名義で一九〇九年に刊行した短篇集『信仰の闇の中 W pomrokach wiary』にも収録されており、執筆時期はかなり早い。

本書の四十一ページ、十五行目「魂の生活では〜」から四十二ページ、十三行目「〜可能性があった。」までは単行本収録時に検閲によって削除された。その前の段落の「大いなる誓いを、魂の誓約を結び」zawarli ślub wielki, ślub duchów という言い方は、ポーランド語では「結婚」と同義であり、同性愛をほのめかしていると受け取られても仕方がないだろう。

また、後の作品にたびたび出てくるグラビンスキお気に入りのモティーフが、この初期短篇ですでに取り上げられている。パヴェウ司祭の夢に現れた双生児は「チェラヴァの問題」（『狂気の巡礼』収録）のモティーフでもあり、赤いショールは「シャテラの記憶痕跡」（『動きの悪魔』収録）でも印象的に用いられる。

「おんなよ、我と汝となにの関係あらんや？」は新約聖書「ヨハネによる福音書」第二章四節からの引用。文語訳だとその前後は「イエス言ひ給ふ『をんなよ、我と汝となにの關係あらんや、我が時は未だ來らず』」となっている。

「サラの家で」W domu Sary
年齢不詳の謎の美女サラに魅入られた男の運命とその友人の復讐。催眠術や精神病など疑似科学的専門用語を用いつつ、聖書のサラに材をとったファム・ファタールものである。

友人の名、カジクはカジミェシュの愛称、カジョはカジクよりもさらにくだけた呼び方。ヴワデクはヴワディスワフの愛称である。

カジクの最期の様子は、グスタフ・マイリンクの短篇「菫色の円錐」から影響を受けているように思われる。スタニスワフ・レムが自伝的小説『高い城』の中で言及している「私に異様な印象を与えた」短篇小説というのがこれではないかと訳者は考えていて、同じ作品がグラビンスキにも影響を与えていたとすれば面白い。

作中で主人公が引用する『旧約聖書』列王記上のダビデ王の話は、シュナミティズムと呼ばれるもので、老人が性交をせず裸の処女と添い寝することで若さを回復するという迷信的な回春術である。本作では男女と性交の有無を逆転させ、サラが男と性交することで若さを回復するという設定になっている。

また『トビト記』では、悪魔アスモダイのせいでサラの夫たちが次々に初夜に死んでしまう。神はこれを聞いて天使ラファエルを差し向け、トビトの息子トビアに助言する。本作では「婚禮の室に入りて三日の間、之と交はらぬべし」、つまり、性交しないように言ったことになっているが、この部分はグラビンスキによる改変である。本物のトビト記では「汝婚禮の室に入らば、炭火をとりて、その上に魚の心臓と肝臓とを燻して煙を立つべし。さらば惡鬼その臭を嗅ぎて外に逃れ、いつまでも歸り來ることなからん」とあり、全然ロマンティックでもヒロイックでもない。
本作は一九八五年にズィグムント・レフ監督によってテレビドラマ化された。

「遠い道のりを前に」Przed drogą daleką
周囲の人々の様子に違和感を感じている主人公ラソタ氏は夢の中で階段を登りつづける。その夢の中で真実がほのめかされる。こうした予知夢は「ウルティマ・トゥーレ」(『動きの悪魔』収録)にも出てくる。
日記形式は、作家が神の視点を持たず、主人公が認識した範囲しか書けないので、違和感や不安を描くのにふさわしい。と同時に、周囲の人からは主人公が滑稽に見えていることも表現できる。カフカやムロージェクの作品を思わせる形而上学的寓話、と見せかけながら、わりと世俗的な落ちが待っている。最後にささやかな言葉遊びを入れている。

「追跡」Na tropie
伯爵令嬢殺人事件の真相を追う主人公は、なぜか催眠鏡《ヒプノスコープ》を持っていて、自己催眠を研究している。「サラの家で」や「情熱」にもヴェネツィアン・ダガーが出てくるが、本作でも短剣＝ダガーが重要なモティーフとなっている。
全体の三分の一くらいのところで結末の予想はつくが、そこに至るまでの語りが面白いので飽きずに読める。ミステリーだとネタバレは嫌われるけれど、幻想怪奇ではたとえネタバレしたとて、絵画を味わうように何度でも楽しめる。むしろグラビンスキは殺された伯爵令嬢の図を描きたいがために本作を書いたのではないかと思えるほどだ。安定のバッドエンド。ある種の様式美。

「視線」Spojrzenie
開いたドアや曲がり角の向こう側に隠れているものへの不安神経症的恐怖から、周囲の世界の認識が狂っていき、自分の行動が変わっていく様子が克明に描かれる。そしてついには「私を取り囲む世界はそもそも存在しているのか？」という唯我論へと向かう。

室内の物が突然消えたり現れたりするなど、主人公が遭遇する出来事は、スタニスワフ・レムの『高い城』にも似たような挿話が出てくるので、訳者はうれしくなった。

主人公の恋人が「シャモタ氏の恋人」と同名のヤドヴィガだったり、ヴェネツィアのショールや、肌が浅黒く黒い瞳の女など、短いなかにもグラビンスキお気に入りのモティーフが詰まっている。

献辞の宛名、カロル・イジコフスキ Karol Irzykowski（一八七三―一九四四）は作家、文芸評論家、映画評論家で、最初にグラビンスキ作品に注目し、グラビンスキを文学界へ導いた恩人である。

『情熱』（1930年）

本書後半に収録した短篇集『情熱 Namiętność』は、一九三〇年にワルシャワの出版社レネサンス・ウニヴェルスム Renaissance-Universum から刊行された。

「情熱（ヴェネツィア物語）」Namiętność（L'Appassionata）Opowieść wenecka

サブタイトルどおり、舞台はヴェネツィア。ポーランド人の主人公は美術館で知り合ったスペイン女性といきなり意気投合し、一緒にヴェネツィアとその周辺を見て回る。ふたりのデートコースが観光ガイドブックさながらに詳細に描かれる。

一九二七年六月、グラビンスキは実際にイタリアを旅した。当初はヴェネツィア、ローマ、ナポリ、カプリ、シチリアを回る予定だった。ところが最初の訪問地ヴェネツィアで、ポーランド人女性ステファニア・カリノフスカと出会った。彼女との関係については不明だが、グラビンスキはローマに立ち寄った後、ヴェネツィアに戻り、残りの休暇を彼女と共にこの運河の街で過ごしたことがわかっている。そして、ジーナ・ヴァンパローネの原型となった人物を目にし、調査したという可能性は大いにあり得る。作家自身、「情熱」のなかの自伝的な要素を認めている。フィレンツェやローマと比べてもヴェネツィアにいる方が良い、と主人公に言わせるほどヴェネツィアが気に入った理由は推して知るべし。

作中で文章が引用されているツィプリアン・カミル・ノルヴィットCyprian Kamil Norwid（一八二一―一八八三）はポーランドの詩人・作家。詩・散文・戯曲・エッセイのほか、絵も描き、彫刻も作った。生涯の大半を国外で過ごし、パリで亡くなった。定職はなく貧しい生活であった。彼の作品は同時代人に理解されず、死後は忘れられたが、〈若きポーランド〉時代（一八九〇―一九一八）に再発見された。「シャモタ氏の恋人」の項で触れたように、マリア・カレルギスとの報われぬ恋のエピソードが知られている。引用された「Menego メネゴ」はノルヴィット自身のヴェネツィア回想記である。グラビンスキはノルヴィットと自分の姿を、また「情熱」の主人公とを重ね合わせているようだ。

画家で霊媒のルイジ・ベロッティという登場人物は、ルイジ・ベロッティLuigi Bellottiという実在の霊媒をモデルにしている。今日ではすっかり忘れられているが、一九二〇年代末から四〇年代にかけてベロッティは〈ヴェネツィアのルイジ〉として知られた有名な霊媒だった。一九二九年にアストラル旅行に関する本を、一九三五年には実験的交霊術についての小冊子を発行。一九三六年にはヴェネツィアでセンセーショナルな実験を行い、シェイクスピアと霊的にコンタクトしたという。その〈霊言〉によると、シェイクスピアはイタリアのソンドリオ近くの生まれだそうである。一九三〇年刊の『情熱』とは直接の関係はないが、当時こうした胡散臭い霊媒に人気があったということは興味深い。

本作には註釈なしで平然と本文にイタリア語やスペイン語が混じる。アダメッロという呼び名は、イタリア語でのアダム（イタリア語ではアダモ）の愛称である。地名や建物名などの固有名詞だけでなく、普通名詞までイタリア語になっているので、当時の読者は理解できたのだろうかといぶかしく思う。ポーランド語訳者にとって訳出作業はかなり難儀であった。

「偶然」Przypadek

列車内で出会った人妻といい仲になるという点では「車室にて」（『動きの悪魔』収録）と同様。ただし「車室にて」では主人公が乗車すると大胆な性格に変身するのだが、本作では妻を心配した夫が別人に憑依して〈偵察〉に現れる。急転直下のサイコ・サスペンス。ヒロインの名スタハはスタニスワヴァの愛称、スタシャはより親しみをこめた呼び方である。

献辞の宛名、ロマン・ポラク博士・教授Roman Pollak（一八八六―一九七二）は文学史家、ギムナジウム教師、ポズナンのアダム・ミツキェヴィチ大学講師。ただし初出時（クラクフの日刊紙〈Nowa Reforma 新改革〉一九二六年、二〇六―二一〇号）の献辞は「共に考えた時間を記念して、美と洗練された様式の深き専門家イェジィ・エウゲニウシュ・ウプフォミェンスキに捧ぐ」となっていた。イェジィ・エウゲニウシュ・ウプフォミェンスキ

Jerzy Eugeniusz Płomieński（一八九三―一九六九）は文芸評論家。戦前はギムナジウム教師、戦後は短期間だが文化芸術省に勤務した。

「和解」Pojednanie

「偶然」の続編。ザブジェスキにスタハを寝取られた夫、ヘンルィク・ウニンスキの立場から、「偶然」に描かれた事件の前日譚と後日譚を描く。妻の不倫が明らかになってから冷えきった夫婦関係を夢の中で修復する物語。なお、ヘネクはヘンルィクの愛称、ヘニョはさらにくだけた呼び方である。

聖名祝日は〈名の日〉とも呼ばれる。聖人暦では一年三六五日の各日に聖人が割り当てられている。ポーランドではいまも、自分と同名の聖人の祝日を誕生日と同等か、それ以上に盛大に祝う習慣がある。この習慣はロシアなどのスラヴ圏（正教・カトリックを問わず）とドイツのカトリックにもあった。

ヘンルィクとスタハは己の幸福な過去を夢に見る。ふたりのスロヴァキアへの新婚旅行は観光案内のように描かれる。サクランボの花咲く果樹園を「ポーランドの日本」と表現しているのが興味深い。そして、過去への旅から、世界の果てへの旅、ついには惑星間宇宙の旅へと時空間を自在に跳躍する感覚はサイエンス・フィクションに通じるものがある。

作中でヘンルィクが言及するブロジンスキの田園詩とは、一八二〇年に発表されたカジミェシュ・ブロジンスキ Kazimierz Brodziński（一七九一―一八三五）の田園詩のことで、理想化されたポーランドの村におけるハリーナとヴィエスワフの恋物語を描いている。ポーランド分割時代、ブロジンスキの作品は大変な人気を博し、土地固有の伝統への愛着を強めた。

献辞の宛名、友人アントニ・ハルザに関しては不詳。アントニ・ハルザ（一八八二―一九三九以降）としかわからない。

「悪夢」Zmora

シュールレアリスティックな舞台設定。赤い布、鉄道、謎めいた女、死の恐怖といったグラビンスキ定番のモティーフをちりばめた散文詩のような掌篇。

作中、登場人物がエドガー・アラン・ポーに言及する。明らかに作者はポーの「赤死病の仮面」を念頭に置いている。架空の病「赤死病」は名前から黒死病＝ペストを連想させるが、ポーは一八三二年のコレラ流行のときにフランスで開かれた舞踏会から着想を得たと言われている。しかし、本作ではスピロヘータと言っているので、ここで扱われている病はペストでもコレラでもなく、梅毒だと思われる。無数の病原菌が這い回る様子はまさに悪夢だが、目に見えない微細なものを視覚的に描写するグラビンスキの想像力はきわめてＳＦ的でもある。

「投影」Projekcje

古い修道院の廃墟を訪れてから自室の壁に現れるようになった影。その謎を解こうとする建築家の日記形式の報告である。

強い思考が凝縮し、目に見える形となって現出するというアイデアは、「シャテラの記憶痕跡」（『動きの悪魔』収録）や「領域」（『狂気の巡礼』収録）などでも取り上げられている。

本書の三一五ページ、九行目「いちばん左上の面は〜」から十五行目「〜狂っている。」までは、雑誌初出時（〈Zdrój ズドルイ（泉）〉一九一九年、第九号）にはあったが、のちに単行本で削除された。サドマゾヒズム的内容のため、検閲で削除されたか、検閲を恐れて自主的に削除したのだろう。

作中で主人公が言及する『魔女に与える鉄槌』という書物はドミニコ会の異端審問官ハインリヒ・クラーマーによって書かれ、一四八六年に初版が出た。中世における魔女関連書の中ではヨーハン・ニーダーの『蟻塚』と並んで最も有名なもので、十七世紀まで繰り返し版を重ねた。一四八四年、魔女狩りのお墨付きを与えてほしいと願ったクラーマーに対し、教皇インノケンティウス八世は回勅によって答えた。クラーマーはこの回勅を『魔女に与える鉄槌』の序文として転用した。教皇が回勅によって魔女の存在とその弾劾の必要性を認めたことが、長きに渡る魔女狩り時代の幕開けとなった。

「屋根裏」Strych

グラビンスキにはめずらしく、少女と少年が主人公である。闇に対する漠然とした不安と、思春期の性に対する不安が重ね合わせて描かれる。とりたてて超常現象はなく、単に作者がエロスとタナトスを書きたかっただけのようにも見える。強いて解釈すれば、手入れをされぬまま放置されて、怨念をつのらせた建物の霊が、犠牲者を待ちかまえていたといったところか。

二〇一八年、この短篇を元に映像作家マグダレーナ・フランチュクが短篇映画を撮った。

ポーランド本国では近年、長篇、戯曲集、単行本未収録作品集のほか、ステファン・グラビンスキに関する評論『Demon ruchu, duch czasu, widma miejsc. Fantastyczny Grabiński i jego świat 動きの悪魔、時間の魂、場所の幻——すばらしきグラビンスキとその世界』ヨアンナ・マイェフスカ Joanna Majewska も出て、再評価の気運が高まっている。

また、今年（二〇一八年）の万霊節（死者の日）十一月二日、ウクライナのリヴィウのヤノフスキ墓地でステファン・グラビンスキの墓碑の除幕式が行われた。グラビンスキが埋葬された辺りは一九五〇〜六〇年代に掘り返されたため、これまで墓がなかったのだが、ポーランド人たちが記録文書を調査して位置を突きとめたそうだ。墓碑には写真と作品名一覧のほか、「動きの悪魔」からコンチネンタル号の一節、「列車はなおも疾走した、強風を突き、秋の葉のダンスのさなかを、背後に震える空気の渦と怠惰にぶら下がる煙と煤と煤煙を長く引きずりながら、息もつかずになおも疾駆した……」のポーランド語原文が刻まれている。

さて、既刊三冊と本書を合わせた日本語版短篇集四冊で、短篇作家グラビンスキの代表作をほぼすべて紹介することができた。グラビンスキの短篇は英語、ロシア語、スペイン語、ドイツ語、チェコ語、トルコ語、ポルトガル語、イタリア語などに翻訳されているが、ポーランド語以外でこれだけの分量が読める言語はほかにない。これも読者の皆さんの支持があってこそで、誠に感謝に堪えません。これまでの訳出作業と訳者あとがき執筆に際しては、グラビンスキ作品の英訳者ミロスラフ・リピンスキさんが管理している英語版ステファン・グラビンスキ・ウェブサイト http://www.stefangrabinski.org に大変お世話になりました。記して感謝します。また、本書の訳出作業中は、インスティトゥト・クションシキ（Instytut Książki = The Polish Book Institute）のおかげでクラクフに一ヵ月滞在することができ、大変ありがたかったです。そして、四冊通して装幀を手がけてくださったコバヤシタケシさん、愛ある編集の伊藤里和さん、ありがとうございました。およそ百年前、ポーランド語で不気味な物語を綴っていたグラビンスキという作家がいたことを日本語読者の皆さんに覚えていただけたら、訳者としてこんなにうれしいことはありません。

ポーランド独立回復百周年の翌日、
ステファン・グラビンスキ八十二回目の命日に

芝田文乃

ステファン・グラビンスキ　Stefan Grabiński

一八八七年、オーストリア＝ハンガリー帝国領ガリツィア・ロドメリア王国のカミョンカ・ストルミウォーヴァに生まれる。ルヴフ大学でポーランド文学と古典文献学を学び、在学中に作家デビューするが、卒業後は教職に就く。一九一八年に短篇集『薔薇の丘にて』、一九一九年に連作短篇集『動きの悪魔』を発表し注目を浴びる。短篇を本領とし、『狂気の巡礼』『不気味な物語』『火の書』『情熱』といった短篇集を次々と出版した。ポーランド文学史上ほぼ唯一の恐怖小説ジャンルの古典的作家。一九三六年に死去。近年、国内外で再評価が進み、〈ポーランドのポー〉〈ポーランドのラヴクラフト〉として知られる。

芝田文乃　しばた・あやの

一九六四年、神奈川生まれ。筑波大学芸術専門学群卒業。ポーランド語翻訳者、写真家、エディトリアル・デザイナー。一九九二年より東京、クラクフなどで写真展開催。訳書にレム『高い城・文学エッセイ』『短篇ベスト10』、コワコフスキ『ライロニア国物語』（いずれも共訳、国書刊行会）、ムロージェク『所長』『鰐の涙』（未知谷）、グラビンスキ『動きの悪魔』『狂気の巡礼』『火の書』（国書刊行会）などがある。

不気味《ぶきみ》な物語《ものがたり》

二〇一八年十二月二十一日初版第一刷印刷
二〇一八年十二月二十五日初版第一刷発行

著者　ステファン・グラビンスキ
訳者　芝田文乃
発行者　佐藤今朝夫
発行所　株式会社国書刊行会
東京都板橋区志村一—一三—一五　〒一七四—〇〇五六
電話〇三—五九七〇—七四二一
ファクシミリ〇三—五九七〇—七四二七
URL：http://www.kokusho.co.jp
E-mail：sales@kokusho.co.jp
印刷所　中央精版印刷株式会社
製本所　株式会社ブックアート
ISBN978-4-336-06332-8 C0097